明晓溪——著

CNS PUBLISHING & MEDIA 中南出版传媒
湖南文艺出版社
HUNAN LITERATURE AND ART PUBLISHING HOUSE

天上银雪，
人间烈火，
冥界暗河。

▼

CONTENTS

目录

楔子

武林第一盛事!

江湖中沸沸扬扬，黑白两道都在揣测，这桩喜事一结，天下局势将会有怎样的变化呢？但无论是何种揣测，接到喜帖的群雄们都已经准备好了贺礼，路程远些的已然动身起程了。

那时，如歌正倚坐在桂花树下。

秋日，静渊王府。

落叶金黄。

如歌的红衣在风中微微飘扬。

她的手指轻轻触摸着掌心那朵寒彻入骨的冰花，冰花晶莹剔透，光芒流转，碰着它的花瓣，会让她淡淡地想起一个冰雪般美丽的人。

有接近的声音。

她转过头。

一辆木轮椅。

轮椅中，青衣男子温润如玉，眉宇间有淡淡的光华。他双腿似不能行走，但恬淡自若的气质让周围的世界霎时宁静。

笑容像魔法一般点亮了如歌的面容!

她跳起来，扶住他的轮椅，轻笑道：“忙完了吗？整日在屋里处理公文，对你的身体不好呢！”虽说他体内的寒毒已被吸尽，可是身子依然需要细心的照顾啊。

玉自寒微笑。

她瞅瞅他，又道：“怎么穿这么薄？天气转凉了，要多穿些才是！”

“好。”

如歌的脸皱起来：“我知道！你在笑我对不对？！像个老婆婆一样啰唆……”想一想，她蹲下来，瞪住他，“不过，就算变成个啰唆鬼，我也要缠住你这个不知道照顾好自己的人！师兄，你认命吧！”

玉自寒低下头。

唇角的微笑温柔得似要融化冰雪。

然而——

他看到了手中的那封信。

笑容慢慢敛住。

手指在信上收紧。

如歌察觉到他的异样，问道：“怎么了？”

玉自寒眼底掠过一丝担忧。

“有坏消息吗？”

她望着那信。

他摇摇头。

“战枫七日后成亲。”

他告诉她。

忽然卷来一阵秋风，焦黄的落叶在庭院的地上旋转。

如歌眨眨眼睛，笑道："也就是说，我们需要赶回烈火山庄了。师兄，我们送什么贺礼合适呢？"

"歌儿……"玉自寒轻道。

"师兄，你在担心吗？"她趴到他的膝头，白皙的面颊贴在他青色的衣衫上，笑道，"以前的事情，我全部忘掉了，他成亲不会困扰到我。"

玉自寒轻轻摸着她的脑袋。

他有种奇怪的感觉。

如歌不再是以前的如歌。

自从一个月前，他昏睡三天醒来后，再见到的如歌仿佛一夜间成熟美丽了起来。她依然对他微笑，依然关心着他，却给人一种感觉，她不再无忧虑——她的笑容不达眼底了。

"歌儿，告诉我，究竟发生了什么？"为什么她变得不再开怀地笑，变得不再有单纯的快乐。

"什么也没有发生啊。"如歌躲开他的眼睛，笑着说，"师兄好像变得很多疑呢，你看，一切不是好好的吗？哪有什么事情发生。"

"雪呢？"

玉自寒终于问了出来。

他的寒咒被雪吸出来，可是雪却好像人间蒸发了一般，再无踪影。宫廷里也没有了雪衣王的消息。

雪……

如歌的心被狠狠撞了一下！

那夜，雪的身子渐渐透明，幻化成万千道光芒，一点一点自她怀里消失……

"他走了。"

如歌的声音很轻，轻得恍若十月的飞雪，来不及落地便已融化。

她苦笑道："他走了。我不知道他去了哪里。"

"歌儿……"

玉自寒双眉微皱。

如歌笑得温柔，她轻轻握住他的手："师兄，你知道吗？我希望大家可以快乐地生活。不管曾经发生过什么，过去了就让它过去，或许很冷酷，可我真的不想让过去的事情困扰住我所珍惜的人。"

她微笑地凝望他。

漫天晚霞柔柔照着她和他交握的手。

玉自寒的青衫被风吹得扬起。

他温柔地拍拍她的脑袋，决定以后再不提起这个话题。他知道一定是发生了什么，然而，如果这是她所希望的，那他就永远不知道好了。

她笑着低下头。

泪水悄悄涌进她的眼中。

深秋的桂花树下。

没有花香。

红衣的如歌静静趴在玉自寒的膝头。

……丫头，不要忘记我……

如歌的喉咙里涌起一股咸涩感。

对不起，我不会放纵自己去想你。因为，如果我忧伤，爱我的人们也会忧伤。

第一章

他像孩子般奢望，就让时光死掉，就让这一刻永远永远停下来。

大喜的日子。

烈火山庄张灯结彩，大红的喜字到处都是，红彤彤的灯笼映照得夜晚的天空如白昼一样明亮。

酒香伴着菜香，在夜风中浓浓飘来。

宾客们来自大江南北，他们在金火堂堂主慕容一招的招呼下，于各自的酒席中落座，兴致高昂地恭贺着谈笑着。每个人应该坐在哪一张桌子，邻近的桌子又应该坐什么样的人，慕容一招都安排得极有讲究。否则，如果素来不和的江湖朋友坐在了一起，就算碍于烈火山庄的面子不至于惹出什么事端来，可也十分没趣。

慕容一招红光满面地招呼着宾客，又暗自吃惊地打量着庭院前方主座上兴致高昂的烈明镜。

十几年了，他从未见烈明镜这般开怀过。

烈明镜坐在铺着白虎皮的紫檀靠椅上，浓密的白发梳理得很整齐，他捋着胡须笑，那笑容是慈祥的，脸上的刀疤似乎都消失在了笑容中。

如歌也很吃惊，她回头望望身边的玉自寒，笑道："你瞧啊，爹开心得好像他才是新郎官。"

玉自寒微笑。

今晚师父神清气爽，的确是难得的好心情。

烈明镜面孔板起来："乱说什么！"

如歌耸耸鼻子，笑得轻松："爹，你不用唬我，女儿知道你这会儿心情好得很，才不会生气呢！"

烈明镜瞪她片刻，忽然朗声大笑："好！不愧是我有玲珑心肝的乖女儿！爹不生气，爹今晚真的很开心！哈哈哈哈……"

他的笑声穿破长空，在灯火通明的夜里激荡。

酒席中。

天下无刀城的刀无暇、刀无痕，少林的流眉方丈，武当的松牙子真人，峨眉的净云师太，皆是微微一怔，循声向大笑的烈明镜看去。

烈明镜称霸武林几十年，鲜少在众人面前如此放纵自己的情绪。

战枫的婚事，怎得他这样开怀？

莫非真如传闻所说，烈火山庄与天下无刀城结亲后，烈明镜就会将庄主之位传于战枫？

刀无暇与刀无痕对视一眼。

慕容一招若有所思。

姬惊雷笑着拍开酒坛的封泥，仰头畅饮。

裔浪一身灰衣，在烈明镜的笑声中低下头。

灰色的眼睛迸出一抹暗光。

如歌轻叹道："爹，你未免也太偏心了吧。难道，枫师兄在爹心里就那么重要？"

烈明镜扬眉道："歌儿，你在吃醋？好浓的酸味……"

如歌撒娇道："是啊！我要爹心里只有我！枫师兄成亲让爹这样开心，我都做不到呢。不行，我嫉妒啊！"

玉自寒的目光温柔如春水。

他明白如歌。战枫成亲，爱女如命的师父虽然为弟子开心，可是，依然会担心女儿解不开心结。她的撒娇却能让师父晓得，战枫的影子已经从她心里消失了。

烈明镜呵呵笑着，拍拍女儿的手背：

"乖女儿，你是爹最疼爱的宝贝，爹会把世上所有的好东西统统给你！"

如歌笑道："谢谢爹。"

这时。

"新——人——到——"

一声喜气洋洋的宣告，将当晚喜宴的气氛推向高潮！

树梢、屋檐挂着的灯笼映得半边天火红。

深秋的枫树仿佛醉了般艳红。

鲜红的枫树道上。

战枫与刀冽香穿着大红的喜服。

刀冽香的嫁衣上绣着金灿灿振翅欲飞的凤凰，缀满珠玉的凤冠上垂下的流苏让她英秀的容颜若隐若现。

战枫也是红色的喜袍。

他发蓝的卷发，不羁地在肩头翻飞；双目中亦是一片冷漠的暗蓝；右耳上的蓝宝石，在灯笼的红光下，却折出冷峭的寒光。

这冰冷的幽蓝色与他大红的喜袍看起来是那样的怪异和不搭调。

众多喜娘、丫鬟、孩子们簇拥着这一对新人，他们笑着闹着，将小米、花生、花瓣、糖块向新娘子头上撒去……

笑声和恭贺声在庭院里潮水一般响起……

烈明镜朗声大笑……

刀无暇眼中露出掩饰不住的得意……

如歌心中一片宁静。

她看着战枫与刀冽香之间牵着的那条大红的绸带。

绸带中间，绾了朵花。

红色的绸带连着战枫和刀冽香，在众人的贺喜声中，在满树摇曳的枫叶下，他和她慢慢走过来。

……

夏日的荷塘边。

碧绿的荷叶，满池的荷花。

蓝衣的小战枫问红衣的小如歌：

“你为什么喜欢穿红衣裳？”

小如歌笑得很臭美：

“因为漂亮呀！”

“为什么红衣裳就漂亮呢？”

“笨！”

小如歌羞他。

小战枫生气地瞪她。天下没有一个人可以说他笨！只是，她“呵呵”又笑起来，笑得比荷塘里的荷花还要粉嫩好看。小战枫的脸红了。

小如歌笑着道：

“你真笨啊！你忘啦，新娘子成亲的时候都穿红衣裳啊！新娘子是世上最美丽的人，一定是因为她们都穿红衣裳！呵呵……”

“你又不是新娘子。”

小战枫的脚踢打着荷塘里的水。

“等我长大了就会变成新娘子啊！”想一想，小如歌苦着脸，“啊，那还要等好久呢，我什么时候才能长大啊？”

小战枫别扭地说：“那么想当新娘子啊。”

“是啊！”小如歌用力点头。

“那……”小战枫为难了半天，终于说，“……那你当我的新娘子好了！”

“呀！！”小如歌兴奋地跳起来，险些扑进荷塘里，小战枫扶住了她。她快乐地扯着他的袖子，摇着说，“是你说的啊，不可以反悔啊，否则我就再也不跟你玩了！”

小战枫懒得理她。

荷塘里，粉红的荷花静静绽放。

两双小脚荡出一圈圈涟漪。

小如歌歪着脑袋，忽然想到个问题：“为什么要我当你的新娘子呢？”

小战枫眨眨蓝色的眼睛：“因为你本来就穿红衣裳，我可以省下银子。”

小如歌怔一怔。

然后，她猛地用脚一拍水，水花溅了小战枫一身！

童年的笑声荡漾在开满荷花的池塘边……

……

灯笼的光亮映红了枫叶。

满树枫叶。

鲜艳如火。

战枫和刀冽香已然走到了张灯结彩的庭院最辉煌处。

一片枫叶轻悠悠飘下。

轻悠悠飘落在战枫的肩头。

“一拜天地！”

烈明镜白须飞扬，嘴角含笑，就像一位慈祥的父亲；刀无暇摇扇轻笑，刀无痕饮下一杯酒；玉自寒轻轻覆住如歌的手掌，唇角勾起的淡淡笑容是对战枫的祝福。

宾客们的笑声，孩子们的起哄，让夜晚忽然变得喧闹起来。

战枫行礼时，看到了一个人。

她站在光亮处。

隔着五步的距离。

战枫感觉到了她的变化。

她长大了，稚气与天真少了很多，模样似乎也有些不同，眉眼间多了种绝美的气韵。她只是静静站着，却仿佛有烈焰般的光彩逼得人睁不开眼。

“二拜高堂！”

战枫同刀冽香向烈明镜拜下。

烈明镜大笑着挥手，快慰与满足的神情令在场的人有些吃惊。

她，站在烈明镜身后。

她在微笑。

她依然是鲜红的衣裳，鲜红得让深秋的红枫黯然失色；她的眼睛依然明亮，明亮清澈得像清晨映着朝霞的溪水。她的笑容是柔和的，仿佛是想起了遥远的童年，一件有趣的往事。

她恬淡美丽，好像没有什么事情可以改变她的心境。

战枫的瞳孔慢慢紧缩。

一阵刺痛，缓慢地自他心上划过。

“夫妻对拜！”

孩子们更加起劲地哄闹，有胆大些的孩子伸出手去，要把战枫往新娘子身上推。

冷酷的气息！

孩子们的手被冰冷的刀气阻隔，身子好似掉入了冰窟中，一个孩子吓得“哇”一声哭出来……

哭泣的孩子立刻被抱走了。

剩下的孩子惊得浑身颤抖。

婚宴的气氛顿时古怪起来。

原本的热闹喧哗中，忽然掺进了怪异的不和谐。

漫天枫叶急坠！

庭院中灯笼的火光骤然一暗！

寒光一闪！

锐利的刀锋逼近刀冽香胸口！

电光石火间。

一道雪白的人影鬼魅般扑向新娘子刀冽香！

那人出现得如此突然……

所有人都没有来得及反应！

如歌惊怔！

然后，一阵冰冷的沉重感慢慢灌下来。

虽然还没有看清那白影的模样，可是，她已经猜到了那是谁！

倒吸口凉气！

如歌满心满肺都是彻骨的凉意。

愚蠢的行为！这原本应该是她唯一的感受。可是，她忽然觉得悲哀。这种悲哀，不仅仅是为莹衣，好像也有一部分是为她自己。这一刻，她忽然能读懂莹衣的心。

匕首"当"一声，跌落在青石地上。

战枫的右臂渗出血来。

白衣人狼狈地摔跌在战枫脚边！跌倒的身影单薄而孱弱，像深夜里沁着凉气的露珠。白衣裹着她娇小的身子，仿佛一朵稚嫩的小白花。

她挣扎着抬起头，满脸泪水，在红彤彤的灯笼下显出惊人的脆弱。

战枫眼神冷厉：

"是你。"

泪水淌过她的下巴，莹衣凄楚道：

"你心中，不是只有我吗？"

泣声婉转，恍如杜鹃啼血。

庭院中。

诡异的死寂。

火红的枫叶在夜风中摇曳。

大红的灯笼也随着摇曳起来。

宴席中的火光忽明忽暗，闪烁不定。

烈明镜眉头深锁。

裔浪示意山庄弟子将闹事的莹衣带走。

莹衣惨笑着，突然抓起地上的匕首，对准自己的胸膛，道：“有谁上来，我便自决于此！”

裔浪冷笑，挥手令山庄弟子继续。蠢笨的女人，若不是婚宴的缘故，她现在就已经是死人一个了。就算她真的血溅当场，见惯杀戮的江湖中人连眼睛都不会眨一下。

山庄弟子逼近莹衣……

莹衣忽然凄声大笑：“我死不足惜！只是，我若死了，这腹中的孩子也要一并去了！”

满场哗然！

烈明镜怒目而视！

刀无暇折扇猛合，眼睛微微眯起。

战枫却好像没有听见，唇角勾出一抹古怪的意味。

莹衣的眼中满是泪水，她凄婉地哀求着着凤冠霞帔的刀冽香：“刀小姐，求求你成全枫少爷和我好吗？枫少爷是我的全部，没有他我会死的！而且……我已经有了枫少爷的孩子……”

大红的嫁衣上，金灿灿的凤凰振翅欲飞。

珠玉璀璨的凤冠下，刀冽香的声音无比冷漠。

“求我做什么？孩子是他的，又不是我的。”

莹衣万没料到刀冽香竟会这样冷淡，不禁有些惊慌，泪水如雨般淌下：“枫少爷并不喜欢你，他只是逼不得已……”

战枫眼神如冰。

莹衣犹自低泣道："你如果不是天下无刀城的三小姐，枫少爷是绝不肯娶你的……我知道……枫少爷喜欢的只有我……和我们的孩子……"

刀冽香用手指拨开珠玉面帘，一双无波的眼睛，淡淡望住战枫，道："战公子，请管好你的女人。"

婚宴变成了闹剧。

众宾客都极为尴尬。

烈火山庄与天下无刀城的联姻，其目的虽然每个人都心知肚明，可是就这样赤裸裸地当众被挑明，却是谁也预料不到的。

如歌叹息。

她已经不想再看下去了。轻蹲下来，她用口型对轮椅中的玉自寒道："我有些累了，回去好吗？"

玉自寒点头。

纵然在这样喧闹荒诞的时刻，他依然是平静的，仿若有温玉般的光华在他青衣上缓缓流淌。望着他恬淡的笑容，如歌的心也平静了下来。

她推起他的轮椅，正准备悄悄离开。

夜色中，却传来战枫冰冷的声音。

"杀了她。"

冰冷如刀的三个字。

然后，战枫对司仪道："婚宴继续。"

莹衣惊呆了，面色惨白，手中的匕首摇摇欲坠。

山庄弟子亦是大惊，但枫少爷的命令岂敢违抗，只好狠下心向那个单薄的女子围去。

欢闹的丝竹之乐再度奏起！

战枫的面容平静无波。

刀冽香唇角闪过嘲弄的意味，珠玉的面帘重新垂下。

恨意从莹衣眼中迸射出来！

她咬牙飞扑向战枫，大吼道：“我怀了你的孩子！我腹中有了你的孩子！”

匕首怒刺向战枫的前胸！

这一刻，她恨透了战枫！她恨不得他死！

如歌闭上眼睛。

这一刻，她忽然知道了。

莹衣也是真正爱着战枫的。虽然她的手段极端，可是她是真的爱着战枫的。一个女人，如果没有那么强烈的爱，就不会有那么强烈的恨。

当如歌睁开眼睛时。

匕首已经到了战枫的手中。

他抓着莹衣的头发，将她的脑袋向后拉扯，他的话残忍冷漠：“怀了我的孩子？”

“是。”莹衣眼睛干涩，她的泪水已流尽。

“我的孩子……”匕首抵近她的小腹，“长大后必定会是个魔鬼，不如现在就让他死去吧……”

锋利的匕首刺入莹衣的小腹。

冰寒入骨……

莹衣绝望恐惧地大叫：“不要啊！我的孩子！！！”

战枫眼底幽黑。

匕首用力向那个柔软的腹部刺去！！

烈火山庄的喜宴。

火红的枫树上挂着红彤彤的灯笼。

酒香。

菜香。

撒了一地的花瓣、糖块、花生、枣子……

“放开她。”

愤怒的声音在死寂的庭院里响起。

“放开她！”

鲜艳如火的枫树下。

一个鲜艳如火的女子。

她的嘴唇倔强地抿着，眼中似有烈火在燃烧，耀眼的红衣在满是落叶的风中拓展。

她扶着莹衣颤抖的身子，握住战枫拿着匕首的右手，一字一句道：

“你、放、开、她！”

匕首刺在莹衣腹中，血淌下，染红了青石的地面。

满场惊愕。

众人的目光皆望向一言不发的烈明镜。

烈火山庄的大弟子、与天下无刀城联姻的战枫，竟然同庄主的独生爱女在如此重大的场合发生冲突！

烈明镜神色凝重，脸上的刀疤深可见骨。

他凝视着僵持的战枫和如歌，眼中有着无人能解的复杂。

终于——

他拍掌而起，大笑道：

“好！”

烈明镜身材魁梧，白发浓密，他的目光似乎在一瞬间看清了当晚在场的每一个人！

“趁枫儿大喜之日，众位朋友皆在场，我宣布……”

他望着如歌，朗笑道：

“小女如歌将继承烈火山庄庄主之位！她年纪尚轻，脾气又冲，需要大家多包涵！这次喜宴的小麻烦，就交给歌儿处理好了！大家不要扫了兴！来，喝酒！奏乐！”

事态的发展居然如此出人意料！

烈火山庄未来的继承人竟然不是战枫！

众人强压下心中的震惊，跟随烈明镜饮酒、欢笑，恭喜祝贺声再次在庭院的各个角落响起……

这一边……

如歌抱起晕厥的莹衣，转身而去，战枫和婚宴被她丢在身后。

只有玉自寒陪伴着她一起离开。

寂静的夜晚。

“礼——成——”声音遥遥传来。

如歌突然觉得很冷。

***　***

山庄渐渐安静下来。

红灯笼依然挂满树梢屋檐，热热闹闹地亮着，大红的喜字也依然灿灿地惹眼，像在提醒每一个人，今晚是战枫与刀冽香的洞房花烛夜。

可是，却没有欢闹声。

只有安静的风。

深秋的夜，如冬日一般寒冷。

月光很亮。

照在那一大片暗红的枫林中。

如歌累极了，她倚着枫树，累得似乎都睁不开眼睛。她的身子慢慢滑落，跌坐在落满枫叶的地上。

月光下，她的脸色有些苍白。

额角沁出细碎的汗珠。

莹衣的鲜血浸染了她的衣裳，一片暗暗的褐色，散发着一股淡淡的血腥味。

她累极了。

不想回去了。

就在这枫林里，她想静静睡一觉。

枫林中，有虫鸣，似乎还有萤火虫，微弱的光芒若隐若现。

如歌静静睡去。

红裳在冷冽的夜里显得分外单薄……

好冷……

她瑟缩着渐渐抱紧身子，眉头皱了起来。

一团晶莹的光，盈盈地，慢慢地，自她怀中流淌出来……

仔细看去……

光来自她怀中的一朵冰花……

光如天山的雪……

又似映着春日的暖阳……

光芒渐渐盛了……

将沉睡的她暖暖地裹起来……

她的唇边有了浅浅的笑。

睡梦里，她可以回到无忧的往昔。

枫林中。

如歌在做一个温暖的梦。

荷塘边。

战枫眼底一片寒冷的冰河。

那已经不能再叫作荷塘了。

没有荷花。

没有荷叶。

也没有了水。

荒芜的荷塘边。

战枫一身深蓝的布衣，右手边放着他的刀。他望着那片荷塘，不晓得在想些什么，发蓝的卷发微微飞扬。

忽然，他笑了笑。

一抹亮蓝点亮了他孤冷的眼神。

……

那个夏日，就在这个荷花塘。

满池碧叶。

满池粉红的荷花。

突然间，他和她全都羞涩得不晓得手脚该往何处放，涨红的面颊似乎可以将湛蓝的天空映红。她的红衣鲜艳，被他拥在怀中，紧张紊乱的呼吸在他耳边响起。

她很紧张。

其实，他也很紧张。不知道她有没有发现。

心脏跳得好似要蹦出喉咙！

忘记了那时她在他怀里有多久。

只记得，他像孩子般奢望，就让时光死掉，就让这一刻永远永远停下来。

……

枫林中。

如歌忽然被什么惊扰了，身子一颤，温暖的梦顿时碎了。

冰花的光辉消失在她衣襟下。

仿佛从来没有出现过。

她睁开眼睛，没来得及去回味自己究竟梦到了什么，就看到了枫林外荷塘边那个深蓝的背影。

亮亮的月光，将长长的影子投在荒芜的荷塘里。

孤冷的背脊。

深蓝的布衣。

战枫。

和他的刀。

他背对着她。

她不知道他在那里有多久了。

她醒了吗？

战枫满是茧子的掌心，忽然涌出一股潮意。

如歌站起来，红叶“簌簌”自她身上飘落。她想静静地离开，装作没有看到他。然而，天际那轮皎洁的月亮，和他透着寒意的背影，忽然令她开口道：

“你不应该在这里。”

战枫没有回头。

等了一会儿，正当她以为他不会回答时，却听到他低沉的声音：

“荷塘是你命人填的？”

“是。”

“为什么将它填起来？”

他在荷塘边，她在枫林中，月光淡淡照着他和她。

“今晚是你的洞房夜。”

她的声音像月光一样淡。

“你怕我吗？”

战枫忽然转过头，凝视她，眼底掠过一抹幽暗。

“刀姑娘在等你。”

他冷笑起来：“居然变得如此胆怯。是否怕接近我，便再不能从我身边走开？”

如歌惊怔，然后，她道：

“不用激我，若想让我陪你，直说就是。”

战枫瞳孔紧缩，半晌，他道：

“你走吧。”

依然是倔强的战枫。

那个战枫，她曾经多么的熟悉……

如此的夜色，暗红的枫林，荒芜的荷塘，许多她想要忘记的事情，又淡淡浮上了心头。

她坐到他的身边。

望着那个填满了土的荷塘，她的心也像被堵了起来。

“告诉我，究竟发生了什么？”是什么，让她熟悉眷恋的战枫消失了；是什么，让他变得像恶魔一样冷酷。

他沉默。

“天命”在月光下隐隐发光。

“为了权势吗？”她问，“如果为了权势，你可以娶我，不必用莹衣将我逼走。”

他依然沉默。

“为什么会娶刀冽香？什么是烈火山庄无法给你的，而必须要通过天下无刀城？”

她继续追问。

“难道……你恨我爹……”

他身子一震，眼中迸出寒光！

“你说什么？！”

“你恨我爹，对不对？”她苦笑，“自从两年前，你望着爹的眼神就有些古怪。”

“我没有。”

他的话语中透出寒意。

她笑一笑：“没有就好。”

月光如水。

如歌的笑容渐渐敛起来。

“那么，战枫，请告诉我，你为何会变成一个魔鬼？”

她的话像寒冬的飞雪将战枫的身子冻结起来！

“能够将一个九岁孩子的脖颈捏碎，能够将刀刺入怀着自己骨肉的女子的腹中，你是一个怎样残忍的人！”

她凝视他。

一直望进他的眼底。

“我的骨肉？”

战枫忽然嘲弄地笑。

她皱眉：“怎么，哪里不对？”

“这世上，永远不会有我的骨肉。魔鬼，只需要一个就足够了。”

她听得疑惑。

战枫站起来，手中握着他的刀。

月光洒在他深蓝的衣上，发蓝的卷发轻轻飞扬，他右耳的蓝宝石闪出诡异的暗光。

他的眼睛突然湛蓝如大海：

“如果有一天，我真正变成魔鬼，你会杀了我吗？”

风，彻骨的冷。

如歌一袭红裳，满树枫叶在身后摇曳，她的面色苍白，嘴唇抿着，眼中似有火焰在燃烧。

“会。”

我会杀了你。

声音仿佛是自如歌体内透出来的，有种绝情的味道。这声音令如歌亦是一惊，她没有想到自己会说得那样冷静。

战枫仿佛笑了笑。

然后，他离开了荷塘。

荒芜的荷塘。

在荷塘里，埋着一双没有染过尘埃的鞋。那双鞋白底蓝面，用的是麻线，针脚很密，不十分工整，却来来回回缝了两趟。

翌日。

“哇！小姐将会是烈火山庄的庄主？！”蝶衣惊奇地睁大眼睛。

薰衣细心地为如歌梳妆，答道：

“庄主是这样宣布的。”

蝶衣困惑地说道：“可是，以前大家都以为枫少爷会继承烈火山庄的……而且，小姐也没有什么经验，会不会有问题啊？”

薰衣浅笑：“你不相信小姐的能力吗？”

蝶衣涨红了脸：“我不是那个意思……我是说……”

如歌对着铜镜，笑道：“或许爹只是开玩笑的。”

薰衣温柔地梳理如歌的长发，小心地不揪痛她，低声道：“庄主从未在众人面前开过玩笑。”

如歌一怔。

“你是说，爹是认真的？”

“庄主特意在江湖群雄面前宣布，应该是十分认真的。”薰衣道。

“那你说，庄主为什么不选择枫少爷呢？”蝶衣挠头，“枫少爷都牺牲了自己同天下无刀城联姻，为什么……”

“只有小姐，才是庄主的骨肉。”

薰衣将如歌的长发绾起来，挽成一个清爽的发式。

如歌心里暗惊，她忽然觉得薰衣的口吻中带有一些嘲弄，向她望去，却见她依旧温婉有度，哪里有嘲弄的神情，不由得为自己的多疑感到汗颜。

蝶衣犹豫再犹豫，终于忍不住问道：“小姐，你高兴当庄主吗？”小姐这样可爱单纯的女子要成为天下第一庄的庄主，一定会很辛苦的！

如歌笑一笑：

“我想知道爹这样做的原因。”

竹林中。

烈明镜品着女儿为他新煮的茶，大笑道：

“好！歌儿的茶艺越发进步了！”

如歌重新为他斟满，午后的阳光透过竹叶洒在她的面颊，冰肌莹彻，她抬起眼睛，轻笑道：

“爹，你总是夸奖女儿，也不怕别人笑。”

烈明镜瞋目道：

“我的女儿是世间最出色的！有谁敢笑？！”

“爹……”如歌微微摇头，心里却一片滚热，“不能因为我是您的女儿，就……”

烈明镜拍拍她的手，道：

“歌儿，爹只有你这一个女儿，爹要把最好的事物都留给你。”

她眉心轻皱。

“包括烈火山庄？”

石桌上，温热的紫砂壶。

热气袅袅蒸腾。

烈明镜目光威严而犀利：“烈火山庄的主人只能是你。”

她有些愣怔。

半晌，她问道：“为什么？”

烈明镜背手而立，萧瑟的竹叶在秋风中“飒飒”地响。

“烈火山庄是我和我的兄弟赤手空拳打下来的，为了它，我们经历过无数次战役，遭遇过无数次危机，承受过无数次屈辱，更加流过无数次鲜血。然后，才有了现在的烈火山庄。”

他的声音苍凉。

“烈火山庄的一举一动，都会影响到武林的局势，只有交给你，我才放心。”

“为什么不是战枫？”

烈明镜摇摇头，目光一暗。

“战枫的父亲战飞天，不正是您当年的结拜兄弟吗？”如歌凝视他，“战叔叔死得蹊跷，虽然江湖中还是庄里都鲜少有人提起此事，可是我晓得很多人心里都有疑问。”

战飞天盛年之时，忽然自尽，留下刚分娩的妻子。他离世后，妻子也自尽而去，只剩下襁褓中的战枫。战飞天生性豪爽乐观，为何会自尽而亡，是武林中一大悬案。自然有很多种猜测，可是，畏惧于烈火山庄的威势，仅止于私下流传。

“并且战枫是爹的大弟子，武功与能力都非常出色；而我，虽然是您的女儿，却从未插手过庄里的事情。爹宣布我继承庄主之位，怕是很难服众。”

如歌暗叹。

不仅是难以服众，只怕许多人会认为爹私心太重。

战飞天……

烈明镜闭上眼睛，脸上的刀疤隐隐颤动，他心中被汹涌的旧事翻搅，一时间，竟说不出话来。

他仿佛顷刻间苍老了很多。

如歌看到爹的神情，不由得一惊，急忙扶住他：

“爹……”

她说错话了。从小，战叔叔的死就是一个忌讳，在爹面前是绝不允许被提起的。

烈明镜渐渐平静下来，他望着如歌，神色异常慈祥：

“飞天是我的好兄弟，但战枫性情太过残忍冷酷……歌儿，你虽然没有经验，却果断坚忍。这次回庄，你的性子比以前也沉静了许多，功力也似大有进境……”

她静静听着，红衣映着青色的竹林，在午后的风中轻扬。

她眼眸深幽。

一种摄人心魄的美丽，自她眼底悄悄绽放。这种美丽，是不自觉的，也就更加惊人……

烈明镜骤然吃惊！

这个如歌，已经不再是离庄前的如歌！

稚气和青涩自她身上消失了，她恍若浴火后的凤凰，璀璨的光辉一点点绽放！

她的模样……

烈明镜颤声道：“你的封印……”

“封印？”如歌不解，爹怎么突然冒出这句话，“什么封印？”

封印……

怕是已经被解开了吧……

那个如灿阳般耀眼的白衣男子……

烈明镜回石桌边坐下，端起茶盏，茶已经凉了。如歌想再斟些热的，他摆摆手，将凉茶饮下。

“烈火山庄的主人只能是你。”

烈明镜的声音不容置疑。

“可是……”

如歌依然觉得不妥。

烈明镜道：“歌儿，爹不会现在就让你接手山庄，慢慢地，你就可以学会如何处理江湖中的事务，江湖各门派也会开始接受你。”

他大笑道：“爹会帮你！你不用担心！”

“可是，我不喜欢……”

如歌努力想劝爹打消这个念头。

“就这样决定了！”烈明镜大手一挥，打断她，“后天你就离开烈火山庄！”

什么？爹竟然赶她走？

如歌一怔：“爹！我刚回来没有十天。”

烈明镜沉声道：“最近宫中似乎有些乱，玉儿应该早些回去。你同他一起回去吧。”

如歌又怔住。

烈明镜凝视她，笑得慈祥，慈祥得像天底下所有关心儿女的父亲：“玉儿从小就喜欢你。”

如歌骤然两颊飞红，喃声道：“爹……”

“玉儿身有残疾，爹原本不想你同他在一起。只是，枫儿已然娶亲，性情亦大变……”烈明镜叹道，“玉儿也是很不错的孩子。”

爹居然同她谈这种事情……

如歌哭笑不得。

天色渐渐晚了。

父女两个在竹林中谈笑。

如歌说些离庄后的趣事，笑得很开心。

烈明镜听着，不时地大笑……

他的女儿长大了，将来有很多事情必须要自己承受。只希望，在他还有能力的时候，可以让她永远这样开心地笑着。

不知道还可以保护她多久。

十九年了……

战枫十九岁了……

那个人应该马上就要来了……

石桌上的茶已凉透。

夕阳照进竹林，林子被光线晕染成红色。

如歌要离开了。

烈明镜说出了那天的最后一句话——

“如果战枫危害到你，就杀了他。”

这句话，语气十分平静。

如歌惊骇，她向烈明镜望去，然而没有看到他的表情。

烈明镜已经转过了身子，满头浓密的白发，被夕阳映有暗红的色泽，他的影子也是红色的，斜斜拖在青色竹林的地上。

***　　***

“所以说，明天我们就要离开烈火山庄了。”

如歌抱着膝盖，皱着脸道。

当她来到玉院的时候，敏感地察觉出一股紧张的气氛。

玄璜与赤璋正神情严肃地同玉自寒说些什么。玉自寒静静“听”着，从他淡定的面容中，看不出一丝波动。

见到他们在忙，她原本不想打扰，准备待会儿再过来，玉自寒却已看到了她。

见到她的那一刻。

玉自寒的笑容仿若灵玉，柔和地自唇角到眼底，青色的衣衫仿佛也温柔了起来。

他微笑着。

玄璜与赤璋退下。

如歌将他推出来，慢慢走在山庄里。

天空湛蓝高远，如薄烟一般飘着的云，鲜艳的枫林好似在天际燃烧，远处一些树的叶子金灿灿。

如歌忽然很舍不得离开这里。

于是，她的神情有些沮丧。

玉自寒安静地坐在木轮椅中，凝望苦着脸的她，修长的手指拂弄她皱紧的眉头，道：

“你很久没有回来了。”这是她出生长大的地方，离开这么久，刚回来又要再离开，她想必是很不舍得的。

“是啊。”她叹道，“好久没有见爹了，总觉得爹似乎老了一些……看着爹，我忽然觉得自己很过分。一直被爹那样宠爱着，却从来没有为爹做过什么……”

她的神情更加沮丧起来。

玉自寒轻轻托起她的下巴，瞅了她良久，然后，低声道：

“我会去同师父说，你不用陪我。”

如歌眨眨眼睛。

忽然，又觉得心里不舒服。

她闷声闷气道：“原来，师兄不喜欢我在你身边呀。”

玉自寒轻轻笑了，将她抱进自己的怀中。

她赌气地从他臂弯挣脱，气鼓鼓瞪着他道：“师兄，你是不是不喜欢我陪着你？你是不是嫌我没有用，所以干脆把我丢在山庄好了！”

玉自寒笑着。

那笑容好看得令她的心像浸在春水里一般。

“歌儿……”

他的声音略带些鼻音，因为鲜少说话，声调也有些奇异，可是，却惊人地好听。

如歌也知道自己在无理取闹，不由得笑了。但是她不想道歉，在他身边，她可以任性不讲道理，可以耍赖得像个孩子。

她像小猫一样趴在他的膝头撒娇：

“师兄，你不要回王府了好不好？就留在这里，跟歌儿和爹在一起。”

玉自寒望着她，眼底一片歉疚：“对不起。”他身上有太多无法放下的责任。如果能够选择，他希望可以永远地守在她身边。

她皱皱鼻子，笑得不好意思：“好啦，我知道师兄也是不得已的。最近朝中似乎真的有些乱，你能陪我回来这一趟，我已经很开心了！”

玉自寒淡笑道：“你不用陪我，留在这里吧。”宫廷中太过复杂和阴暗，那无休止的争斗，不适合她。

如歌摇摇头：

“不，我不放心。”

玉自寒微怔。

如歌笑得温柔：“我知道师兄很厉害，很有本领，可是不在你身边，我就是会不放心。爹也是担心你吧，所以让我陪着你。”

她握住他的手，笑着摇一摇：

“说起来，也都怨你啊！还是我的师兄呢，为什么总让人担心？会担心你是不是太劳累，是不是太伤神，身子有没有不舒服……只有在你身边看着你，才不会一直揪着心。”

她的眼睛清澈如水。

她眼中含笑。

她握着他的手，温暖传过去，一点点暖热着他的身子。

轮椅中的玉自寒，着青衣，温其如玉。

风，吹过他和她紧握的手。

那一刻，他忘了言语。

她笑颜盈盈，嘴唇嫩嫩的，润泽可爱。

他忽然想起了那一个早晨……

他吻着她……

她有些慌乱……

如歌的脸突然涨得通红，她跳起来，慌乱道："哎呀，我还有些事情，要马上走了，我先送你回去！"她手忙脚乱地推起轮椅，向玉院走去。

路旁的枫林艳红似火。

她的面颊红如枫叶。

为什么……她会忽然想到那一个清晨……他吻着她……那个吻……青涩而紧张……

她心跳如鼓，不敢看他，眼睛无意地向枫林望去——

陡然一惊！

枫林中有人！

漫天红枫。

红枫深处——

一袭艳红得刺眼的红裳，仿佛盛夏的烈阳，照得人透不过气！

妖异的鲜红！

那鲜红，既有最灿烂的明亮，又有最颓废的黑暗。

一只精美的黄金酒杯。

在苍白的指尖闪亮。

那红衣人长发披肩，赤足而立，肌肤苍白得仿佛他一直被囚禁在地狱中。

眉间一颗殷红的朱砂。

透出邪魅的味道。

红衣人仰天长笑，湛蓝的天空，血红的枫叶急坠飘舞！

红枫绝美的舞蹈中。

红衣人的纵情长笑却是寂静的，一点声息也没有。

实在太诡异了！

如歌忍不住揉了揉眼睛，怀疑自己是在梦中。

待她再望去——

枫林中竟然什么也没有了！

只有满地翻卷的枫叶。

“奇怪！你有没有看到那个人？！”

如歌诧异极了！

难道她大白天在做梦？枫林中怎会有人突然出现又突然消失？而且，那红衣人给她的感觉如此真实！

没有听到玉自寒的回答。

她愣了愣，然后哑然失笑。玉自寒是背对她的，自然“听”不到她说话。

可能这几天她确实累了吧。

或许，真的是她的幻觉。

***　***

当莹衣醒过来时，已经是这晚的深夜了。

床边生着一盆火，炭火烧得微红，屋里很暖和。莹衣躺在床上，面孔煞白，额头满是虚汗，枕头被浸得湿透。她颤巍巍睁开眼睛，略怔一怔，突然紧紧捂住她的腹部，失声惊道：

“孩子……”

“孩子没有了。”

那把匕首刺入了莹衣的腹部，血流如注，不管大夫们如何施救，也不能保住孩子的性命。

莹衣僵住！

忽然间狂涌出的虚汗使她前胸后背冰凉一片。

良久，她慢慢抬起头，眼中露出恨意：

“为什么不让我死！”

如歌望着苍白的莹衣，心中说不出是什么滋味。她侧过头，用铜钩拨一拨火盆中的炭火，轻声道：

“如果你真的很想去死，我不会拦着你。”

莹衣怒瞪她。

然后，慢慢地，眼泪自她两颊滑落……

她哭了，哭得没有一点声音。

“为什么要这么做？”如歌问道。

莹衣不应该是如此愚蠢的女子。在婚礼上行刺刀冽香，即使成功了，也会搭上她的性命。那样大闹婚宴，她难道真的以为可以改变战枫的决定吗？在烈火山庄这两年，莹衣不会对战枫一点了解也没有。

莹衣仿佛没有听见。

泪水淌满她苍白的面颊，嘴唇微微发抖。腹部的伤口依然尖锐地痛着，好像会永远停留在战枫将匕首刺入她腹中那一刻。

战枫的眼神冰冷残酷，在他的瞳孔里，没有一丝她的影子……

如歌将绢帕放到莹衣手中。

“明天我就要离开山庄，你的事情需要今晚解决。”

莹衣缓缓抬眼看她，眼中一片漠然。

“我可以让你走，”如歌声音低沉，“只要你告诉我破坏婚宴的真正原因。”

“原因？”莹衣笑容苦涩，“因为我恨他。”她的眼中满是痛苦，“我不要他那样轻松地就丢弃掉我。”

如歌揉一揉眉心：“难道在婚宴上闹一场就可以报复他吗？而且还牺牲掉了腹中的孩子。莹衣，你绝不会是如此蠢笨的一个人……或者你的目的并不在于战枫，而是为了让烈火山庄和天下无刀城在天下群雄面前蒙羞。”

莹衣怔住。

如歌静静道：

“你五岁时被父母卖入烟红楼，十一岁开始接客，经常被老鸨龟公鞭打取乐，曾经有四次险些死掉。可是十五岁时，你忽然习得了一身武功，烟红楼的产业也突然转到了你的名下，欺负过你的老鸨龟公们一夜间全部‘自尽’。”

黑漆漆的夜色透过单薄的窗纸沁进来。

锃亮的铜盆中，炭火烧得旺红，噼噼啪啪地轻响。

床榻上水红的锦缎软被，映得莹衣的面孔分外苍白，黑幽幽的两只大眼睛空洞而无神：“你……”

“这是我命青火堂搜得的资料。”如歌淡笑，“可以告诉我，在你十五岁时忽然现身烟红楼的那个黑纱女子是谁吗？”

莹衣的嘴唇猛然煞白。

如歌用铜钩拨拨火盆中的炭火，热气熏红了她姣好的面容：“她的名字是否叫作暗夜绝？”她抬眼，瞅着莹衣道，“你到烈火山庄，恐怕也是精心安排的。”

莹衣闭上眼睛，睫毛在苍白的肌肤上显得格外黑。

“告诉我，你的任务是什么？”

莹衣苦笑：“我已经失败了。就算你不杀我，他们也绝不会放过我。”暗河是一个残忍黑暗的组织，自从她加入的那一刻起，就再没有选择的机会。

如歌凝视她。

“你愿意重新开始吗？”

莹衣眼神怪异，忽然笑得呛咳：“你在说笑吗？”

如歌微笑，那笑容令人安心。

“如果不想就这样死去，你可以选择相信我。”

***　***

第二天清晨。

烈火山庄宣布了莹衣的死讯。

第二章

喜欢她亲手缝的棉氅，喜欢在她的身边，喜欢她做的所有事情。

回到静渊王府将近一个月，天气越来越冷。庭院里的树木，落尽了叶子，疏落有致的枝干，苍蓝的天空，风中飘着一点小雪，飘在人脸上冰凉冰凉。

府外停着几辆华丽的马车和几顶暖轿，轿夫们恭敬地守在一边，马儿们却因为等待的时间长了，不耐烦地用蹄子在地上刨着。

一道青色的棉帘遮住书阁的屋门，丫鬟们不时送些热茶、糕点、炭火进去，里面的谈话声透过棉帘隐约传出来。

“都快三个时辰了，不晓得王爷的身体是否吃得消。”黄琮趴在窗口，颦眉望着书阁的棉帘。

如歌低头缝着棉氅的衣角：“放心，马上就要结束了。”

黄琮好奇道："你怎么知道？"

如歌眨眨眼睛："我买通了玄璜啊。呵呵，只要他们谈议事情超过三个时辰，就请玄璜对他们说皇上派御医来为师兄诊脉。"

"御医？"黄琮睁大眼睛，"你让玄璜骗他们？"

"哪里是骗，御医就在偏厅候着，"如歌笑得很可爱，"我只是让他选择正确的时间出现罢了。"

黄琮也笑了。

她越来越喜欢如歌，聪慧机灵，善解人意，而且没有一点小姐的泼辣性子。

如歌放下手中的棉氅，叹道："自从皇上将批复奏折的事务和禁军的调度权交给师兄，他可以休息的时间越来越少了。"等那些人走后，玉自寒还要审阅各地送上的折子，经常忙到深夜仍无法入睡。

"是啊。"黄琮的眉头皱得紧紧的，"皇上的身体有恙，不能操劳。可是这样下去，王爷的身子也会受不了的……"

庭院中传来喧哗声。

锦衣玉袍的朝中大臣们从书阁中出来，继续谈论着，向府外走去。

如歌急忙站起来，道：

"我去看师兄！"

书阁中。

茶盏、糕点碟子还未来得及收拾，凌乱地散在案几上。尚未审阅的奏折有三尺高，堆在沉香书案上。

玉自寒有些累了，清俊的面容染着淡淡的倦意，眼睛闭着像是已然睡去。青花白瓷的杯盏松松握在他的右手里，碧螺春已没有热气。

茶盏被轻轻拿走。

一条青色的棉毯盖上玉自寒单薄的膝。

然后，轮椅很小心地被推到书阁屏风后的床边，那人轻手轻脚地抱起他，轻轻把他放在床上，拉过被子，覆住他，轻轻将被角掖在他的下颌。这时丫鬟们进来了要收拾东西，那人忙摆摆手让她们待会儿再来。

安静地休息是他此刻最需要的。

她在床边托着下巴凝望他良久，终于叹口气，准备离开了。

手，却被他握在温暖的掌中。

她吃惊地回头——

玉自寒握住她的手，睁开眼睛，他枕在青缎的软枕上，唇边绽开温润的笑容：

“别走。”

声线低哑带些慵懒，莫名的动人。

如歌睁大眼睛：“原来你在装睡？！狡猾的师兄！”

玉自寒温柔地笑着。

他并没有真的睡着，只是，他喜欢她小心翼翼地呵护。当被她抱在怀里，当她的手为他盖着被子，他的心快要被暖意溢满了。

如歌摇头道：“师兄，你累了一下午，睡一觉好不好？等晚膳时，我再来叫你。”

玉自寒依然握着她的手，含笑道：

“好。”

如歌满意地点头，准备离开，却愣住，盯着他的手：“那你放开我呀。”拉着她的手，她怎样离开呢？

他依然笑得温柔：

“别走。”

她想让他休息，也知道如果坚持，他会让自己离开。可是看着他宛如春风的笑容，心却一下子软了。她坐下来，拍拍他的手背，叹道：

“我不走你怎么休息呢？”

玉自寒淡笑道：

“想‘听’你说话。”自从回到府中，他公务缠身，很久都没有同她好生说一阵话了。

如歌皱眉想一想，忽然眼睛一亮，将他的手拉至自己唇畔，高兴地笑道：“这样吧，你用手指‘听’我说话，将眼睛闭起来休息。好不好呢？”

玉自寒点头。

然后，他睡着，她说着。

青纱的床幔微微轻扬，一挂碧玉铃铛时而轻响、时而静止，火盆里的炭火噼噼啪啪……然而，在他寂静的世界里，只能“听”到她一个人的声音。

“你最近很累，我很担心。你知道吗？”她无奈地埋怨着，“连着好几天，你都是半夜才入睡，身子似乎也清减了些。真是奇怪，当人家的师兄却一直让师妹操心……”

他握握她的手，闭着眼睛笑。

“不晓得皇上的病什么时候可以大好，”她轻叹，“希望到时候你会清闲些。”

她想一想，摇头道：“皇上也是奇怪啊，这些事情为什么不交给景献王或者敬阳王处理呢？他们应该会很感兴趣的。把大权交给你，怕是会有很多人心中不安吧。”以前师兄虽受皇上怜爱，然而因为身有残疾，所以未被其他王爷视为劲敌，明争暗斗据说多是在景献王与敬阳王之间展开的。但这次皇上有恙，却将重权交与师兄，恐怕……

“师兄，你希望继承皇位吗？”

这个问题突然自口中蹦出来，连她自己都吓了一跳。

玉自寒“听”到了。

他没有睁开眼睛，只是轻淡笑着，笑容极轻：

“不想。”

她松了一口气，拍拍胸口，高兴地笑道：“太好了！爹想让我继承烈火山庄就觉得很烦心了，如果成为皇上，那么烦恼的事情一定很多很多。师兄不要当皇上，以后就陪着歌儿，让歌儿照顾你……”

忽然，她怔住！

青缎软枕上，玉自寒俊俏的面容悄悄飞上两抹绯红，他的嘴唇也奇异地红艳起来……

她的脸“刷”地涨红！

因为——

她拍胸口的时候，一时忘记了他的手在自己掌中。他的掌心恰恰被她压在了自己的胸部！

“扑通！扑通！”

心脏急跳如打鼓！

她慌慌张张松开他的手，急急忙忙跳起来，慌乱之下失了分寸，被凳脚一绊，直直向床上扑去！

青纱幔帘飞扬。

碧玉铃铛叮咚脆响。

风轻轻拍打着窗纸。

火盆中炭火很旺，屋里像温暖的三月。

玉自寒轻轻抱着如歌，那么温柔，就像拥抱着初春绽开的第一朵花苞。

她在他怀里。

她可以听见他的心跳，他的心跳像轻快奔跑的小鹿。

“歌儿……”

他唤着她的名字，轻轻抬起她羞红的小脸。

他脸红如火……

她脸红如霞……

这时，屋门被推开了，棉帘一挑，玄璜手拿一张帖子走了进来。

如歌腾地从玉自寒怀中跳起来。

玄璜微咳一声，仿佛什么也没有看到，走至玉自寒床前，恭声道："景献王府送来请柬，今晚寿宴，邀您和烈小姐一同前去。"

***　　***

夜晚的景献王府。

几百盏华丽的宫灯点亮朱红镏金的长廊，着浅绿薄纱的秀美侍女们轻盈地在画廊中穿梭。

堂中十几个巨大的火盆熊熊燃烧，暖如春日，亮如白昼。

镂花的朱漆木窗，窗纸薄如蝉翼，将庭院中的秀石流水、婆娑树影、精美的宫灯、穿梭的美人隐隐透进来。

酒肉奇香扑鼻。

精致的黄金酒樽，嵌着红宝石的象牙箸，绝色的舞姬在声声诱惑的丝竹中妖娆起舞。

众王爷和朝中重臣齐聚堂中，推杯换盏间纷纷恭祝景献王。

景献王坐大厅主位，丹凤眼中已有了些醉意，白皙的面容染着红晕。他手中握着酒盏，却忘记去喝，眯起眼睛出神地瞅着席间一个红衣女子。

刘尚书循着景献王的目光望过去，心中亦是暗惊。

红衣女子只是安静地坐在静渊王身侧，没有华丽的衣裳，没有闪耀的佩饰，却如一团烈烈燃烧的火焰，夺目的光芒逼得人睁不开眼。她凝视着静渊王，眸中流转的关切之意可以使世上所有的男人为之嫉妒。

美人他见过无数。

然而，这红衣女子美得惊心动魄，仿佛浴火的凤凰，令人喘不过气。

"她似乎比上一次又美了许多。"景献王惊道。莫非美丽也会以惊人的速度增长?

刘尚书低声道："烈明镜宣布由她继承烈火山庄。"

"不是战枫？"

"恐怕烈明镜对战枫存有戒心。"

景献王挑眉看他一眼，嘴角浮起古怪的笑容："也就是说，得到了她，就可以得到烈火山庄。"

刘尚书笑得谦恭："正是。"

景献王缓缓将杯中的酒饮下。

刘尚书急忙又为他斟满："不过，如果下臣没有记错，静渊王已经同她有了婚约。"

景献王冷笑："只要尚未完婚，变故就会有很多。"

"对！对！"

刘尚书连声称是。

来了已有一个时辰，在身侧火盆的暖意下，如歌有些想睡了。对于这种无聊的筵席，她实在提不起精神，只能懒懒地吃些精致的菜肴。有人一直在盯着她看，她能感觉到，可是懒得看回去。师兄要处理和操心的事情已经很多，她不想再制造些麻烦出来。

将一块嫩嫩的豆腐放到玉自寒的盘碟中。因为素来不喜味重的菜肴，他今晚吃得很少，不知道会不会有些饿呢。

玉自寒微笑。

他静静将她夹来的豆腐吃下。

她顿时笑得很开心。

在喧闹的厅堂中，轮椅中的玉自寒宁静得恍若灵山秀水间的美玉，身上似有光华淡淡流淌。

这一刻，她忽然庆幸他的耳朵听不见。

因为听不见声音，四周王爷和大臣们的低语谈论、对他的崇敬或者嫉妒就没有办法影响到他的心情。自从皇上将权力授予师兄，她晓得师兄一定会承受比以前大很多的压力。听不见声音，那些纷扰会减少很多吧。

她想着，轻轻笑着。

玉自寒凝视着她，不知晓她为何忽然笑起来。可是，只要能见到她的笑容就好。

“皇上驾到！”

堂中众人急忙跪倒接驾。

皇上能够摆驾景献王府出乎很多人的意料。当皇上将禁军的调度权和批阅奏章的事务交给静渊王，宫中便有了敬阳王与景献王失势的传言。虽然静渊王身有残疾，朝中各派势力皆认为他继承皇位的可能性不大。然而天威难测，皇上真正的心意谁能揣摩透。

而此时病中的皇上亲临景献王府，莫非情势会有变化？

众人平身后，景献王对皇上亲临一表荣幸，皇上对景献王亦是多加赞许欣慰之辞。

筵席的气氛达到高潮。

父慈子孝的谈笑声仿佛打破了朝中多日以来的猜测。

望着皇上，如歌暗暗心惊。

这是她第二次见到皇上。皇上的模样比起上次好像苍老了很多，他的眼角和嘴角都有些下垂，皮肤也松弛许多。他眉心间隐隐有股黑气，嘴唇却异常鲜红。

她皱起眉，怪异的感觉在心里一闪而过。她侧过头，努力想抓住这种奇异的念头，不经意间却透过蝉翼般透明的窗纸看到——

淡淡的夜色里。

绚丽华贵的七彩丹青琉璃宫灯下。

鬼魅般婆娑的树影旁。

一个邪魅鲜红如地狱之血的身影。

他仰着高傲的脖颈，轻轻嗅着苍白指间的黄金酒杯。酒杯在他指间，闪动炫目的光，上面似乎刻着精致古怪的花纹。

他赤足而立。

血红的衣裳随风而舞。

突然，红衣人好像看到了她！

隔着隐约透明的窗纸。

他站在夜色的庭院中。

她在喧杂的厅堂里。

狂肆的眼神！

红衣人好像看到了她，又好像透过她看到了悠长的过往，眉心的红痣邪魅而多情……

如歌恍惚如坠入一个梦中。

待她挣扎着清醒过来时，忍不住晃晃玉自寒的手，想让他也看一看窗外那个红衣人。

玉自寒向庭院中看。

透过蝉翼般的窗纸，只能看到夜色中一盏盏华丽的宫灯。

如歌揉揉眼睛，莫非又是她眼花了？

“最近同倭国的战事平息了些。”席间，景献王对皇上道，“不过我朝将士伤亡很大。”

倭国原本只占据海上的几个岛屿，以捕鱼为主要生计。可是随着武士风气在倭国的盛行，那里的人们变得野心勃勃和贪婪。他们开始抢劫和洗掠沿海的村庄，最初是零散的攻击，后来慢慢演变成有组织地侵占和奴役当地百姓。最近几年，倭国越来越狂妄，有夺取中原霸权的图谋。朝廷曾数次派兵同倭国交锋，然而打打停停，隐患始终没有消除。

景献王沉声道：

“前日倭国派使臣向威远将军送达一封信函，表示可以议和，从此再不起战事。”

此言一出，满堂震惊！如能议和，彻底解除倭国的威胁，实在是朝廷和沿海百姓的福音。

皇上精神亦是大振：“哦？！是倭国主动要求议和？”

“对。”景献王点头道，“可是倭国表示必须得到我朝的诚意，才能安心议和。”

“怎样的诚意？”

“和亲。”

“哈哈，”皇上笑道，“这很容易嘛！”

席下众王爷臣子也放下心来。和亲素来是缓和交战国关系的途径之一，宫中貌美的公主有许多，选一个嫁往倭国就可以了。

景献王却眉心深皱，似有苦衷。

皇上疑道：“有何不妥？”

景献王沉吟着看向筵席中的玉自寒。

玉自寒一身素雅的月白色锦袍，羊脂白玉束发，羊脂白玉环佩。他坐在木轮椅中，目光沉静，高华的气度使他不怒自威。

“倭国使者说，他们的长公主指名要做静渊王的王妃。”

***　***

初冬的深夜，晚风寒冽，草木轻轻作响。月光皎洁明亮，透过枝丫，斑驳地洒在宁静的小路上。

一顶青色暖轿。

轿夫们的脚步又快又轻盈。

玄璜与白琥跟随在轿旁，留心着路旁的动静。

轿内有一小盆红红的炭火，噼噼啪啪地轻响。如歌的双手在火盆上方搓揉取暖，轻轻跺着脚：

“天气越来越冷了。”

玉自寒没有“听”到。

他眉头皱着，修长的右手轻轻握起，抵住挺秀的鼻尖。他在凝神想些事情，月白色的锦袍衬得他如月光一般淡雅。

一件青色的棉氅在如歌手中抖开。

她将棉氅披在玉自寒肩上。

忽然间的温暖使他自思绪中抽离，扭转头，望见她明媚的笑容。

“这是今天下午刚赶出来的，”她耸耸鼻子，笑道，“原本想迟些日子再给你，可是……”她的神色有些黯然，“还是早些给你好了，将来就不用我替你打理这些。”

玉自寒凝视她。

她低下头，沮丧地咬住嘴唇。该死，她的语气怎么这样奇怪？又一想，不禁失笑，他如何会“听”得出她的语气呢？

棉氅轻轻覆在她的肩上。

她惊诧地仰起头。

玉自寒的左手依然留在她的肩头，温柔地拍抚她：

“你也怕冷。”

一股酸意顿时冲进她的鼻子，她突然很想扑入他的怀里撒娇地大哭一场。然而，某种不知名的情绪却使她板起脸，冷冷道：

“你不喜欢我做的衣裳？你嫌它手工粗糙是吗？”

玉自寒的动作僵住。

他鲜少见到她这样生气。

他很担心：

“歌儿……”

暖轿有节奏地轻晃。

夜风将轿帘吹得微微扬起。

望着他担忧的眼睛，她沮丧得恨不能用力向火盆撞过去！

“对不起……”

她揪紧棉氅的两边，紧紧裹住身子，闷声道：“你不用理我，我在乱发脾气。”

玉自寒笑了笑。

他轻柔地拉开她的手，将她精心缝制的淡青色棉氅穿在自己身上，然后，将她也严严实实地裹在大氅中。她的脑袋在他的颈边，柔软的银狐毛偎着她和他的呼吸。

她可以听见他的心跳。

“怦！怦！怦！怦！”

他拥着她的肩膀，热热的呼吸就在她耳畔：“我喜欢。”喜欢她亲手缝的棉氅，喜欢在她的身边，喜欢她做的所有事情。

如歌只觉得脸颊火辣辣的，烧灼一般的滚烫，她的心，跳得仿佛要穿破胸膛！

胸口的热气熨到了她衣襟里的那朵冰花。

冰花迸出冰冷的寒气……

白雾般自她怀中飘散出来……

晶莹的冰花，瞬时光芒大盛！

*****　　*****

昆仑山顶，皑皑白雪经年不化。

月光照着山巅之雪。

光芒耀眼。

在鸟儿鲜少飞至的雪境，有一个亘古神秘的冰洞。

相传这个冰洞中曾经幻出过一位仙人。

仙人白衣如雪……

仙人有绝美的容颜，颦笑间的风华可令天地万物为之倾倒……

冰雪熠熠的夜色里。

一道光芒划破长空，直直刺入冰洞神秘变幻的深处！

千万年来沉淀的厚厚冰层。

琉璃般透明美丽的晶体。

那光芒穿透亘古的寒冷，似乎焦急着，在晶莹剔透的晶体中流走……

醒来呀……

快醒来呀……

是谁在焦急地呼唤……

醒来啊……

***　***

冰花的寒气令如歌胸口一紧。

在他温暖的怀中，她忽然觉得有点冷。

玉自寒察觉到了她的颤抖，于是将棉氅更紧地裹住她，左手轻轻搓热她的臂膀。

“不会有和亲。”

她的耳朵轻轻碰触着他的脖颈，清清凉凉的感觉，像碰到深夜临水边的细碎鹅卵石。他的声音却如水底轻暖的涟漪。

她骤然抬头，额头“怦”一声撞上他的下巴！

“哎呀！”

她吃痛地低叫，额角立时浮出一块淡红的印子。她伸手想去揉，手被他握住。她惊疑地望向他，没有看到他的眼睛，却感到——

他吻上了她的额头。

他吻着那撞痛发红的额角。

她的身子僵硬。

胸襟中沁凉的冰花让她有种窒息般的罪恶感。

只是一怔，她便挣扎着要从他怀里挣脱。

他将她拥得很紧。

紧得仿佛她就是他全部的生命。

然而，那样紧的拥抱却温柔得让人心碎。

青色的暖轿在月光下的树林中轻轻颠簸着。

铜盆里的炭火燃出通亮的红光。

玉自寒温柔地将如歌拥在怀中，目光清澈而固执，他吻着她的额头，那轻轻的吻如林中的月光一般。

青色的棉氅已然滑落。

月白色的锦袍，俊美的他恍如绝世的良玉。

“师兄……”

如歌的心绞成一团，她无助地闭上眼睛。他的吻仿佛吻到了她的心底，可是，可是为什么她会有那样强烈的罪恶感?

拇指与食指轻柔地抬起她的下巴，他静静看着她：

“我……一直喜欢你。”

她侧过头，狼狈道：“你要和亲了。”同那个什么倭国的长公主。

“你喜欢吗？”

“什么？”

“用我来和亲。”他屏息凝视她。

“笨蛋……”

她咬紧牙，声音很含糊。他看不清楚她在说什么，于是又问了一遍：

“你喜欢用我去和亲吗？”

声音里有一触即断的脆弱。

“笨蛋！和什么鬼亲！”她忍无可忍地低吼，“什么倭国公主，名字听起来就很糟糕！那一定是景献王的阴谋啦！”

他笑了。

她瞪着他：“你还笑！倭国一直对我们虎视眈眈，鬼才相信和亲以后他们就会收手！景献王真是阴险，你若是不肯和亲，倭国攻打过来造成的伤亡就会全部变成你的责任；你若是和了亲，日后倭国再起兵，你的立场又会很尴尬。”她其实没有那么笨啦，不过，景献王这一招实在恶毒到家了。

“如果只是单纯的和亲呢？”如果只是单纯的和亲，没有阴谋，她会这样反对吗？玉自寒忽然很想知道她的回答。

如歌瞪着他。

半晌，她咬住嘴唇：“那你就娶好了。公主什么的，也很配你。”

他的眼神黯然，笑容苦涩：

“是吗？”

“是啊！”她笑得很轻松，“有了师嫂，往后我就不用理你了。你有没有吃饭，会不会太累，衣裳是否单薄，都让未来的师嫂去担心。”

玉自寒沉默了。

他松开她的肩膀，脸色有些苍白。

她飞快地瞟他一眼，闷声道：“喂……”一点也不好玩。他的神色为什么好像是受到了伤害，“……我骗你的……”

玉自寒怔怔望着她。

如歌皱皱鼻子，挤出一个苦笑：“我骗你的，笨师兄！只要和亲是你不喜欢的，我都反对，坚决反对到底！才不管是个公主还是丫头。”

“为什么骗我？”

低低的话语带着淡淡的鼻音，他的唇角仿若又浮起了美玉般的光华。

“因为……”她伤脑筋地想呀想，忽然“扑哧”一声笑出来，眼睛贼亮，“因为师兄就是用来欺负的嘛，否则我欺负谁去？”她很佩服自己可以想出如此胡搅蛮缠的理由，不由得笑得打跌。

轿里，温暖如春。

她笑得双颊红红。

她的笑声仿佛初春的第一缕风。

玉自寒也微笑，笑容一直晕染到清澈的眼底。

“歌儿……”

“嗯？”

“不会有和亲。”

她眨眨眼睛：“那要如何解决呢？”景献王怕是不会轻易放弃的。

他笑了笑，没有回答，却问了一句话：

“我想抱一抱你。可以吗？”

玉自寒拥住她的肩膀，清俊的面容有倔强的郑重，他凝视她的眼睛，好像施了魔咒一般使她动弹不得。

如歌怔住。

她的喉咙干涩，胸中像有一团火在燃烧。

他轻轻将她拥入怀中。

“我想要这样抱一抱你，可以吗？”

在她滚烫的耳边，他的声音失去了往日的平静，他紧张得如世上任何一个普通少年。

他吻上她小巧的耳垂：

“想要永远这样抱着你……”

明亮的月光透过斑驳的树影，柔和地洒在暖轿上。

这一刻。

世间宁静。

***　***

几日后。

皇上下诏，令静渊王亲率十万威远军征伐倭寇。

景献王府。

画眉在金丝笼中婉转啼叫，一根白皙却发胖的手指正逗弄着它，指甲修剪得极为整齐。

“万一静渊王得胜而归……”刘尚书搓手叹气。

原本是很好的计策。将静渊王的画像呈给倭国长公主，促成和亲之事。待他日倭国再次进犯，静渊王的王妃便会成为朝臣们攻击的最好借口。

可是，万料不到静渊王竟会奏请皇上，指出倭寇生性凶残好战，一向对沿海百姓虎视眈眈，只不过近段时间因其国内民众反抗，骚乱事件频发，才提出和亲作为拖延之策。静渊王请求率军征伐，一举击溃倭国的精锐，彻底解除倭国的威胁。

“就凭那个残废？”景献王玩着画眉，没有回头，“他还不如我的鸟儿。鸟儿，唱个曲子听听！”

画眉啾啾地唱起来。

刘尚书满脸堆笑：“这画眉真乖巧。”

“同倭国打了十多年都是败多胜少，那残废此一去，保不定连命都会丢下了。”景献王冷笑。

“是！是！”

景献王推开鸟笼，打量额角淌汗的刘尚书：

“你派到军中的人可靠吗？”

“王爷放心！”

景献王点点头，用雪白的绢帕擦拭双手。

“绝不能让那个残废活着回来。”

画眉娇声啼叫。

刘尚书汗如雨下。

他明白，静渊王必须死去。否则，万一他战胜归来，朝中的局势就将再也无法掌控。

***　***

玉自寒离去后，静渊王府顿时变得有些冷清。

晌午了，庭院中仍旧有一些雾。

阳光清疏。

树木淡黑朦胧。

屋里，如歌忙着整理包袱。

她笑着推开欲帮忙的黄琮，将她压坐在椅中，道：“我自己来就好，你又不是我的丫头。”

黄琮苦着脸：“王爷不放心，让我今后贴身照顾你，我就是你的丫头了呀！”

如歌眨眼笑：“我又没有答应。咱们是好姐妹罢了。”她想了想，停下收拾衣裳的手，“明天我就要回烈火山庄，你不用跟着我，那里有人照顾我的。”

“王爷走了，你也走了，我在王府有什么意思呢？”黄琮捧着脑袋哀叹。

“你可以追上师兄他们啊……”如歌笑笑说，“其实我知道，你很希望能像玄璜、白琥他们一样陪在师兄身边。”

黄琮眼睛亮了亮。

如歌将包袱扎起来，微笑道：“其实，我也希望你能陪在师兄身边，女孩子总是比他们要细心些。”这样，她也就不用太过担心在远方的师兄了。

黄琮有些心动，可是，马上就摇头道："不行！我答应了王爷一定会好好照顾你，就必须要做到！"她笑得狡黠，"在王爷的心里，你是最重要的！如果能把你照顾好，王爷最欢喜了。"

如歌脸一红，正想轻叱她，却忽然听见王府的管事在门外通报：

"烈小姐，烈火山庄来人求见。"

烈火山庄?

如歌有些惊奇，是来接她回去的吗？莫非是静渊王府的人通知了家里？怎么来的速度这么快?

"请进来。"

她扬声道。

黄琮已然站起。

棉帘一挑。

一阵寒气卷进温暖的屋中。

如歌骤然打了个寒战。

进来的人，却是钟离无泪。

如歌眉头一皱。

钟离无泪隶属负责暗杀的幽火堂，是幽火堂出色的杀手。他一直跟随战枫，那次平安镇谢小风被杀时，正是他在旁边。裔浪不应该会派一个杀手接她回去才对。

钟离无泪一身素衣，眼眶红肿。

见到如歌。

他忽然双膝跪地！

晌午的庭院，缥缈的白雾缭绕不散。

雾气仿佛透过窗纸。

屋里弥漫着彻骨的寒意。

钟离无泪眼睛血红，声音沙哑干涩：

“庄主前夜两更时刻亡故。”

如歌脑中一片空白。

这一刻，仿佛全世界的白雾纷涌至她的眼前！

她什么也看不见。

刹那间，一切都轰然倒塌……

第三章

他想要保护她，让她永远没有忧愁。然而，她已经长大。

江湖风云突变！

执掌武林十九年的烈火山庄庄主烈明镜一夜间亡故！

这十九年，随着暗河宫的隐退，在烈明镜的努力下，天下局势呈现出难得的平和之态。而烈明镜之死，如此突然毫无征兆，不由得令四海群雄瞩目。

烈火山庄满目缟素。

屋檐挂着白色的灯笼，白绫在寒冽的冬风中漫天飞扬，厚重的雾气仿佛终日不散，树上的枝丫结着白霜。

惨白的“奠”字在阴霾的午后透出寒意。

灵堂里点着白色的蜡烛。

淡淡燃起而散发的味道，令沉寂的灵堂显得更加压抑。

紫檀灵案上，一个灵牌。

“烈明镜”三字刻在灵牌之上。

前来吊唁的宾客中，有许多参加过一个月前战枫的婚宴。那时的烈火山庄张灯结彩，喜气洋洋，烈明镜朗声大笑，满面红光……

这样快，已物是人非。

烈明镜的大弟子战枫、三弟子姬惊雷披麻戴孝立于灵前。

姬惊雷俊容憔悴，朗目中有隐隐的血丝，他的胡须仿佛突然长了出来，有种颓废潦倒的感觉。

战枫却很冷静。

如常的冷静。

他静静站着，眸底一片冰冷的深蓝，身躯挺直如剑，右耳的蓝宝石泛出幽暗的光。

裔浪亦在堂前。

他的头垂得很低，没有人可以看见他的神情。

慕容一招神情肃穆地接待前来的客人。

凌洗秋和其他的堂主们站在稍靠后的位置。

灵堂中来客很多，有几百人之众，武林中各门各派皆有前来。

人虽多，可是堂中寂静非常。

所有的人似乎都在等待着什么。

当午后的雾气渐渐散开。

庄外一直等候的弟子忽然颤抖着扬声高喊：

“小姐回来了！”

众人向灵堂门口望去！

一个月前战枫婚宴中，烈明镜曾当众宣布——烈如歌将接掌烈火山庄。可是，这样一个不足十七岁的少女，果真能够继任天下第一庄庄主的位子吗？

这样一个少女，会将天下武林引往怎样的方向呢？

雪白的绫幔在冬日的寒风中“猎猎”地扬舞！

那红衣少女的脸色比白绫还要惨白！

她的呼吸有些急促。

眼睛睁得极大！

她瞪着灵案上的那个牌位，嘴唇一刹那失去了血色！

这一路上，她在想，会不会，会不会这只是一个可怕的玩笑，是他们在骗她，是爹太想念她了，所以才开的玩笑。虽然爹从来不曾同她开过这样的玩笑，可是，或许是爹心血来潮呢？如果是那样，她会扑进爹的怀里痛哭，责怪爹为什么要这样吓唬她，然后，等她生完气，她就会答应爹，她永远永远不要再离开爹了……

她什么都不想要了。

她只要她的爹。

慕容一招快步走到她身边，将一件麻衣披在她的肩上。拍了拍她的肩膀，他想说些什么，终究只是叹了口气。

如歌的身子颤了颤。

望着灵牌上爹的名字，她的瞳孔渐渐紧缩，眼底仅存的光亮一点点消逝。她向前走了几步，脚步是虚浮的，像在噩梦中无措的人。可是，待她走到灵前时，背脊已经挺直，不见一丝颤抖。

偌大的灵堂鸦雀无声，香烛的火光忽明忽暗。无风自舞的白色布幔下，只有一块孤零零的灵牌和一个白瓷的小坛子。

“爹呢？为何只有一个灵位？”

她的声音很轻。

烈火山庄众人神情皆是一变。

裔浪依然低垂着头：“庄主的遗骸尽在白瓷坛中。”

如歌转过头，目中透出寒光：

“为何？”

旁边的慕容一招暗暗吃惊。原以为如歌会惊慌失措，或者晕倒当场，但她的自持与气势着实出乎他的意料。

裔浪垂首道：“爆炸中，庄主的遗骸变为灰烬。”

仿佛过了很久很久。

灵堂里静得令人窒息。

如歌的嘴唇煞白：“调查清楚了吗？是谁做的？”

裔浪微微抬起头。

他灰色的瞳孔只有针尖般大。

“当夜两更时刻，庄主练功的密室发生爆炸。已查出爆炸是有人引爆了六颗威力极强的火器所致。”裔浪顿一下，眼中闪过尖锐的恨意，“经查证，那些火器是由江南霹雳门秘制。”

灵堂中江湖群雄陡然倒吸口凉气！

江南霹雳门。

武林新崛起的门派，近几年发展极快，在江南一带已有霸主之像。霹雳门擅使各种火器，威力惊人，杀伤力强，其他门派轻易不愿与之为敌。霹雳门掌门人雷恨天暴戾狂妄，喜怒无常，曾多次挑衅烈火山庄和天下无刀城。

如果烈明镜之死果然与江南霹雳门有关联，那么，天下势必会掀起一场腥风血雨！

如歌的眉头皱了皱。

她望向爹的灵位，没有说话。

这时，裔浪的眼睛又闪过一道幽光。

“小姐，在您回庄之前，烈火山庄各堂堂主商议决定了一些事情。”

如歌点头，表示她在听。

“庄主曾经宣布您为山庄的继承者，我等不敢违背。”裔浪道，“只是庄主此去突然，小姐未有经验，我等商议——”

如歌看着他。

“裔堂主，有话请讲。”

江湖群雄屏息静观其变。

裔浪沉吟道：“战枫身为庄主大弟子，做事果决沉稳。不如由他暂代庄主之职，他日再转交于小姐。”

寒风卷着雾气冲开灵堂的大门，猛烈地灌进来！

白幔狂烈地翻舞！

香烛骤然一暗！

堂内阴沉得像黑夜。

如歌的神情异常沉静，她静默着，目光向各堂堂主扫去。

堂主们有的避开了她的视线，有的面无表情，有的稍有愧色，有的漠然回视。

这时，忽然一个声音响起：

“师妹确实需要大家的扶助，不过，战师兄也不必担着代庄主之名。”

说话的竟然是满面胡须略带憔悴的姬惊雷！

姬惊雷凝视着始终一言不发的战枫：“师兄，协助师妹接管烈火山庄，师父九泉下亦会欣慰。”

战枫恍若没有听见。

他发蓝的卷发在忽明忽暗的烛光中微微飞扬，右耳的宝石散着蓝光，冰冷的唇边却隐隐有抹冷笑。

裔浪的眼神仿佛是死灰色的：“战枫只有代庄主之职，许多事情才方便处理。”他又望向如歌，“不知道小姐的意思……”

如歌身上披着麻衣。

麻衣下原本的红裳仿若褪尽了昔日的鲜艳。

她笔直站在爹的灵前。

她的神色似乎十分的平静。

可是——

她的手指僵硬发青。

灵堂中，江湖群雄等着烈如歌的回答。

她的睫毛轻轻扬起，在幽暗的烛光下，映出一片美丽的阴影。她凝望着冷冰冰的战枫，宣布：

"从即日起，战枫接任烈火山庄副庄主之位，拥有一切事情的处置权。"

***　　***

这年的冬天异常寒冷。

天空似乎总是灰色，树木落尽了叶子，淡黑的枝丫在连日不散的雾气中若隐若现。

地面覆着薄薄的冰霜，踩上去轻微作响。

烈明镜去世已有半月。

烈火山庄内依然一片缟素，每个人说话的声音都很轻，唯恐惊扰到什么。

每天都有各地分堂分舵的首领赶来，聚萃堂中整日在商议着事情。战枫鲜少说话，他总是沉默地听，最后将他的决定告诉众人。各首领原本极不习惯，因为烈明镜在时总是谈笑着与他们沟通，而战枫未免太过冷漠阴沉了些。

可是，一向握有重权的裔浪对战枫甚为恭敬，对不满战枫的言行惩罚极严。渐渐地，再没有人轻易对战枫有微词了。而且，名义上继承庄主之位的烈如歌自回庄后一直身体不适，没有过问庄内的事务。她的庄主身份，仿佛只是一个虚名。

时日一久，众人发现战枫行事作风虽然专断独行，可是也十分有效，烈火山庄在武林中的影响和地位似乎比烈明镜在时还要强盛。渐渐地，一提起烈火山庄，每个人想到的都是“战枫”二字。

竹林中。

没有阳光。

清冷的石桌上，茶的热气已经淡淡散去。

如歌的手指在茶杯上轻轻拂弄，她的神色淡然，好像在想些什么，唇边有淡淡的笑意。

忽然，她咳嗽起来。

肩膀咳得微微发抖，素白的衣裳裹着她单薄的身子，她似乎连肺都要咳出来。

蝶衣急得眼泪打转，她冲过去用厚厚的斗篷包住如歌，连声急道：“小姐，我们回去了好不好？这里太冷了，你会受不住的！”

如歌咳着拍拍她的手，微笑道：

“总在屋里很闷。”

“可是……”蝶衣心如刀割。她知道，这个竹林是庄主生前最喜欢的地方，小姐经常同庄主在这里品茶谈笑。

如歌用力忍住咳嗽，道：

“蝶衣姐姐，你们先回去好吗？我想一个人安静地待着。”

蝶衣惊慌地摇摇头：“不可以！”

薰衣走上来，扯扯蝶衣的袖子，轻声道：“我们走吧。心里的伤痛如果不宣泄出来，一直郁积着，恐怕对身子更不好。”小姐这一场风寒，已经持续了十几天，她的咳嗽日益加重，面色越发苍白。

又是几声轻咳，如歌感激地笑：

“谢谢薰衣姐姐。”

蝶衣别过头。她不能看小姐笑。不知为什么，小姐每每微笑，她就觉得自己的心底在流血。

薰衣轻轻将蝶衣拉走了。

竹林中只剩下如歌。

冬日的竹林。

竹叶稀疏了很多。

竹子却依然青翠，如往日一般青翠。

风穿过竹林“沙沙”地响。

那一日……

她向爹望去，然而没有看到爹的表情。……

烈明镜已经转过了身子，满头浓密的白发，被夕阳映成暗红的色泽，他的影子也被染红，斜斜拖在青色竹林的地上。……

……

那一次，竟然是她最后一次见到爹。

如歌闭上眼睛，冰冷的茶盏紧握在她冰冷的手心，素白的斗篷衬得她恍若冰天雪地里的一尊冰雕。

如果她知道那将是她最后一次见到爹。

如果她知道那将是她最后一次可以向爹撒娇。

如果她知道……

为什么，一切这样突然……

她将头埋在胳膊里，趴在冰冷的石桌上，她瑟缩着，整个人缩成小小的一团。

如果，她变成一个孩子。

爹会不会笑着走出来，告诉她，那只是一个玩笑。

竹林中有响动！

她腾地跳起来，膝盖撞到了旁边的石凳，她顾不得尖锐的疼痛，吃惊地回过头，眼睛霎时明亮得可怕，像有火把在燃烧！

爹！

带着哭声的呼喊卡在喉咙里……

如歌的身子一寸一寸冷掉。

素白的斗篷滑落在地上。

那是战枫。

深蓝的布衣，幽暗的宝石，在飒飒的风中，他浓密的卷发闪着幽蓝的光泽。他望着如歌，离她有七八步的距离，眼中有一种隐隐闪动的感情，却看不大清楚。

见到如歌忽然转过身来，目光灼热地望着他，然后光芒熄灭……

他的双手骤然握紧。

如歌掩住嘴唇，轻轻咳嗽："你来了。"

战枫道："是。"

"有什么事情吗？"

"已经得到了证实，江南霹雳门共制出九枚'麒麟火雷'，师父密室外被引爆的正是其中六枚。"

"怎样证实的？"

"霹雳门专管制作火器的风长老承认了。"

"风白局？"

"是。"

如歌又是一阵咳嗽。

"风白局不是在两个月前已被逐出霹雳门了吗？"一个被驱逐的长老，他的话有多少可信度？

战枫凝视如歌，她咳出两颊病态的红晕。

“是。”

如歌待咳嗽轻些，抬起头来，望着他：

“爹的死，确实是霹雳门所为吗？”为什么她总是觉得有种莫名的古怪，似乎一切并不像表面看起来那样简单。

战枫的瞳孔渐渐缩紧。

“你在怀疑我。”

他的声音冰冷如刀。

风，穿过竹林，竹叶飒飒地响。

如歌坐回石桌边，倒一杯茶。

茶盏冰凉。

茶冰凉。

她仰首正要饮下。

战枫握住了她的手。他的手也是冰冷的，覆在她的手上，让她轻轻打了个寒战。

“你病了。”他的声音仿佛是僵硬的，“茶冷伤身。”

她和他许久未曾离得这样近。

他的手心握着她的手背。

她怔怔望他一眼，将茶盏放回石桌，然后微笑道：“不妨事的。多谢你关心。”

疏远淡漠的口吻。

战枫眼底的深蓝如狂暴的大海。

如歌轻声道：“我怎么会怀疑你呢？”她笑着，静静瞅他，“难道我还会怀疑，爹是被你害的不成？”她微笑着，好像在说一个笑话，眼眸却细细打量着他的神情。

战枫亦望着她。

深蓝的身影倔强而孤独。

如歌扶住额头，轻叹道：“霹雳门嫌疑最大。如果你确认是他们，接下来会怎样？”

战枫冷冷道：“彻底摧毁。”

如歌笑了。

“好。”

她的笑容仿佛竹叶上的雪，有说不尽的情愫。

“我也绝不会放过杀害爹的人。”

接着，两人似乎都不晓得该说些什么。

静默一会儿。

如歌捧起石桌上的茶具，那是爹生前最喜欢的茶具。她站起身子，对战枫道：“没其他事情，我先走了。”

他点头。

如歌的长发散在素白的衣裳上，整个人看起来惊人的单薄。凉风一吹，她不禁又轻咳起来。

忽然，战枫弯下腰，将她方才滑落地上的白色斗篷捡起，披在她的肩膀。

如歌怔住，脚步微微一顿。

“大夫开的药，要按时吃。”他像是在对空气说话，声音轻不可闻。

竹林的风吹起她的裙角。

她终于还是没有回头。

“多谢。”

她离开了竹林。

战枫的身影在午后的寒风中，深蓝孤独。

翌日，烈火山庄公告天下：

江南霹雳门以秘制火器暗杀前庄主烈明镜，自此但凡继续与其有交的门派均列为本庄之敌，且，霹雳门长期研制杀伤力惊人的火器，为害一方，其野心为武林带来极大的隐患。故，烈火山庄提请江湖各门派一并携手清理霹雳门，重还武林安宁。

此公告一出，天下无刀城率先响应。

天下无刀城选派精英弟子三百人供烈火山庄调遣。

江南十八坞、水船帮、崆峒派、青城派等亦积极响应，表示一切行动听由烈火山庄指挥。

顷刻间。

江湖中大变已生。

是夜。

窗外明月清辉。

窗内一灯如豆。

柔柔的火苗轻盈跳动，将纤细的身影勾勒在淡白的墙上。

如歌没有睡下。

她披着厚厚的斗篷，手握一卷书，轻轻咳嗽着。她的脸庞日见消瘦，单薄的肩膀仿佛轻轻用手指一触就会碎掉。

薰衣往暖香炉里多添些料，轻声道：“还不睡吗？”

如歌笑一笑，眼睛依然看着书：“还早。”

“药吃了吗？”薰衣望一眼香案上的紫砂药盅。

“啊……我忘了……”

如歌不好意思地笑。

薰衣摸摸药盅，道：“有些凉了，我重新热过再送来。”

“不用！”如歌斟出一碗，“凉些也没有关系。”反正她已经喝了许久的药，都未曾见好。

薰衣没有让她喝，动作很轻柔，却很坚持：

“药冷伤身。”

如歌摇摇头。

恍惚间觉得她好像在哪里听过类似的一句话……

“茶冷伤身。”

战枫的手心握着她的手背……

薰衣捧起药盅，忽然脸上闪过抹奇特的神情：

“我听丫鬟们暗地里说——”

如歌见她欲言又止的，不禁笑咳着问：

“怎么？”

薰衣凝视她：“听说，这几天的药都是枫少爷亲手煎的。”

如歌一怔，然后失笑：“乱讲，枫师兄那么忙。”

薰衣轻轻皱眉：“其实，枫少爷他——”

屋门“呼”的一声被推开！

黄琮兴冲冲闯进来，脸颊被寒风冻得通红，眼睛里闪着兴奋的光芒。

如歌和薰衣都看向她。

如歌咳道：“怎么了？好像很开心的样子。”

黄琮喜得张口欲言，然而终于忍住，对薰衣笑道：“薰衣姐姐在收拾药碗吗？”

薰衣柔声道：“是。我先出去了。”

她走后，将屋门轻轻关上。

如歌放下手中的书卷，笑道：“神神秘秘的，还不快说！”

黄琮凑到她的耳边轻语几句。

如歌大惊!

她立时站起来，瞪住黄琮，震惊到说不出话。

***　***

寂静的月夜。

淡淡飘起少许夜雾。

乳白的夜雾在月光下袅袅如烟。

几点星光。

在夜空中温柔璀璨。

青色的衣衫在夜风中飞扬。

木轮椅上，一双修长略显苍白的手。那双手虽苍白，然而映着树林中洒下的月光，有玉般的光泽。

有好看的飞虫闪着光闹在他的膝前。

盈盈的光芒是另一片柔美的星光。

他闭着眼睛。

挺秀高光的鼻梁，染着一路赶来的风霜。

有些疲倦。

可是，他终于来到了这里。

脚步声像又惊又喜的心跳……

向青衣男子的方向奔来……

他没有听见。

依然闭着眼睛，轻皱的眉头像在思念某个心底最牵挂的人。

她独自承受了那么多的伤痛。

他却没能陪在她的身边。

飞虫齐刷刷飞起来!

一个雪白的人影风一般冲进他的怀里，紧紧攥住他的衣衫，仰起小脸，眼睛亮得可怕，仿佛她所有的生命都在眼睛里燃烧!

“你——”

她紧紧地望着他，只觉胸口一片火热，像奔波疲累已久的人终于找到了家，一时间竟再也说不出话。

他睁开眼睛，眼底一片心痛的怜惜:

“我来晚了。”

她竟然消瘦了那么多，两颊有着病态的红晕，嘴唇也有些干裂。她穿着素白的衣袍，鬓旁一朵小小的白花。她的双眸那样依恋地望着他，就像失去了一切的孩子，脆弱的泪光悄悄凝聚。

他摸摸她的脑袋:

“风寒好些了吗?是否还咳嗽得厉害?”

她痴痴望着他:

“师兄，你怎么会在这里……”他应该在南方与倭国的军队作战，怎么可能忽然出现在她的身边。

玉自寒凝视她:

“不放心你。”

就这一句话。

她的泪水流下来。

从听说爹的噩耗那一刻起，她所有的感情都像被一块巨大的石头沉沉压住，透不过气，无法呼吸。可是，在他身边，她不用扮得那样坚强。泪水淌过脸颊，不断往下滑落，浸得她的脸刺痛。

她哭着，抓紧他的双手:“你知道吗?他们说爹死了。”她慌乱地摇着头，“我不相信啊，怎么会那样突然就死去了呢？！离庄前，爹还是好好的，对我笑，那么疼我，怎么会一转眼就已经死去了呢？”

她的眼泪直流：“我一点也不相信！”

玉自寒紧紧抱住她。

她狂乱地盯紧他：“爹没有死！！你看就只有一坛骨灰，为什么要说爹死了呢？！他们都在骗人对不对？！”

她哭得咳起来。

他将她抱得更紧些，轻拍她的背。

她哭得全身颤抖：“可是，我找了很多地方，爹的卧房、书房、竹林、湖边、小路、枫林……到处我都找了，可是……没有爹的气息……我感觉不到爹……”

她眼眶红肿，泪水涟涟：“我感觉不到爹了！你知道吗？我忽然觉得我真的真的永远再也见不到爹了！！”

树林中。

如歌放声大哭。

飞虫点点照亮了林中的他和她。

她在他怀里放声大哭！

眼泪和鼻涕在他的衣裳上泛滥成灾，她像个恐惧的孩子，在他的怀里放声大哭……

泪水漫过她衣襟里的冰花……

她悲痛绝望的泪水沁入晶莹的冰花……

冰花仿佛也痛了……

忧伤的光芒幽幽自冰花幻出……

昆仑之巅。
冰雪耀眼。
月光照在那个冰洞。

刺骨的寒气，千万年的冰雪。
世上没有人可以忍受那样残酷的冰冷。
只有一种感情。
圣洁而无瑕的感情。
可以使琉璃般美丽的晶体幻化重生。

夜空中，冰芒仿佛自遥远的地方而来。
那冰芒凝结着泪水……
穿透厚厚冰层中绝美的晶魂……
冰芒中的泪水……
晶魂痛苦地颤动了……

她的泪吗？
是的。
她为什么那样悲伤……
她病了吗？
是的。

冰层下的晶体挣扎着，令世间万物屏息的美丽容颜幻化而出……

你知道代价吗？
凝泪的冰芒似在叹息……

冰层渐渐有了一丝裂纹。

可是，她在流泪啊……

***　***

月光下的树林中。

玉自寒抬起她淌满泪水的下巴：

“师父如果确实已去世，你会怎样？”

她惊怔。

眼泪迅速滑下。

他用绢帕擦拭着她的泪：“师父生前最疼爱的是你，看到你如此难过，只怕比你还要伤心。”

“他看不到了。”她别过脸。

他叹息：“可是，还有我啊。”他用绢帕温柔地将她的泪水拭去，“歌儿，你知道当我听说你生病了，心里多么焦急吗？”

她低下头。

“师父去世，我也非常难过。”他的声音沉痛。自他五岁起，就来到烈火山庄，师父对他而言如同另一个父亲。

“但是，你要照顾好自己的身子。”他温柔地擦干她最后一滴泪水，“方才大哭一场，应该将心里的痛都发泄出来了。那么，以后就不要生病了，好不好？”

他凝视她，眼底那么担忧。

停止了哭泣，凉风一吹，她咳嗽起来。

玉自寒将身上的大氅解下，披在她的身上，道：“如果你一病不起，知道我会多难过吗？”

她仰起脸。

他用大氅将她裹得紧紧的：“歌儿……”

飞虫的光芒跳跃轻盈。

微弱的萤火之光。

皎洁的清辉。

他俯身抱起她，怜惜地呵暖着她。

半晌，如歌在他怀里动一动，望向他，努力去微笑："我知道。师兄，我会坚强的，我只在你的面前哭了啊。"

他拍拍她："哭完就尝试着不要那么伤心了。"

"……嗯。"

"病要快些好起来。"

"……嗯。"

"这才是好歌儿。"

他宠惜地又拍拍她的脑袋。

她吸口气，道："师兄，我不会让自己一直生病的……我……还有很多事情要做。"

她神态的郑重令他仔细去听。

"爹的死，我始终觉得有蹊跷。"她慢慢道，"枫师兄认为是江南霹雳门所为，可是……"

"哪里不对？"

她缓缓摇头："我也说不上来，或许过段日子会有些头绪。而且……"她迟疑道，"裔堂主和枫师兄……"爹在世的时候，她一直感觉裔浪对战枫是有所敌视的，并且战枫一向是躲避她的。可是近日来……

玉自寒思忖良久。

然后，他道："歌儿，同我走吧。"

如歌微怔。

他的目光中有说不尽的牵挂："烈火山庄情势复杂，我又无法在你身边。你虽是师父亲自任命的庄主，但从未插手过庄中事务。"

"你怕我有危险吗？"

他沉吟道：“匹夫无罪，怀璧其罪。”

天上的月亮如银盘般皎洁，淡淡的雾气仿佛一层袅袅的白纱，飞虫不知何时已然飞走。

树林里十分安静。

如歌安静地思考。

她终于摇摇头，苦笑道：“真的很想同你走，我从未想要做这个庄主。不过，爹将烈火山庄交给了我。”她咬住嘴唇，眼睛渐渐变得明亮，“烈火山庄已与江南霹雳门正式为敌，武林中即将是血雨腥风。这时候，我无法离开。”

玉自寒似乎早就知晓她会如此决定。

虽然，他想要将她带走，让她远离武林中的纷扰。可是，无论走到哪里，只要世间有人，便会有无尽的问题需要面对。

他想要保护她，让她永远没有忧愁。

然而，她已经长大。

如歌握住他的手，轻轻晃一晃，微笑：

“不要担心我，我会保护自己。”

她的笑容明亮：

“我是爹最值得骄傲的女儿。”

***　***

两个时辰后。

待玉自寒离开树林，风尘仆仆又赶回远方时，已经是那一夜最黑暗的时分。

黄琮扶着如歌，好奇地打量她：“咦？只是这一会子，你的气色却像是好多了。”

如歌微咳道："哪里有这么快。"

黄琮笑得慧黠："我就知道，王爷一来，你的病很快就会好了。"

什么啊，说得她好像是害了相思病一样。不过，方才在玉师兄怀中痛哭一番，心中的郁痛确实舒缓了好多，脑袋似乎也清醒了些。

两人慢慢走着。

玉自寒此次赶来，实与军纪相违，所以甚是隐秘。她们出来相见便也没有乘轿坐车，好在树林离烈火山庄的后院很近，说话间，便也就到了。

沿庄中蜿蜒小路而行。

小路边是湖。

湖中的雾气愈发浓重。

月亮似乎被遮掩住了。

夜色漆黑起来。

黄琮边走边搓着手，呵气道："太冷了，简直要把人的手都冻掉了！"

如歌将暖手抄塞给她。

"那怎么可以，你还在生病呢！"

如歌把斗篷裹得紧些："我比你穿得厚，不冷。"

黄琮连声称谢，把手伸进暖和的狐皮手抄里，吸吸冻红的鼻子，道："这么冷，除了咱们，庄子里怕是没有人走动了……"

如歌的目光突然向左前方望去。

脚步停下。

喃喃："不一定。"

夜色中的湖，雾气升腾。

茫茫的白雾，在漆黑的夜色中神秘诡异。

湖边，有两人。

一人蓝衣、卷发，右耳的宝石隐隐闪光。

另一人红衣、赤足，长发几乎可以拖到地上，他指间一只精美的黄金酒杯，好似在大声笑着，却没有一丝声音传出来。

小路上。

如歌扯扯黄琮，向红衣人指去："你能看到他吗？"

"能啊！"黄琮笑道，"最近战公子好像总是彻夜不睡，听丫鬟们说，他经常在那个荒废的荷塘边静坐整晚。"

如歌怔了怔。

然后，她叹道："我是问，你可以看到那个红衣人吗？"

"红衣人？"

黄琮瞪大眼睛，向夜幕中看去，她揉了揉眼睛，又看了看，笑道："你眼花了吗？那里只有战公子，明明穿的是蓝衣，怎么会是红衣人呢？"

如歌诧异道："你看不见吗？"这红衣人每次出现都如鬼魅一样。

"什么都没有，我看什么，"黄琮嘟囔道，忽然，"哎呀，战公子好像看到我们了！"

战枫自湖边转身。

远远地，他的目光落在如歌身上。

他望着她裹着白色斗篷却依然显得单薄的肩膀，微微红肿的眼眶和脸颊上残留的狼狈泪痕。

战枫走来，离如歌只有一步的距离。

"你哭过？"

他的声音低沉，目光深邃。

如歌忽然觉得脸上的泪痕微微刺痛。

她避开他的视线："我要回去了。"

"你方才去了哪里？"

战枫问道。

如歌轻咳，拉紧素白的斗篷，慢慢抬起头，道：“枫师兄，我有些累，想要回去。”

战枫僵住。

半晌，望着她，他的眼底缓缓沁出一抹柔和的蓝。

“风寒未愈，不要太晚睡下。”

如歌暗自诧异，战枫向来固执，如果没有得到想要的回答，不会轻易放弃的。她不禁看了他一眼，却正好撞上他深蓝的眼眸。

“多谢。”

她转身欲走，终于忍不住又向湖边那个红衣如血的人望去。

深夜的湖水白雾袅袅。

红衣人仰首饮着杯中酒。黄金酒杯精美小巧，在夜色中闪闪发光，那酒杯应该盛不下太多的酒，可是他隐约已有了薄薄的醉意。

赤足踏在寒冷的地上。

血红的衣裳被夜风吹灌得猎猎扬舞。

“他是谁？”

如歌望着红衣人。

战枫的瞳孔骤然紧缩！

红衣人仿佛听到了如歌的声音，微微侧过脸来。

苍白透明的肌肤，好像曾经在地狱中与恶魔朝夕相处；薄薄的嘴唇鲜艳如喷涌出的一缕鲜血。

眉间殷红的朱砂。

眼睛里恍若蕴满了最浩瀚的深情，然而，若仔细看去，那里面其实却是残忍的冷漠和无情。

小路上，黄琮用力揉揉眼睛。

为什么如歌总是认为湖边有“红衣人”呢？那里分明只有一团氤氲的白色雾气。

战枫的声音很古怪：“你……可以看见？”那人设下的结界，世间本是没有人可以穿透的。

湖边。

红衣人亦打量着如歌。

素白的斗篷，消瘦美丽的脸庞，目光倔强而明亮，似乎才哭过，颊上有些泪痕。

她不应该穿白色。

红衣人拈起酒杯，朝如歌遥遥一举，声音如湖底的水波般魅惑：

“我是暗夜罗。”

第四章

为什么不杀了她？留着她，终有一日你会后悔。

自那一夜，如歌的风寒仿佛减轻了，几日后便已痊愈。她不再整日待在山庄里，而是经常出去散心游逛，脸色红润许多，精神也好了，眼睛明明亮亮像是也有了微笑。

黄琮见她渐渐从丧父之痛中恢复，心里不禁欢喜。她将如歌的情况通过驯养的鹰传给远方的静渊王，让他亦可以宽心。

然而，病愈后的如歌，似乎对烈火山庄的事务不甚关心，鲜少参与聚萃堂里众堂主的商议。当她得到某个消息时，往往已然是战枫和众堂主决定好的，只是象征性地向她报告。

蝶衣原本也无所谓，她只要小姐开心就好。可是，当有一天，庄里议定由姬惊雷率烈火山庄各分堂精英弟子和天下无刀城百余弟子前去增援攻占江南霹雳门时，她终于忍不住了。

“为什么要派姬少爷去呢？那里多么危险啊。”蝶衣皱着脸，“庄里有很多人可以去，偏偏派姬少爷，会不会是因为姬少爷曾经……”

如歌明白她的意思。

当初，因为姬惊雷的一番话，裔浪提议战枫出任代庄主受到阻碍。且姬惊雷对她这个“庄主”一贯敬重，凡有事便会与她商议，同其他堂主、舵主甚是不同。

“而且，姬少爷此一去，若是有什么危险，那薰衣可怎么好。”蝶衣也是在为薰衣担心。姬惊雷对薰衣情有独钟，是庄里所有人都知道的。

如歌望向薰衣。

当时，薰衣正在将一枝鹅黄的蜡梅插进雪瓷瓶中，她只淡淡一笑：“男儿的霸气终要经过磨砺才能炼成。而且，我本不是姬少爷什么人，休要将我与他说在一起。”

转眼，姬惊雷离开烈火山庄已有半月。庄外武林中的血雨腥风似乎丝毫没有影响如歌的平静生活。

只除了有一个人会常常来“打扰”她。

钟离无泪。

他原本是幽火堂的杀手，经常跟随战枫执行一些任务。然而，爹在离世的三天前，将他提升为幽火堂堂主。爹提升堂主一向极为看重那人的功绩和资历，她不知钟离无泪究竟做了什么令爹这样器重。

钟离无泪对她甚为恭敬，每日皆向她呈报庄里庄外的情况变故。

“最近各地皆报，消失已久的暗河宫似乎有异动。”钟离无泪对庭院中赏弄蜡梅的如歌道。

“哦？”如歌嗅一嗅梅花的香气，“暗河宫不是在江湖销声匿迹许多年了吗？”

“十九年。”

“听说暗夜罗当年睥睨武林煞是威风？”蜡梅香气清淡，如歌不由得嗅了又嗅。

钟离无泪望着她，忽然低下头，脸有些红："属下当时只有四岁，未曾见过暗夜罗。只是听说他桀骜不驯、喜怒无常、杀人如麻，爱穿一身鲜血般妖艳的衣裳。"

湖边夜色中升腾的白雾。

红衣如血。

闪亮的黄金酒杯。

苍白的赤足。

倨傲狂笑的神态，长发几乎拖在地上，眉间的朱砂异常显眼。

声音如湖底的水波般勾人魂魄——

"我是暗夜罗。"

……

如歌怔怔抚着蜡梅花，失神间，一片花瓣被她扯了下来。

她没有听到钟离无泪继续说着的话。

那红衣人果然是暗夜罗？他为何会出现在烈火山庄？战枫同他是怎样的关系呢？心暗暗揪紧。爹的死，会不会也同他有什么牵连呢？

"庄主。"

钟离无泪轻唤沉思的如歌。

如歌回转头，微笑："还有什么事情吗？"

庭院中，只有如歌和钟离无泪。

他凝神细听周围的动静，待到确定无人后，方沉声道：

"今晨在苗河镇发现一人。他的装扮样貌同往日有所不同，然而，属下有七成把握确定，他就是——江南霹雳门的少主雷惊鸿。"

如歌微微颦眉，她望着钟离无泪：

“这件事多少人知晓？”

“三人。”探子、她和他。

“很好，”她微笑，“不过，你为什么要告诉我这些呢？”

钟离无泪沉默良久。

终于，他道：“属下始终觉得老庄主死得蹊跷。”他自幼丧亲，流落街头，是烈明镜将他收入山庄传他武艺。老庄主虽去，可是在他的心目中，只有老庄主亲点的如歌小姐才是他的主人。

如歌静静吸气。

“钟离无泪，你可知方才的话会生出多少事来？”

“属下知道。”他神态倔强，“属下不会在他人面前提起，可是，属下不愿意老庄主死不瞑目。”

如歌站起身：

“爹一直派你监视战枫的行踪吗？”

钟离无泪的脸又有些红。对于一个热血青年，跟踪别人这种事他始终觉得不甚光明正大。

“是。”

“那么，爹离世前，你究竟发现了什么？”

如歌紧紧盯着他。

***　***

冬日的海边。

海水是一望无际的苍蓝色。

海水时而平静，时而汹涌。

朝廷的大军驻扎在离海边一里外的渔平。

十万威远军在静渊王的率领下，军纪严明，并不扰民伤民，渐渐令渔平的百姓宽下了心。一个多月的时间，威远军已经同倭国开战三次。虽然双方互有死伤，但朝廷大军胜势明显，一时间军心民心大振，只待一场决战便可彻底击溃倭国的精锐。

然而，此时的倭国却忽然像乌龟一样缩了起来。

战局竟似陷入僵局。

军中大帐。

商议战事的副将、统领们起身退下。

玉自寒坐在轮椅中，端起手边案几上的茶盏，清香的茶气似要晕染他清俊的眉宇。

白琥“霍”的一声站起来，焦急道：“倭国狗要躲到何年何月？！难道要爷爷们一直陪他们玩不成？！”

赤璋挑眉道：“小子，这是打仗，不像在江湖中几招几式就可以分出个输赢来。倭国先前瞧不起咱们，以为咱们像那些酒囊饭袋一样没用，才会直接出来迎战。等他们吃了几个败仗，心下怕了，当然不敢再轻易出来送死。”

白琥瞪着他：“难道咱们就一直耗在这里？！”

赤璋道：“目前别无他法。”

玉自寒轻轻饮茶。与倭国一战，若是想要伤其精锐元气，怕是的确要耗上一段时日了。

这时，帐帘被挑开。

玄璜手拿两个小指大的竹筒，走到玉自寒身边，俯身道：“黄琮、苍璧皆有信来。”

玉自寒放下茶盏。

他先抽出黄琮的信。薄薄的纸在他指间，字并不多，然而他看了又看，唇边染上微笑。

白琥、赤璋和玄璜相视一笑。

那人应该好些了吧，否则，王爷的笑容不会这样温暖。记得前段日子，每当接到黄琮的飞鹰传信，王爷便会神情郁郁彻夜不眠。后来甚至连夜离军，过了十天方才赶回。

玉自寒将黄琮的信放在一旁，又拿起苍璧的信。

慢慢地，他的眉头皱起来。

神情愈来愈凝重。

白琥望着玉自寒，问道："王爷，怎么了？有什么事？"

玉自寒将信递于他。

白琥心头一暖。他们虽只是王爷的侍卫，可是王爷从来都把他们看作可以信赖的朋友。白琥看完后，惊得抬头道："烈明镜的死或许并不是江南霹雳门所为？那么……"他想一想，骇然道，"难道说……"

赤璋沉吟道："如此说来，烈小姐的处境岂非很危险？"

苍璧的情报应该不会出很大的差错。

玉自寒闭上眼睛。

他，应该不会伤害她吧……

毕竟他曾经喜欢过她……

玄璜却道："王爷，上次您离开军营已经引起一些异议。日后无论烈火山庄发生怎样的事情，请交给我们去做。"

白琥、赤璋皆是一怔。

他们齐齐望向玉自寒。

玉自寒没有"听"到。

睫毛在俊秀的面容上微微颤动，他的心神已经飞去了一个遥远的地方。

***　　***

武林中，一提到苗河镇，就会想到烈火山庄。

苗河镇紧邻烈火山庄。

从镇里最大的君安客栈赶到烈火山庄的正门前，只需要半个时辰。

下午。

苗河镇的集市里很热闹。

有人摇着拨浪鼓卖胭脂花粉，有人敲锣打鼓吆喝着当街卖艺兼卖大补丸，有香味扑鼻的米糕香，有孩童们兴奋的尖叫声，冰糖葫芦闪着让人流口水的光泽，三姑六婆们聚在一起又开始叽叽喳喳东家长西家短……

顺意客栈是苗河镇里一家普通的客栈。

住进来的客人也都是普通人，并不十分尊贵，也并不十分潦倒。

所以，顺意客栈一点也不惹眼。

不过在客栈门口的右侧，却有一个馄饨摊子。“苗老二馄饨”远近闻名，锅里冒出浓浓的白雾，香气四溢，惹得人迈不动步子。馄饨便宜又量大，每日都有很多人前来光顾。

此刻，馄饨摊子里正坐着一位白衣裳的姑娘。

她吃得很慢。

每个馄饨都要细细嚼好半天才舍得咽下去。

馄饨好像真的很好吃，她吃得眼睛亮晶晶，脸颊红红的像抹了胭脂。

好漂亮的姑娘！

路过的人们都忍不住打量她。

她满足的样子，仿佛这家的馄饨是世上最美味的东西。

当她吃到第十二个馄饨的时候，一个布衣少年坐到了她的身边。

少年长得很丑，面色蜡黄，右颊有一块拇指大小的黑斑。可是，少年的嘴唇却丰满微翘，好像秋日里新剥开的橘子，有种扑面清爽的感觉。

“馄饨都凉了，有什么好吃的。”

少年凑过来，笑嘻嘻地说。

白衣少女瞟他一眼，叹了一声道："若不是你来得这样晚，馄饨会变凉吗？"

少年惊讶道："你在等我？"

白衣少女接着吃第十三个馄饨，边吃边道："是呀。"

少年剑眉一挑。

少女慢慢放下筷子，对少年微笑道：

"平安镇一别，雷少爷如今可好？"

*** ***

湖心朱亭。

青色的竹帘四面垂下。

水面微微结冰。

阳光映在薄冰上有些微的刺眼。

透过青竹帘，光线暗淡了些。

暗夜罗站在阴影里，血红的衣裳被湖面的冷风吹得扬起，一双赤足美得毫无瑕疵。

战枫在他身侧，沉默不语，右耳的蓝宝石却异常闪亮。

暗夜罗悠闲地把玩着黄金酒杯，睨视着战枫道：

"进展怎样？"

战枫道："有三十七个门派支持我们，十九个门派支持霹雳门，另外二十二个门派仍在观望。姬惊雷和郭阳雁带去的庄中弟子与无刀城弟子，已经铲平霹雳门大半的分舵，接管了他们的产业。只是，我们伤亡的弟子也很多。"

暗夜罗笑得邪魅。

"好！枫儿果然出色，不愧我是暗夜罗的外甥！"他拍拍战枫的肩膀，力道看似很大，实则很柔和，像一股温热的暖流，一下子涌进战枫的体内。

战枫偏过头。

眼底汹涌的蔚蓝让他忽然像孩子一样狼狈。

右耳的宝石闪出亮光。

暗夜罗的笑容渐渐凝住。

他轻轻摩挲战枫耳垂那块幽蓝的宝石，轻声道：

“枫儿，你可知道，这是你刚出生时，我亲手封进去的。”

蓝色的宝石。

在暗夜罗苍白的指尖仿佛突然活了起来。

湛蓝色光芒，闪耀流动。

那宝石美丽得就像最深邃的大海。

暗夜罗叹道：“这宝石本是你娘的。”

战枫身子一震：“我娘？”他从小无父无母……娘……不晓得有娘的感觉是怎样……

暗夜罗叹息的语调如大海般深沉又多情：“你娘是世上最美好的女人……”

宝石的蓝光映着他眉间比相思豆还殷红的朱砂。

一切细碎，恍如旧梦。

……

春日里清澈的小溪边。

纤纤玉手。

一根镶着宝石的簪子。

溪水潺潺。

美丽的面容映在水面，让溪边的野花也羞红了脸。

她正在梳妆。

忽然一团红影扑过去抱住她香软的背。

她扭转头，微笑，将那个红衣的小人儿抱进怀里："罗儿，又来撒娇？"

暗夜罗只有十岁，俊美的容颜上带着邪魅的笑。他赖在那又香又软的怀里，眼睛里闪着得意和狂妄："我方才打败了一个武当的长老，只用了五招。"

她亲他的额头一下。

"罗儿好棒！"

小暗夜罗喜得心花怒放，咧着嘴笑："姐姐，你喜欢罗儿比世上所有的人都强大吗？"

她笑得温婉："罗儿长大后必定是世上最了不起的人。"

"那时候，姐姐就会嫁给我吗？"

小暗夜罗扯住她的衣襟，眼巴巴地问。

"傻罗儿，我是你的姐姐呀。"她弹一下他的额头，嗔道。

"是姐姐又怎样？"小暗夜罗不服气地说，"我就是喜欢姐姐，我要姐姐嫁给我！我要永远和姐姐在一起！"

"好，好。"她笑着，"姐姐最喜欢罗儿了，也不舍得同罗儿分开呀。"

小暗夜罗突然拔下她云发上的梅花簪，亮亮的蓝宝石映着他执拗的眼睛："是姐姐答应的啊，这个簪子就留给我做信物好不好？"

她怔了怔。

小暗夜罗将梅花簪小心地收进怀里，仰起小脸笑：

"姐姐，答应了就不许反悔啊。"

那一年的溪水边。

暗夜冥十五岁。

暗夜罗十岁。

……

朱亭里。

暗夜罗眉间的朱砂骤然一暗："……可是她却嫁给了战飞天。"

他背过身。

战枫再看不见暗夜罗的表情，只能看到他的赤足仿佛冰冻着，纤美的脚趾变得青紫。

"烈明镜那个老贼先利用她来诱杀我，接着就杀了她和战飞天。"

暗夜罗的声音带着浓浓的恨意！

战枫双拳握紧。

他的血液冷如冰。

当年烈火山庄日渐壮大，烈明镜忌惮战飞天的武功智谋，唯恐其势力坐大。于是，他便趁暗夜冥生产时战飞天毫无防备之机，将战飞天夫妇杀害。

世人却都道战飞天自尽而亡。

然而，谁会在自己孩儿刚诞生之时便狠心离去呢?

暗夜罗仰首饮下杯中酒，幽幽的声音似黑夜里悠远的洞箫声：

"孩子，这世间，你是我唯一牵挂的亲人了。"

战枫喉中一口热血。

亲——人——

他望着红衣如血的暗夜罗，激动的暗蓝在他眼底汹涌。他的亲人，十九年来，他唯一的亲人……

没有人会知道一个孤儿的感觉。

那种孤寂，夜里总是会突然醒过来，恍然间觉得纵使自己立时死了也没有人会在意。即使那个笑颜如花的少女，也无法填满他心里空落落的孤独……

暗夜罗转回身，红衣映得他的面容苍白。

"枫儿，那夜刺穿烈明镜的胸膛，你却为何侧过了头去？！"

战枫身子僵住！

那一刀刺入烈明镜的胸膛！

鲜血狂喷！

烈明镜骤然大睁的双眼！

眼中竟似有泪……

***　　***

“烈小姐一别可好？”

顺意客栈旁的馄饨摊子。

布衣少年雷惊鸿伸手拿一双竹筷，从白衣少女的碗里夹出来一个最大的馄饨，笑眯眯送到自己嘴里。

“不好。”白衣少女看着他，“我爹去世了。”

“真是遗憾。”雷惊鸿耍着筷子，笑得玩世不恭，“为什么你爹忽然死了呢？”

“有人说是江南霹雳门所为。”

“呵，”雷惊鸿似笑非笑，“刚才我吃的馄饨里会不会有毒啊？”

白衣少女低头慢慢吃着第十四个馄饨。

“喂，”雷惊鸿凑近她，在她耳边道，“你不怕我将你绑走威胁烈火山庄吗？烈如歌大小姐……”

如歌抬头，微笑：“方才你吃的那个馄饨是不是凉了？”

“是啊。”雷惊鸿不明所以。

“馄饨一凉，就不好吃了。”她右手扶住碗边，只一眨眼，腾腾的热气便冒出来，“再尝尝，这个摊子的馄饨名不虚传呢。”

雷惊鸿大笑。

“就你这两手功夫，我还看不进眼里！”

如歌笑得很可爱：“可是，就我这两手功夫，你在半炷香里也绑不了我去。”

雷惊鸿微怔。

如歌又一笑：“你再看看这周围的人。”

家长里短的三姑六婆们目光不时扫过来。

十步外的乞丐眼中精光微闪。

连这个馄饨摊子的伙计似乎都跟上午的不是同一个人。

……

如歌对脸色骤变的雷惊鸿笑道：“放心，他们并不晓得你是谁，只是在保护我罢了。”

雷惊鸿凝视她：“你想做什么？”

如歌亦凝视他：“你此次来，又是想做什么？”

***　***

竹帘遮住逐渐西下的阳光。

朱亭里越发幽暗。

暗夜罗的黑发如绸缎般散在脚踝处，血色的红衣，邪魅的朱砂，他仰首喝下杯中的酒。

“雷惊鸿正在苗河镇。”

战枫没有问暗夜罗是如何知晓的。暗河宫的情报网正如地下默默流淌的水源，无孔不入。

暗夜罗笑着摇摇酒杯：“雷惊鸿血气方刚，此番来怕是要做一件大事。”

“是。”

"机会要把握好。"

"是。"

烈火山庄指责江南霹雳门以秘制火器暗杀前庄主烈明镜，其野心为武林安宁带来极大的隐患，并为此率各门派共同剿杀它。

但武林中尚有许多仍在观望的门派。

其一是因为他们不知道谁会是最后的胜出者，其二是因烈火山庄指控霹雳门的证据始终不足。风白局早在烈明镜出事前两个月就被逐出了霹雳门，他的话为很多武林同道暗中质疑。

战枫明白。

只要可以将江南霹雳门的罪名坐实，收剿的行动便可大为便利。

"为什么不杀了她？"

暗夜罗忽然问。

战枫猛抬头！

暗夜罗悠悠然望着他，眼中似有嘲弄："留着她，终有一日你会后悔。"

战枫僵住："她不会影响什么。"

"哈哈，"暗夜罗大笑，"痴情的枫儿，难道她还是以前那个单纯的少女吗？你有没有仔细看过她，她的眼底有执拗和仇恨。"

战枫的卷发透着深蓝的光泽。

"她，无关紧要。"

暗夜罗微微眯起眼睛："她毕竟是烈明镜的女儿。如果有一日，她真正成为你的仇人，"他的手指爱抚摸着黄金酒杯上奇异的花纹，"你会杀了她吗？"

"你要偷袭烈火山庄？"

如歌的目光紧紧盯着雷惊鸿。

快到傍晚，苗老二馄饨摊里的客人渐渐多了。

如歌同雷惊鸿坐得很近，像一对亲密的情人，声音也如耳语般压得很低。

简陋木桌上的馄饨已经凉透了。

雷惊鸿笑眯眯：

“如歌妹妹，你让我怎样回答你呢？”

如歌也笑眯眯：

“如果你说‘是’，那么你就是一个猪头。”

“猪头？真难听！”

“偷袭烈火山庄，你以为成功的概率有多大？”

雷惊鸿仍旧笑嘻嘻。

如歌挑眉道：“我不知道你带了多少人来，可是以烈火山庄的实力，你们绝无可能攻进庄内的关键之地。”

“如歌妹妹可以做内应呀。”雷惊鸿一脸坏笑。

“炸毁山庄的大门和几堵墙，然后坐实江南霹雳门性好暗杀的恶名，”如歌轻轻拍掌，“这是你爹教给你的好主意吗？”

雷惊鸿似说不出话来。

他瞪了她半晌，终于道：“你可知道，这一个月，烈火山庄的人杀死了我们多少兄弟！抢光了我们多少钱财！危害武林的火器？哈哈，现在怕都被抢到了你们的兵器库里！你知不知道，这短短一个月，我爹好像一下子老了十岁！”

“我不知道。”

如歌打断他，声音很平静。

“我只想知道，我爹的死究竟是不是霹雳门所为。”

第五章

她倔强得像寒冬枝头的第一朵白梅。他发现自己忽然很想轻轻抱住她。

深夜。

没有月亮，星光稀疏。

苗河镇东面的荒山漆黑不见五指。

在山脚下，有一间像是已经许久没有人居住的木屋，蜘蛛网结满窗棂，落着厚厚的灰尘。

但木屋里却点着灯火。

若是有人推开门去，必定会吃一惊。因为屋子里面居然一尘不染，方木桌虽简陋，可干净得像是被洗过十几遍。

灯芯跳跃着。

照亮木桌上一枚奇形怪状的乌色物件。

“这便是麒麟火雷。”

“哦？”如歌将身子微微前倾，打量它。黄琮站在她的身边，仔细留意着屋外江南霹雳门的人是否有异动。如歌此番是秘密前来见雷惊鸿的。她怕如歌会有危险，本不赞同，但见如歌坚持，就也没有再多说什么。

“小心些，你若拉动了它的弹针，咱们全都死光光。”雷惊鸿翘起两条腿，搭在桌子上，淡淡地说。

如歌慢慢地托起它，果然有一个弹针卡住它的机关，想必引爆它的时候需要拉动弹针。她将麒麟火雷又慢慢放回桌上，抬起头：“我以为它应该是扔掷的。”

雷惊鸿笑眯眯：“麒麟火雷威力是很大，不过它有一个致命的缺陷。每次用都需要拿线扯着它的弹针，等人走得足够远后，再一拉——轰！”

“岂非很麻烦？”

“没错，所以我们并没有制作很多，所以——”雷惊鸿冷笑，“不晓得你们怎么那样愚蠢挑上了麒麟火雷来陷害霹雳门！”

如歌望着他。

黄琮也忍不住听他说下去。

雷惊鸿嘲弄道：“六枚麒麟火雷，在不同的地方同时引爆，就意味着要六个人拉着线同时去扯。天下第一的烈火山庄，烈明镜的练功密室旁竟然会由得六个人同时扯线吗？岂不滑稽！”

黄琮皱眉道：“或许就是疏漏了呢？”

“哈哈，”雷惊鸿睨视她，“就算疏漏了，凭麒麟火雷的爆炸力也无法将烈明镜炸死。”

如歌身子一震：“为什么？”

雷惊鸿又冷笑：“据说麒麟火雷是在密室外面引爆的。”

“不错。”

“烈明镜的密室墙壁中应该是夹有铁板的吧……”

如歌忽然说不出话。

爹的密室墙壁中不仅有铁板，而且铁板足有三寸厚。

“哼哼，如果霹雳门的火器足以穿透铁板将人炸得粉碎，那么天下第一还会是你们烈火山庄吗？”

如歌怔怔望着他，脸色有些苍白，她侧过头，慢慢地，一抹惊悸从眼底滑过。

雷惊鸿笑得有些残忍：“要使烈明镜的尸体灰飞烟灭，怕是只有一个原因吧——”

他顿住，像猫捉耗子一样瞅着渐渐颤抖起来的如歌。

荒山中。

荒废的木屋里透出昏暗的灯火。

江南霹雳门的弟子隐在黑暗中，等待少主的命令。

黄琮终究性子急，追问道：“什么原因？”

雷惊鸿瞥一眼这个爱抢话的黄衫姑娘，冷冷地笑：“原因就是，怕烈明镜身上的刀口被认出来。”

“刀？”黄琮惊道。

“烈火山庄只有一个人的刀最凶狠。”

“你说战枫？！”黄琮大惊。

雷惊鸿凑近面色苍白的如歌：“如歌妹妹，你怎么突然好像哑了一样？”

他推推她的肩膀，笑里藏着恶意：“你不是想要知道真相吗？怎么了？知道后受不了了？”

一股烈焰般灼热的真气从如歌体内冲出来！

雷惊鸿的手立时自她肩上被震开！

雷惊鸿怔了怔，大笑：“没想到如歌妹妹的功力竟然如此深厚，倒让我小小吃了一惊！”可恶，他暗自恨道，居然被这么个小丫头震开手，实在太没有面子了。

如歌抬起眼睛，黑白分明，目光倔强。她凝视他，淡淡道："多谢。无论你的话是真是假。"

雷惊鸿气恼道："少爷我会说谎？！"

如歌起身道："我会将事情查清楚的。若果然不是霹雳门所为，自然会还霹雳门一个公道。"

"就凭你？！"雷惊鸿不屑道。

"就凭我。"如歌静静望着他，"我是烈火山庄的庄主。"

雷惊鸿愣了愣。然后，他掏掏耳朵，再掏掏耳朵，眼睛迷茫："你是庄主？那为什么天下人都以为战枫是庄主？"

黄琮怒道："不要太放肆！"

雷惊鸿大笑："就算你是庄主，也是天下最窝囊的庄主。"

如歌朝雷惊鸿微微一笑："你这样刺激我，同我讲这么多话，总不会因为我只是个做烧饼的小丫头吧。"

她又笑一笑，笑得很可爱："我自有我做事的方法。现在我只想知道，霹雳门火器的威力究竟有多大。"

她微笑瞅着雷惊鸿。

雷惊鸿摸摸鼻子，抓起桌上的麒麟火雷，道："咱们去屋子外面试试？"

如歌随他出来。

这深更半夜荒山野地的，怕也不会有多少人来，正可以试一下火器的力道。

漆黑的夜。

山里寂静无声。

雷惊鸿将一根丝线穿过撞针的环，把麒麟火雷放在木屋窗脚下，慢慢将线拖长，待离开有五丈左右的地方，对身边的如歌道：

“我要引爆了。”

“好。”如歌目不转睛望着麒麟火雷。

黄琮已经将耳朵捂了起来。

突然——

“轰——！！！”

冲天的火光！！

满天血红！！

足以将人耳朵震聋的巨响！！

仿佛噬血的恶魔们咆哮着从地狱里出来！！

爆炸将夜空撕裂！！

木屋完整如初。

屋里的灯芯仍在轻轻跳动。

麒麟火雷安静地在窗脚下面。

雷惊鸿还没有引爆它。

爆炸的火光将宁静的冬夜变得像最惊悚的噩梦一样可怕！

恐慌的尖叫声自苗河镇炸开！

如歌、雷惊鸿和黄琮立时向火光处看去！

爆炸来自两个方向。

一个是苗河镇的东面。

另一个，却像是烈火山庄！

第二日。

天下群雄齐聚烈火山庄。

少林、武当、天下无刀城、青城、崆峒、峨眉等各大门派皆有掌门或长老赶来。

聚萃堂里气氛凝重。

堂中主位一张紫檀木椅，椅背覆着华丽的白虎皮。如歌素白打扮，斗篷上的白狐绲边衬得肌肤晶莹透明，一双玉手揣在白狐手抄里。她的眼睛宁静清澈，美丽的面容上有一种若有所思的神情。

她右手边是战枫。

战枫深蓝布衣，神色严肃，虽坐在椅中，仍透出冷酷的气息。

堂下左右两排雕花紫檀椅中，分别坐着各大门派的掌门、长老和烈火山庄各堂堂主。

裔浪一身灰衣，面色凝重，他立于堂前，将前夜发生的事情陈述。

众人皆凝神细听。

裔浪灰色的瞳孔缩得厉害。

“昨晚三更，苗河镇东城发生爆炸，一共炸死十五人，炸伤三十九人；烈火山庄北侧亦同时发生爆炸，幽火堂堂主钟离无泪不幸身殁，我庄弟子共有十二人重伤。”

堂中顿时哄然。

刀无暇合起折扇，微微叹息。

少林普光方丈手捻念珠，白眉深锁：“阿弥陀佛。”

昆仑长老无峰子大怒道：“知否何人所为？！居然做出这等残害百姓之事！”

人群中，水船帮帮主铁大鸿手中的铁棍猛然一捣，“砰”的一声火星四溅：“这还用说？！定是江南霹雳门那伙贼人做的！烈火山庄守卫甚严，他们难以攻到要害，就拿手无寸铁的老百姓撒气！他奶奶的，不灭掉霹雳门，为武林除害，咱们就没脸在江湖上混了！”

“对！”

一时间群情激昂，江湖豪杰们怒声叱骂霹雳门。想那霹雳门的人仗着自己的火器独步天下，敛得无数钱财，从不将别的门派放在眼中，飞扬跋扈，气焰嚣张得让人想灭了它。此次居然阴毒到对平民下手，偷袭烈火山庄，正是群起讨伐他们的时候了。

望着堂下怒声震天的群雄，如歌的双手在白狐手抄中渐渐握紧。

钟离无泪……

那个说话时偶尔会脸红的年轻人。

竟然已经在昨夜死去了。

她胸口一片冰凉。

喧闹中，武当长老湖明子望向裔浪，沉声道：“裔堂主，贵庄可已证实此事乃何人所为？”

顿时，聚萃堂静了下来。

裔浪冷然一笑，仿佛狠极的野兽：“霹雳门少主雷惊鸿于两天前来到苗河镇，随行弟子共十八人，携带大量火器。”

“啊——”

满场震惊。

虽早已料到是霹雳门所为，然而从烈火山庄这里得到确认，仍是令他们震动。

“并且，昨夜雷惊鸿偷袭我庄时，曾与战副庄主交手。”

裔浪接着道。

立刻，所有的目光投向孤傲冷漠的战枫。

战枫眼底阴沉。

右耳的宝石闪着诡异的蓝光。

如歌侧过头，凝视他：“哦？师兄昨夜曾与雷惊鸿动手？”

战枫慢慢看向她。

“是。”

“师兄可看清楚了吗？果然是雷惊鸿？”

“确是雷惊鸿。”

如歌又问：“昨夜无月无星，师兄怎说得如此肯定？”

“漫天大火，亮如白昼。”

战枫的眼睛渐渐眯起来。

白狐手抄中，如歌的双手僵冷如冰，指骨青白。

堂中群雄有些摸不着头脑。

听两人的对话，烈如歌对战枫竟似有所疑问。

刀无暇微挑眉毛，纸扇优雅轻摇，目光却是望向一身灰衣、嘴唇紧抿的裔浪。

裔浪冷冷道：“将雷惊鸿带上来！”

雷惊鸿？！

难道说，雷惊鸿已然被烈火山庄擒住？！

众人大惊，齐齐向聚萃堂门口看去！

两扇朱红色屋门缓缓推开。

冬日的阳光斜斜照进来，空气中有些灰尘，漫无目的飘荡着。

两个烈火山庄的弟子将一个满身血污的布衣少年拖了进来。

少年的衣衫褴褛，面容瘀青，猛看去竟分不出是人是鬼，唇角印着一口黑血，嘴唇干裂如风干的橘皮。少年的肩胛处穿着两道血迹斑斑的铁链，拖在地上，发出“当当”的声音。

少年的眼睛肿得几乎睁不开了，但凶狠的目光依然如毒箭般射向如歌！

他欲向如歌扑过去！

然而从琵琶骨穿过的铁链却让他变得连三岁的小孩子也不如。

一个烈火山庄弟子飞起一脚将他踢倒在地上。

“贱人！我做鬼也会杀了你！”

布衣少年雷惊鸿吼声沙哑干涩，透出无比的恨意！

如歌惊呆了！

一时间，她不明白究竟发生了什么。

为什么一夜间雷惊鸿会变成这等模样，为什么雷惊鸿突然对她有了刻骨的恨意?

铺着白虎皮的紫檀椅上，如歌强迫自己静下来，努力去想究竟发生了什么。慢慢地，她的脸色开始苍白。她向战枫望去，战枫的嘴角有冷酷的线条；她又看向裔浪，裔浪灰色的瞳孔中有残忍的冷光。

彻骨的寒意！

如歌忽然间一切都明白了！

原来，她在荒山同雷惊鸿见面，竟是被人跟踪的！

当她离开之后，雷惊鸿便被擒住了。呵，所以雷惊鸿会以为自己是被她出卖了，所以战枫和裔浪可以有恃无恐地撒谎，所以除了她谁也不知道雷惊鸿当时不可能出现在烈火山庄！

而她，不可能揭穿他们的谎言！

如歌周身冰凉。

她忍不住开始发抖。

如果，这次江南霹雳门是被陷害的，那么，以前呢?

真相究竟是什么！

灰尘在冬日的阳光中继续飘荡。

朱红的大堂屋门，被风吹得“嘎吱”开合。

聚萃堂各门各派的豪杰们，都在大声叱骂霹雳门的卑鄙行径。先前烈火山庄指证霹雳门暗杀烈明镜，他们将信将疑；而此次，证据确凿，霹雳门再难辩驳。

“好一个无耻的烈火山庄！”雷惊鸿满脸血污，被按倒在地上，声音嘶哑地吼道，“哈哈，只敢用这样卑劣的手段对付我们吗？你奶奶个熊！有本事跟少爷我干一场真刀真枪的！”

他一口唾沫吐向如歌：“你个贱女人！少爷我居然会上你的当！真是瞎了眼！”

唾沫直喷如歌！

快如闪电！

紫檀椅上，如歌正苍白着面孔发呆，仿佛浑然没有警觉。

一把刀。

一把幽蓝如泓的刀。

挡住了那口唾沫。

那是战枫的“天命”。

众人惊住。

刀无暇的折扇亦忘记去摇。

天下武林人人皆知，战枫视天命刀如性命，除非杀人，绝不轻用。

而此刻，他居然会用那把刀为一个女人挡下污秽的唾沫？！

水船帮帮主铁大鸿在人群中怒吼：

“兀那贼子，你居然不敢承认昨晚做的恶事？！呸！奶奶的，敢作敢当才算条汉子，你忒让爷爷看不起了！”

雷惊鸿震怒欲骂回去，却被旁边的烈火弟子一拳打上，牙齿迸落几颗，立时剧痛喷血，再说不出话来。

少林普光方丈捻着念珠，道：“阿弥陀佛，雷施主，昨夜果然是你施放的火器吗？”

刀无暇摇扇笑道：“方丈大师，像这样的恶徒怎会承认做过的恶事呢？只是铁证如山，他无论如何也推脱不了了。”

“对！！”

“灭了霹雳门！”

“一定要为武林除此大害！！”

众人群情激昂，恨不得此刻便将霹雳门连根除掉。

“不是他。”

恍若清寒的空气中轻轻飘荡的烟尘。

声音很轻。

却穿透了偌大的聚萃堂。

在场的每个人都听得清清楚楚。

如歌眼神平静，对堂中所有人道：“昨夜施放火器的人，不是雷惊鸿。因为爆炸时，我同他在一起。”

***　***

“当时，你知道那样做的后果吗？”

很久以后的一个日子里，黄琮这样问如歌。

“知道。”如歌轻叹。

“战枫说他跟雷惊鸿过了招。”

“他撒谎。”

“我当然知道战枫在撒谎，”黄琮无奈道，“雷惊鸿那时候跟我们在一起，根本不可能去制造那些爆炸。”

“对。”

“可是你指出战枫是在撒谎，烈火山庄的处境就变得很尴尬。”

如歌淡笑道：“大家自然会想，爆炸是不是烈火山庄一手制造的，然后嫁祸给江南霹雳门。”

“对呀。”黄琮不解道，“你毕竟是烈火山庄的庄主，为什么会去帮雷惊鸿呢？”

如歌抬起头，凝视她：

“因为——他是无辜的。”

“他来到苗河镇，可能也是为了要偷袭烈火山庄。”

“对。他或许只是还没来得及。”如歌苦笑。

“那你……”

“但，那场爆炸，雷惊鸿是无辜的。”如歌叹道，“而且，他也不一定会去伤害苗河镇的百姓。”

“他们定是没有想到你会为雷惊鸿说话。”

“如果想到，他们必不会让我参加那天的大会。”

“他们没有估计到你的善良。”

“不是善良。”

“嗯？”

“是愤怒。”

“愤怒？”

“这样卑劣的手段，竟然可以冷血到去炸毁普通百姓的房屋。”如歌闭上眼睛。

“所以你也顾不得烈火山庄了？”

“如果烈火山庄是残忍狠毒的，那么还是消失了好些。”

沉默良久。

黄琮又问：“究竟是战枫做的，还是裔浪做的？”

如歌淡淡地笑："无论是谁，都绝不会是雷惊鸿。"

烈火山庄。

聚萃堂。

时间仿佛凝固了。

如烟的灰尘在清清冷冷的阳光里，漫无目的地飘散。

众人怔怔地看着如歌。

好像方才从她嘴里说出来的话，是这世上最难以理解、最不可思议的。

刀无暇的折扇顿在手上。

普光方丈捻动着念珠。

铁大鸿仿佛突然被人打了个耳光，一张脸涨得通红，可是因为如歌的身份，又不好说出太难听的话，嘴巴尴尬地大张着。

裔浪的身上透出野兽般的气息。

战枫凝视着如歌。

他离她很近，可以看见她虽然在微笑，身子却在微微发抖。白狐镶边衬着她晶莹的面庞，黑白分明的眼睛沁出一抹杀意，她倔强得就像寒冬枝头的第一朵白梅。

他的眼眸渐渐深蓝。

他发现自己忽然很想轻轻抱住她。

雷惊鸿仰天大笑，笑声嘶哑，嘴中不断涌出鲜血：

"哈哈哈，听到没有！哈哈哈，是不是还没有串通好！！诬陷本少爷真是诬陷得漏洞百出啊！！哈哈哈……又在演什么戏！少爷我上过一次当，难道还会再上第二次当吗？呸！"

如歌淡淡说道："放了雷惊鸿。"

负责看管雷惊鸿的两个烈火弟子顿时不晓得怎么做才好。烈如歌是庄主，按说她的话不能不听。可是，山庄的事务一向是战庄主和裔堂主处理的，烈如歌更多的像个摆设。

这时，裔浪恭声道：

“小姐，您是说，昨晚您同雷惊鸿在一起吗？”

人群中响起几声低笑。

裔浪的话似乎会给人一些暧昧的联想。

如歌望着裔浪，声音很平静：“昨夜在苗河镇荒山，我向雷少爷讨教麒麟火雷的用法。”

裔浪皱眉道：“会否是小姐记错了时间？”

“我记得很清楚。”

“是吗？”裔浪轻拍手掌，只听大堂的门又被推开，一个穿紫衫、丫鬟打扮的少女瑟缩着挪步进来。

如歌认得她。

她正是自己院子里的丫鬟苹衣。

裔浪问道：“你平日做什么活儿？”

苹衣道：“我是小姐的丫鬟，每日里伺候小姐。”

“昨夜你伺候小姐了吗？”

“是。”

“小姐在做什么？”

“昨夜小姐一整晚倚着窗子发呆，不住叹息。”

“是整个晚上？”

“是。小姐没有睡，我也不敢睡。”苹衣低下头。

众人一片哗然。

如歌的眼睛渐渐冰冷。

她的身子却坐得更加笔直。

“小姐为什么整晚发呆不睡？”

“那个……”苹衣吞吞吐吐。

“说。”裔浪的声音令人不寒而栗。

“小姐在想一个人。”

“谁？”

苹衣瑟缩地张望如歌一眼。

“小姐在想谁？”裔浪又问一遍。

“……雷少爷。”苹衣双腿打抖，额角尽是汗珠。

“哪个雷少爷？”

“雷惊鸿雷少爷。”

“为什么要想他？”

“因为……因为……”苹衣的小脸儿苍白得仿佛随时会昏倒。

“说。”

“因为小姐喜欢他……小姐常常说，为了雷少爷，她什么都肯做……只要雷少爷心里面有她……”苹衣一口气说出来，然后摇摇晃晃，瘫倒在地上。

众人看向如歌的目光古怪极了。

刀无暇摇扇轻轻叹道：

“自古女儿多痴情，可惜，可惜啊。”

铁大鸿铁棒猛捣地面，气得满面通红：

“只为了区区儿女私情，竟然不顾几十条人命吗？！他奶奶的！气死老夫了！”

战枫右耳的宝石闪烁着蓝光。

他握紧天命刀，眼中有莫名的痛苦。

如歌笑了。

她笑得好似染着冰雪的白梅。

一时间，众人神为之夺。

她笑着鼓掌："真是好精彩。裔堂主见气氛太过严肃，特意演出戏，来给大家解解闷是吗？"

裔浪的眼神如野兽般凌厉："小姐喜欢哪家少年，本也与我们无关。只是，杀害了这几十条人命，却不是可以轻易将凶手放走的。"

如歌轻轻吸气，扬声道："慕容堂主。"

"属下在。"

慕容一招躬身应道。

"我随身的丫鬟是谁？"如歌问道。

慕容堂主沉吟一下，答道：

"薰衣和蝶衣。"

如歌又问：

"你见我身边跟过刚才那个丫鬟吗？"

慕容一招望一眼裔浪，笑呵呵道：

"老大没有留意过。"

"好，"如歌对裔浪微笑，"既然裔堂主对我的私事这样感兴趣，为何不把薰衣和蝶衣唤出来问一下呢？"

堂中群雄觉得有道理。

裔浪的眼珠仿佛也是死灰色："只怕她们是小姐的心腹，什么话也不敢讲，讲出来也未必是真实的。"

堂中群雄觉得也有道理。

如歌轻笑颔首："那就是说，这个苹衣并不是我的心腹了？"

裔浪瞳孔一紧。

如歌笑道：“苹衣只不过我院子里打扫清洁的小丫头，又不是我亲近的人，我为什么会同她讲我喜欢谁不喜欢谁呢？”

如歌笑得很轻蔑：“裔堂主，下次再演这样的戏，请考虑得周全些。”

“哄”的一声。

聚萃堂中，群雄乱了思绪，不知道究竟应该听信谁的。

如歌对大堂门口的烈火弟子道：“去请黄姑娘来此。”

“是！”

烈火弟子转身下去。

没片刻工夫，一身劲装的黄琮大步迈了进来，堂中众人中有认得她的，不由得惊呼道：

“静渊王身边的侍卫？”

“朝廷御赐金牌的女捕头？”

黄琮已然明白了如歌的心意。

她掏出怀中雕龙的锃亮金牌，沉声道：

“昨夜我同烈火山庄的如歌庄主前往苗河镇荒山，调查麒麟火雷的事情。雷惊鸿在爆炸发生时和我们在一起，不可能同时与战枫交手。”

如歌自紫檀椅站起身来，走近沉默的裔浪，忽然笑道：

“裔堂主，纠正你一个错误好吗？以后请不要称呼我‘小姐’，你应该叫我‘庄主’！”

裔浪与她对视，灰色的瞳孔中似乎没有人类的感情。

如歌手一举。

一块鲜红的令牌出现在她掌中。

烈火令？！

群雄惊呼。

当年，烈火山庄执掌武林，天下英豪宣誓追随，以烈火令为信物。

持烈火令者，便是武林之主。

如歌的目光一一扫过群雄，淡笑道："霹雳门的事，我自然会给大家一个公道。无论是谁，只要做过天理不容的事情，烈火山庄便绝不会放过。"

第六章

你是一个英雄，所以不可以忍受失败，也不可以失败。所以，我曾经那样喜欢你。

夜幕茫茫。

新月如钩。

几抹烟雾般的云丝染在宁静的夜空。

树影在夜色里，斑驳摇曳。

枫院的西厢房里点着灯。

青花瓷瓶中，一枝鹅黄的蜡梅。

火盆烧得旺热。

如歌倚在窗边静静握着一卷书在看，薰衣细心擦拭着沉香花架上的灰尘，蝶衣颦眉整理着床榻上的锦被。

屋子里安静极了。

然而，却仿佛有一股压抑的气息在酝酿。

蝶衣忍不住攥紧手中的锦被，回头道："枫少爷也实在太过分了！你一个清清白白的姑娘家，为什么要同他住在一个院子里呢？别人知道了像什么话！"

自从前几日聚萃堂一事后，战枫便"请"如歌搬进了枫院。

如歌仍旧看着书，微笑道：

"既来之，则安之好了。"

蝶衣急道："小姐你还笑！这算什么嘛，将咱们囚禁起来了吗？！整日里被关在枫院，想出去都不可能，也没有人同咱们说话，连丫鬟小厮见了咱们也如同见了鬼一样！莫说你还是庄主，就算只是小姐的身份，他们也不可以如此放肆！"

如歌轻叹道："只是没想到你们也被软禁了。"看来，战枫和裔浪不想给她一点同外界联系的机会。

蝶衣气愤道："不仅是我和薰衣，连黄琮姑娘也迈不出枫院的门。"

薰衣柔声道："有十多天了。屋子需要添置的一些物件，都是枫少爷另派人买了送进来的。"

"他们买回来的脂粉香得呛人！"蝶衣抱怨道。

"哦。"

如歌淡淡一笑，将书卷翻过一页。

屋里又是一阵安静。

蝶衣咬紧嘴唇，望着如歌好一阵子，沮丧道："小姐，你难道真的不生气吗？"

如歌抬起头，笑道：

"生气啊，我也觉得那些脂粉香气太冲。"

蝶衣跺脚道："小——姐——"

如歌只是微笑。

薰衣柔声道：“蝶衣莫要着急，小姐如此淡定，心中必是已有主意的。”

这时，素缎描花的棉帘被挑开。

黄琮走进来，眉头微微皱着。

如歌将书放在沉香案上，对薰衣、蝶衣微笑道：“两位姐姐若是累了，就早些歇息吧。”

待薰衣、蝶衣躬身退下后，黄琮将一个小纸团放进如歌手中。

如歌展开它，仔细看着，慢慢吸一口凉气。

黄琮轻声道：“怕是雷公子撑不过今晚了。”

如歌闭上眼睛。

虽然她当日曾以庄主身份下令不得伤害雷惊鸿，可是，如果他是“自然病故”，她也很难说话。雷惊鸿若是一死，便再无对证，纵有她出面为他辩白，很多事情亦难以说清了。

半晌，如歌睁开眼睛，道：

“外面安排得怎样了？”

“人已找好。”

“青圭可会有危险？”

“谁也不会想到他却是青圭。”

“那么，就是今晚。”

“好，我去准备。”

“黄琮……”

“嗯？”

“多谢。”

黄琮轻轻微笑：“我们都晓得你在王爷心中的分量。”

如歌再也说不出话来。

林中匆匆一见……

青衫轻扬……

温润如玉……

他的气息恍若还在耳畔……

而很多事情，却改变了模样……

如歌吸一口气，胸口像是有鲜血在翻涌。她不晓得自己将要做的事情究竟是对是错，会不会成功，如若失败会付出怎样的代价。

可是——

现在的她，只能选择这样去做！

*** ***

“为何要这样麻烦！索性将那个烈如歌一刀杀掉，最是干脆！”

苗河镇白鹤楼。

刀无痕愤愤掷下竹箸。

刀无暇轻轻摇扇：“战枫竟是一个多情的人。”

“多情？”

“把如歌姑娘关在他的枫院里，外人只道是在软禁她，殊不知战枫亦是在保护她。”

刀无痕眼中充满愤恨：“战枫……对香妹却那样冷淡，成亲后居然另给了香妹一个院子，两人似乎连句话也没有说过。”

刀无暇挑挑眉毛：“香妹那里，将来我自会有所补偿。”

刀无痕看了兄长一眼，想说些什么，终于忍住。

过了一会儿。

刀无痕扼腕叹道：“原本是多好的机会，却被烈如歌破坏掉了。”如果可以收下江南霹雳门，那么威力无比的火器和无尽的财富，会使天下无刀城的实力大增。

刀无暇的折扇摇得极是风雅："如歌姑娘当时若是稍一慌乱，场面便会大不一样。"

"她非常冷静。"

"冷静得十分可怕。"

刀无痕的眼睛眯起来：

"这样的人，多留一日，便多一分危险。"

刀无暇摇扇轻笑：

"纵然危险，亦是战枫和裔浪的危险。莫要忘了，烈火山庄同天下无刀城毕竟是不同的。"

***　***

夜空仿佛也是蓝色。

新月的光芒皎洁而温柔。

静静洒在枫院中。

酒香从枫院东厢的一间屋子里漫出来。

酒气很浓。

浓得好像一个人永远也说不出口的痛苦。

屋里没有多余的摆设和装饰。

只有一张床、一张桌子、两条长凳。

窗下凌乱地堆着十几只酒坛。

战枫抱着酒坛大口喝着酒。

他的面颊已有了潮红。

眼底却仍是一片冷漠的蓝。

有人敲门。

战枫缓缓将酒坛放在木桌上。

“谁？”

他的声音低沉。

“是我。”轻如飞雪的声音。

战枫忽然怔住。

他站起来的时候，居然有些踉跄，手心微微出汗。窗子是开着的，一阵寒风灌进来，他的酒意仿佛暗暗燃烧的炭火，呼啦啦冲了上来。

他打开门。

如歌站在门外，一身素白的斗篷，绣着极为清雅的白梅。她望着他，眼睛亮如星辰，唇角有一抹淡淡的笑意。

“我可以进来吗？”

战枫恍惚间觉得这句话是那样熟悉。

那时应该是夏天。

她敲开他的门，问了同样一句话。

她穿着鲜红的衣裳，怀里抱着一只大大的木匣，木匣中是十四朵干枯的荷花……

那次，是她最后一次的努力吧，她追问他是否爱过自己……

荷花的碎屑漫天飞扬……

她黯然的眼睛将他撕裂成碎片……

那次，她走了。

如今的她，笑容很淡，淡得仿佛他只是一个陌生的人。

“我可以进来吗？”

她浅笑着又问了一遍。

战枫略侧过身，让她进来。

如歌在木桌旁坐下，笑盈盈地打量着桌上的那坛酒：

“在院子里就闻到你这里的酒香。好香的酒，叫什么名字呢？”

“烧刀子。”

如歌将酒坛拉近些，嗅一嗅，笑道：“烧刀子？应该是那种最普通的酒了，却有这样浓烈的香，可见酒并不一定只有贵的才好喝。”

战枫望着她。

如歌揉揉鼻子笑：“呵呵，知道我为什么来吗？”

“为什么？”

他的声音有些低哑。

如歌瞅着他笑：“因为——我忽然很想喝酒。”

屋里没有酒杯。

战枫向来是整坛喝的。

于是，如歌也只能抱着坛子喝酒。

刚喝几口，如歌的脸便已红了。

她的眼睛比方才更亮。

笑声也比方才更加清脆。

“你和姬师兄都很爱喝酒，也都爱整坛整坛地喝，”如歌右手撑住下巴，呼吸中染着酒气，“然后我就很好奇，究竟你们两个谁的酒量更大呢？”

战枫的眼睛忽然蓝了些。

如歌呵呵笑着：“后来，你们两个居然真的比试了酒量，喝了整整一个晚上。”

“是我赢了。”

战枫记得。那是四年前，他们瞒着师父偷了几十坛酒，躲在枫林深处痛饮。他和姬惊雷拼酒量，她和玉自寒做见证。他和姬惊雷是同时醉倒的，然而他比姬惊雷多喝了半坛。

如歌闻言笑起来，她伸出食指，摇一摇，眼神有些怪异：

“你错了。”

战枫望着她。

如歌笑得有些嘲讽：“你并没有赢。因为有人作弊。”

“作弊？”

“对呀，”如歌醉眼蒙眬，“是我作弊了，你知道吗？”她轻笑，“喝到第八坛的时候，我担心你会输，于是，你后面的酒坛里我兑进了水。”

战枫的身子渐渐僵住。

“为什么？”

如歌趴在桌子上，脸蛋红得让人想掐一把，她瞅着他笑：“因为，姬师兄输掉只会哈哈一笑，你输掉了，却会很久都无法释怀。”

战枫猛喝一大口酒。

酒水顺着坛边溅湿他深蓝色的布衣。

如歌咪咪笑道：“从小时候起，你无论什么事情都一定要做到最好。内力要最强，轻功要最好，刀法要最快……玉师兄的诗词比你出色，受到老师夸赞，你都足足有三个月不开心，你苦学诗词直到老师终有一天也夸赞了你……所以，拼酒我也要你赢，呵呵，那时我只想要你开心……”

她歪着脑袋看他：

“知道吗？我一直认为你是一个英雄。”

战枫的卷发发蓝，右耳的蓝宝石暗光闪耀。

他的眼睛深不见底。

如歌轻笑道：

“你是一个英雄，所以不可以忍受失败，也不可以失败。所以，我曾经那样喜欢你，喜欢到连我自己也感到诧异。”

曾经……

为何这两个字，如同一把刀，刺得他胸口鲜血淋漓。

如歌抱起坛子，“咕咚咕咚”喝下几口，然后拭一下嘴角，苦笑：“现在，我知道我错了——”

她的眼神开始冰冷。

“一个英雄，不会阴狠地从别人身上踩过去！”

她看着他：

“而你，只是一个不择手段的人。当别人可能阻碍到你，你便会毫不留情地将他除掉。九岁的谢小风是如此，莹衣是如此，雷惊鸿是如此，对我，也是如此。”

战枫的眼眸转为一片深沉的冰蓝。

“或许，我应该多谢你，”如歌淡淡一笑，“你没有将我杀掉。毕竟将我杀掉会干脆许多，也不用每日里派这么多人监看着我。”

战枫的心仿佛被冻住。

“你很想做庄主，对吗？”如歌没有笑，问得平静。

战枫的唇边却扯出一抹古怪的笑：

“你不应该是庄主。”

如歌注视他：“我并不想做这个庄主。可是，却不可以将烈火山庄交在你和裔浪的手上。”

战枫闭上眼睛。

右耳的宝石暗淡无光。

“告诉我，为什么是江南霹雳门？”如歌冷冷道，“是因为要给爹的死找到一个凶手，还是因为霹雳门威胁到了烈火山庄的地位，并且他们有令人震惊的财富和火器？”

战枫的眉头微微皱起来，好像心里有莫名的痛苦。

如歌的声音更冷：“抑或，这几个原因都有？”

战枫轻轻吸气：“你不用知道。”

如歌料不到他竟是这样回答，失笑道：“呵，原来，我却是什么都不应该知道，由得你们搅起一场血雨腥风吗？”

战枫的眼睛慢慢睁开。

眼中有痛苦。

也有一片令人吃惊的浅蓝。

“你应该在荷塘边，笑声像银铃一般甜美，看粉红的荷花，吃新鲜的莲子，用手指去触碰荷叶上的露珠……那样，才是你的幸福。”

他苦笑：“你不应该知道那些污秽的事情，你只需要看到世上最美丽的荷花。”

她，是世上纯洁的荷花；他，是污垢的淤泥。

如歌望着他，良久说不出话。

终于，她也苦笑：

“是谁将我的幸福夺走了呢？”

战枫抚摸着身旁的刀。

刀叫作“天命”。

他似乎痛得呻吟：“是天命。”

“天命？”如歌淡笑，“世间果然是有天命的吗？以前，我只相信努力。”

寒风自半开的窗子吹进来。

如歌的酒意被激到，冷不丁打了个寒战。

战枫的眼中掠过一丝怜惜。他挣扎着站起来，向窗子走去，步履有些踉跄，像是喝醉了。他颤抖着将窗子关上，然后，慢慢滑了下去。

他倒在墙角，脸色苍白，像是再也站不起来了。

他的体内，仿佛有千万只蚂蚁在咬噬，疼痛蔓延至五脏六腑。

如歌看着他。

他的眼神黯蓝。

骤然静默下的屋子里，只有两人的呼吸。

“我下了毒。”

如歌静静对他说，素白的斗篷，绯红的面颊，她的语气却那样冷静。

战枫苦涩道：“是。”

很厉害的毒，无色无味。毒，应该是在她摸酒坛的时候，涂在坛口的。

如歌凝视他：“你会恨我吗？”

战枫嘴唇煞白，笑容惨淡：“有这句话，我已不会恨你。”原来，她还会在意他的感受啊。

她低声道：“抱歉。”

“……你会等到我死去再离开吗？”

她眼神古怪：“你觉得这毒药会让你死吗？”

“如果……死……也好……”此刻，他似乎连说话的力气都没有了。

“知道我来的目的吗？”如歌叹道。

战枫的唇角勾出一丝苦涩的笑。他只知道，如果没有什么目的，她绝不会再看自己一眼了。

如歌走过来，在他身边蹲下：“给我令牌。”要将雷惊鸿从地牢中提出来，必须要战枫的令牌。

战枫苦笑道：“为何执意要救雷惊鸿？”

她皱眉道：“你不觉得那样诬陷一个人，很可耻吗？”

战枫倚着墙壁，面容苍白如纸：

“不要离开山庄……外面……会很危险……”

眼底是深深的痛苦。

他晓得，若是如歌离开烈火山庄，那么他与她之间的矛盾，将再也无法调和，连表面的平静，也再无法维持。

如歌轻声道:

“而留在这里，却会被你永远囚禁……”如果飞出囚笼，必然要面对危险和艰难，那么，也是她不能回避的。

第七章

他宁可她永生不谅解他，永生恨他，也想要将她留在离自己很近的地方。

寒冬的天空是铁灰色，没有一丝云。风轻轻掠过，寒意彻骨，仿佛极薄的刀子。树梢上的鸟儿们也冷得没有了精神，身体瑟缩着，蜷成一个个灰黑的小点。

这样冷的天气，却只在初冬的时候下过一场雪。

这个冬天是压抑而冷寂的。

似乎所有的生命都屏住了呼吸，静静等待着那一场迟迟未来的大雪。

什么时候才能漫天大雪纷纷扬扬……

或许只有当冬日的雪终于到来时，一切的严寒和凝滞才能在激扬飞舞的雪花中被释放出来。

简陋的屋里。

战枫用一方深蓝巾帕擦拭他的刀。

刀身幽蓝如泓。

他的手很轻，蓝帕下，刀的光芒夺目而又内敛。

他面容冷漠，像是这世间再没有能够令他在意的事情。他的生命中只剩下了这把刀。

裔浪站在离他五步远的地方，阴沉的双眼是死灰色。

“那样拙劣的下毒手法，也会瞒过你的眼睛？即使你已中毒，仍然可以命弟子们拿下她，以她的性格，怎可能真会将你毒杀。”

战枫垂首轻拭幽蓝的刀。

刀，静静鸣出清泉一般的吟声。

他的唇角有抹古怪的淡漠。

那一夜，她笑盈盈，眼睛如星星般明亮，双颊如荷花般粉红，她的呼吸轻笑离得他那样近……

他如何不知，她不会无缘无故地再来接近他。

可是，他就像渴极了的人，哪怕她的眼波里藏的是蚀心腐骨的剧毒，只要她再凝望着他，他便可以什么都不知道。

裔浪声音阴冷：“任她离开，你必会后悔。”

他很清楚战枫对如歌的感情。

所以才放心让战枫监视如歌的行动。

如果战枫不是蠢人，那么他应该晓得，一旦如歌离开，他和她之间就再不可能有缓和的机会，敌对和仇恨将会使他和她越走越远。

可是，裔浪错了。

战枫竟然真的这样愚蠢。

刀身之上，战枫的手指轻轻一颤。

右耳的蓝宝石忽然闪出抹幽光。

他的眼底深蓝。

在山庄大门处，脚步声接近那辆马车。他的视线虽然有些模糊，可是仍旧可以看见她美丽的脸庞。她神情镇静，对皱紧眉头的黄琮和满身血污的雷惊鸿微笑，像是告诉他们不要担心。

然后，她俯身抱起他，轻声如耳语：

“命他们走，否则……”

那句话，她并没有说完。

由于中毒，他的身子瘫软无力，体内像有千万只蚂蚁在咬噬。他的脑袋靠在她的臂弯里，她的胸脯离他很近，温热的体香染着酒香冲进他的鼻内。她的嘴唇凑近他的耳朵，语气虽然是冰冷的，可是，姿势却那样亲昵。

他的耳朵霎时变得火烧般滚烧。

他感觉到她的双手。

她的手在微微颤抖，手心微微出汗。

她抱着他。

她温温热热的气息，自四面八方拥抱住他，他的心跳忽然变得缓慢而沉静，就像在孩童恬静无忧的梦里。

他并没有听清她在说什么。

她的声音冰冷。

她的眼中闪过一抹奇异的神情，然后，没有再说下去。

当他撩开马车棉帘的一角，看到朱红的山庄大门处，三十六个烈火弟子神情恭谨地望着他时，他感觉到的，却只是腰侧她那双冰凉的手。

她的手，冰凉微颤。

原来，她并不是看起来的那样镇静淡定啊，她在紧张吗？他的一句话，可以让她全盘尽毁。

她冰凉的手攥紧他深蓝的布衣。

手腕处急促的脉跳，仿佛顺着她微颤的指尖，涌进他冷漠已久的心底。

他，任她离开了。

会后悔吗?

他知道自己会后悔的。他宁可她永生不谅解他，永生恨他，也想要将她留在离自己很近的地方。

可是，为什么，他却放她离开了。

裔浪盯着沉默的战枫，灰色的衣衫下透出野兽般的气息。

“如今，她已是烈火山庄的敌人。”

烈如歌用战枫的令牌从地牢提出雷惊鸿，连夜离开，一路不匿踪迹地行去江南霹雳门。整个武林哗然，烈火山庄“庄主”竟与前些时日被指证为暗杀烈明镜的仇人之子在一起，顿时，战枫和裔浪的处境变得很微妙。

虽然战枫、裔浪握有烈火山庄的实权，然而，代表庄主之位的烈火令，却在烈如歌手中。

“敌人？”

战枫将蓝帕收起，慢慢抬起头来。他的眼睛发蓝，凝视着裔浪，声音冰冷如刀：

“如果，你伤害到她一根头发——”

一股摄人心魄肃杀之气，自战枫深蓝的布衣中涌出。他的眼神冷酷，仿佛遗世独立的战神，发蓝的卷发无风自舞。

天命刀光芒大盛。

“那么——你就是我的敌人。”

裔浪望着他。

死灰色的瞳孔紧缩着。

天下无刀城。

“没有想到……”

“哦？”

刀无痕拿起酒盅：

“烈如歌离开烈火山庄，竟然如此大张旗鼓，使得天下武林皆知。”

刀无暇俊眉一挑：

“你以为，她应当悄无声息、隐匿行迹？”

刀无痕沉吟片刻，忽然震惊道：

“哈哈，原来她果然是个聪明的女子。”

刀无暇轻弹扇骨，笑道：

“不错。如若她同雷惊鸿的出走是秘密的，那么，即使他们被人杀死了，也无人知晓。世人会以为烈如歌始终是在烈火山庄，而雷惊鸿的消失甚至不需要解释。”

刀无痕接道：

“而她此番行走虽然招摇，却也使得想要拦阻截杀她和雷惊鸿的人马，变得束手束脚起来。”

刀无暇摇扇笑道：

“烈如歌再不济也是烈火山庄名正言顺的庄主，烈明镜几十年打下的势力和基业并非战枫和裔浪这么短的时日就可以完全接手的。而雷惊鸿，是江南霹雳门的少主，霹雳门与雷恨天一日未倒，便没有人敢轻易截杀他。”

刀无痕饮下酒：

“不方便明里截杀，暗中的刺杀仍不会少了。一向与霹雳门交恶的水船帮、江南十八坞，绝不会容许霹雳门再有翻身的机会。然而，最恼恨烈如歌离开的，却是——”

刀无暇摇扇含笑。

刀无痕将酒盅放于桌上：“裔浪。”那个野兽一般的人，眼中露出的死灰色残忍而冷酷，他有时不得不庆幸天下无刀城还没有阻碍到裔浪的路。

刀无暇挑眉道：

“烈如歌是生是死，对咱们无关紧要。当下最关键的一个人，应该是玉自寒！”

***　***

“他仍在军中？”

妩媚的画眉鸟在金丝笼中婉转啼叫，一根指甲修剪得十分整齐的白胖手指悠闲地逗弄着它。

刘尚书急忙回道：“是。今早收到密报，静渊王仍在军帐中处理日常事务，并未离开。”

白胖的手指在鸟笼边顿了顿：“是亲眼所见？”

“是。”

景献王转回身，似有怀疑：“上次烈如歌感染风寒，他都甘违军纪不远万里地赶回烈火山庄。怎么如今烈如歌出走，他却气定神闲？”

刘尚书想一想，赔笑道：“或许他知道上次离军之事已引起了注意，所以此番只是派玄璜、赤璋、白琥前去保护烈如歌。”军中主帅擅自离开，论罪当斩。

“玄璜他们不在军营？”

“是。”

景献王摩挲着自己白胖的下巴，画眉美妙的啼声浑然没有飘进他的耳朵。

半晌，他忽然道：

“她现在怎样？”

“谁？”刘尚书一时没有反应过来。

景献王扫他一眼。

刘尚书的额角霎时冒上冷汗，他一向自诩最能揣摩出景献王的心意。用力地去想，终于“啊”一声：

“烈小姐一路上共遇袭九次，两次是水船帮所为，两次是江南十八坞所为，另外五次皆是江湖中有名的杀手，被何人指使尚未得知。”

“她可有受伤？”

“据说烈小姐右肩和左臂各被刺中一剑，但并无大碍。”

景献王继续逗着画眉：“哦，那就好。”那一身红衣鲜艳如火的美人，自从两次宴会相见之后，她的美丽似烈火般强烈逼人，使他无时无刻不在想念。

刘尚书小心翼翼望他一眼，擦了擦额角的汗，他突然察觉到王爷似乎喜欢她。

这下却麻烦了。

因为裔浪已准备在今日正午时刻刺杀烈如歌！

***　***

一条狭窄的碎石道，蜿蜒在陡峭的山腰。

山壁的石缝间，有几点绿色挣扎着在冬日的风里轻轻摇摆。

虽然是冬天，阳光仍然刺目而晃眼。

行走在石道上的人们不由得用手遮住了眼睛。

他们走得很慢，每个人之间都拉开了一点距离。

如此狭窄的山路，正是伏击的最好场所。若是突然飞来冷箭，或者坠落巨石，彼此距离太近的话，连躲闪的空间都没有。

没有人说话。

气氛凝重而紧张。

他们知道，只要走过这座山，就可以与自江南赶来迎接的霹雳门高手们在祥阳镇会合。

而这段山路，是杀手们最后的机会。

一行人中，最引人注目的是一个骑着黄骠马、英姿飒爽的白衣女子。

她头戴斗笠，垂白色软纱。

虽然看不清她的容颜，然而一路上她指挥若定，令大家避过无数凶险。她挺直的背脊，已成为他们的信心。

雷惊鸿身上的伤势好了很多，但由于琵琶骨受创甚重，身体依然虚弱。轿帘随着颠簸不时荡开，他可以看见白衣女子英挺的背影。

他躺在轿中，远远看着她，眼睛里似乎有一种奇异的感情。

转过一道弯，风大了起来。

白衣女子的裙角被吹得翻飞，斗笠上的白纱也飞扬起来，挺秀的下巴若隐若现。

白花花的阳光有些刺眼。

她忍不住微微眯起了眼睛，侧过头去。

就在这一刻！

“轰”的一声。

一块巨石自山顶滚下！！

以雷霆万钧之势向她砸落！！

“小——心——”

雷惊鸿的惊吼声嘶哑欲裂！

山中鸟雀惊飞！！

时间仿佛凝滞！

却见白衣女子一带马缰，黄骠马一声长嘶，非但止住脚步，竟还倒跃一丈！

心脏从僵痹转为狂跳——

呼吸从停止到急促地喘息——

石壁中的小小绿色依然在风中轻摇——

巨石落在白衣女子的马前。

她的背脊挺直如昔。

激起的灰尘四下弥散——

她慢慢转过头，望着雷惊鸿的方向，声音中带着英气：

“放心，我……”

她扭转了头去。

巨石在她白衣飘飘的身后。

她只说出三个字，第四个字还未曾出口——

巨石迸裂！！

巨石迸裂成三道剑光！！

闪电般快！

毒蛇般狠！

晨雾般无声！

那不是三道剑光，而是三个剑客！

三个剑人从三个方位刺向白衣女子的后脑、后背、后腰！

剑光已刺向她！

没有声音。

所有的人都看见了，可是，没有一个人来得及发出呼喊。

只有白衣女子没有看见。

然而——

她感觉到了一种气息——

死亡的气息！

阳光似火般炫目！

但寒风，却能够将世间万物的生命都冰冻！

一把幽蓝的刀！
裂空而来！
恍若最深邃的夜幕中漫出的光芒！
明亮却孤独！
那满腔的寂寞使得这山谷骤然幽蓝了起来……

鲜血带着浓浓的腥气喷涌而出！

幽静的山中。
风，亦带着血腥。
三个剑客倒下。
断成六截。
身首异处。
汩汩的鲜血仿佛奔涌的溪水，将路上的碎石浸得湿透。

有人开始呕吐。
空气中弥漫的异味令人窒息。

血珠顺着幽蓝的刀流淌在地上。
手把刀握得很紧。
深蓝的布衣沾上了血。
嘴唇有残酷的线条。
发蓝的卷发在风中轻轻飞扬。
他的眼神沉郁。
“跟我走！”
他对白衣女子说。

寂静。

石壁中的绿色浑然不知世间的一切……

轻轻，摇曳……

只有战枫自己知道，方才那一刻，他的心已然死去了千百遍。

如果他晚到一步。

如果剑光刺穿她的身体。

如果她倒下。

如果她的血洒满山路。

如果她的眼睛再也不会睁开。

如果她死去。

战枫将她的手攥得很紧。

他凝视她：

“跟我走，我会放过雷惊鸿。”

这一刻，他只想带她走。

他、要、她、在、身、边！

纵使她会恨他，纵使要硬生生折断她的翅膀，纵使她的眼睛再不会快乐地闪亮，纵使痛苦会日夜不休侵蚀折磨他，他也要带走她！

绝不容许她再离开！

原来，再也无法见到她，才是他最无法容忍的！

他不知道自己为什么会放她走。

可是，他这一生都不会再让她离开！

这时。

忽然烟尘滚滚，马蹄声震天！

一队人马自山路另一边浩浩荡荡而来！

镶蓝边的红旗迎风招展。

上面偌大的“霹雳门”三个字。

原来却是雷恨天放心不下，命众人快马加鞭，赶到了这里。

“少爷！”

“少爷！！”

霹雳门众人一路奔波，终于见着了雷惊鸿，喜得纷纷出声呼唤。

局势突变。

山路中间，战枫紧握白衣女子右手。

眼底深蓝暗涌。

雷惊鸿怒笑道：“战枫，你要不要问问少爷我会不会放你走？！”

战枫的眼中却只有她。

白纱轻舞。

她的面容隐在面纱后，所有的情绪都无从得见。

战枫忽然觉得有点古怪。

他忽然很想看看她。

他伸出手。

雷惊鸿动了动身子，又停住了，嘴边浮起一个奇怪的笑。

四周很静。

面纱轻轻撩开——

挺秀的下巴。

英气的五官。

那女子朗声道：“多谢战公子方才施救，黄琮这厢有礼了。”

"好一招明修栈道，暗度陈仓。"

暗夜罗笑得仿佛天际最后一抹红霞，眉间朱砂看似多情，黄金酒杯在他苍白的指尖旋转。

四面石壁。

没有一丝阳光。

黑暗的气息令这里显得分外诡谲。

只在稍远处有一堆燃烧的火，好似地狱之火，火焰热烈明亮，逼得人睁不开眼睛。

一条暗暗涌动的河流，自火堆旁蜿蜒流淌。

莫非——

这里就是传说中神秘诡异的暗河宫？

裔浪站在暗夜罗身侧，面色阴冷。

那白衣女子竟然会是黄琮！

以黄琮御赐金牌捕头的身份，无论走到何处皆会有官府照应，若想要再动雷惊鸿，就会变得束手束脚。

而烈如歌——

现在在哪里？！

她没有同雷惊鸿在一起，也没有投奔霹雳门，霎时间竟像是人间蒸发了一般！

裔浪忽然不明白烈如歌要做些什么。

不知道对手在玩什么把戏，才是最可怕的事情。

乌黑的长发散在鲜艳如血的红衣上，火光映照中，暗夜罗显得妖异美丽。抚摸着黄金酒杯上精美的花纹，他扯唇笑道：

"当战枫发现那是黄琮时，表情一定很有趣。"

可怜的枫儿，千里迢迢去救心上的人儿，却发现自己原来竟是被骗了，他心里淌出的会是泪还是血?

多情的人方会为情所伤啊。

暗夜罗仰首将杯中酒一饮而尽。

裔浪道:“烈如歌会在哪里?”

暗夜罗睨视他,似笑非笑:“你不是她的对手。你还不够资格。”

裔浪的双瞳骤然缩紧。

暗夜罗嗅一嗅酒杯中残余的酒香,眯眼笑道:“你已经败在她手中两次,这一次,你依然赢不了她。”

裔浪的瞳孔中迸出死灰色的狠戾:“只怕是你也不知她在何处。”

暗夜罗仰首大笑,红衣飞扬如血雾。

“只要你回答一个问题,我便告诉你她要去哪里。”

裔浪冷冷看他。

暗夜罗的肌肤苍白无血,仿佛所有的生命都在那双似无情似多情的眼眸中燃烧,燃烧如火,却又偏偏如湖水一般静谧。

“你是否已是死人?”

他问裔浪。

裔浪身子僵住。

暗夜罗饶有兴趣地打量他:

“自烈明镜死去的那一刻起,你似乎已经死了。只是我不明白,你却为何那样恨战枫和烈如歌?”

裔浪像是突然被一种痛苦笼罩住。

暗夜罗笑得有些恶意:“你对他们的恨,不仅仅是为了权力地位,而像是另有隐衷。”

裔浪的身子开始颤抖,这种颤抖透出深刻的痛苦。

“孩子,告诉我。”暗夜罗轻声劝诱,“你为何这样痛苦,是什么在折磨你,他们究竟对你做了什么。”

灰色的瞳孔涌满痛苦。痛苦太多,终于,渐渐冷凝成冰。裔浪吸口气,灰色的眼睛好像野兽般，毫无人类的感情：

“是。我现在只是一个死人。”

他回答了一个问题。

现在，应该是暗夜罗告诉他烈如歌在哪里。

暗夜罗笑了。

他笑得像一个慈祥的长辈在宽容一个顽皮的孩子。

“烈明镜死后，烈如歌最信任的人只剩下一个，也只有他有能力保护她。”

裔浪目光一闪：“他在军中。”

暗夜罗大笑。

笑声魅惑，暗涌的河水在笑声中奔流向地底漆黑的某处，火堆在笑声中热烈燃烧。

然而，他们却似乎都没有察觉。

一个阴暗的角落里，黑纱在仇恨中飞舞，黑纱下竟然是一个女子仿佛被烈焰吞噬过的扭曲丑陋的面容……

第八章

苍白的赤足。飞扬的血衣。黄金的酒樽。

古旧的驿道。

路边一个简陋的草棚，褪色的酒旗在寒风中翻飞。酒棚的主人是个须发花白的干瘦老头，他颤巍巍将温好的一壶烧刀子送到西边的一张木桌上。

巨掌一拍，酒壶险些被震翻！

“嘿嘿，他娘的烈火山庄这次丢人可是丢大了！堂堂的庄主居然失踪了半个多月，出动全庄所有弟子也找不到！”独眼汉一把扯开胸口的棉袄，狞笑道，“他娘的，咱们要是能找到烈如歌，不晓得烈火山庄能给什么价码。”

秃顶的中年男子瞟他一眼：“师弟，连裔浪都找不到的人，你能有多少把握？”

“嘿嘿，裔浪是个蠢蛋！”独眼汉不屑道，“不就是个娘们嘛，难道长着翅膀会飞？”

白面年轻人看看两位师兄，道：“那个烈如歌可能易容了，所以他们找不到。”

“易容？”独眼汉冷笑道，“咱们六扇门里混，江洋大盗易容变装的多了去了。凡事都有蛛丝马迹，一个人的身材、走路姿势、气味、可能会去的地方、惯常的举止都是能将她找出来的线索。”

“可是天下这么大，哪能每个人都观察得那么仔细呢？”

独眼汉又冷笑：“所以说，烈如歌想要去什么地方，是找到她的关键。”只要有了方向，一切就会变得简单许多。

秃顶男子沉吟道：“似乎裔浪已经有了方向。”

“唔？”

“原本对烈如歌的寻找是在十二个省的范围，最近几天却好像都集中到这附近来了。”

“他娘的！裔浪怎么突然开窍了，竟然跟……”独眼汉忽然觉得自己说得太多了，狐疑地瞟一眼师兄师弟。早知道不该让他俩跟着，若是找到烈如歌……

白面年轻人不解道：“为什么烈火山庄那么着急找烈如歌？是怕她在路上遇到危险吗？”

独眼汉一口酒喷了出来！

酒喷得很急。

酒星儿险些溅到旁边桌上的客人。

那张桌子上也是三人，他们静静吃着饭，仿佛根本没有注意到别人的谈话。只是，他们像是奔波很久了，疲累染在举手投足间。

一人身着黑衣，淡眉细目。

一人红褐衣衫，面色红润。

另一人青色布衣，眉宇间清若远山。他沉静地饮着茶，酒棚里如此粗陋的茶具，在他的掌中却有了一种难以言状的贵气。

西边木桌。

“嘿嘿，烈如歌若是真的死了，他们反倒再也没有危险了。只怕她活得好好的，又不肯当个哑巴聋子，那裔浪他们的麻烦就大了。”独眼汉冷哼道。

白面年轻人似懂非懂：“哦……那……为什么他们认为烈如歌会来到这儿呢？”

独眼汉再懒得理他。

秃顶男子拿起酒壶又倒了一杯酒，对满脸迷茫的小师弟道：“听闻有传言，玉自寒在附近出现过。”

“玉自寒？”白面年轻人睁大眼睛，“烈如歌跟玉自寒有什么关系吗？”

“嘿嘿，”独眼汉又来了兴致，“听说烈如歌跟她的师兄玉自寒有那么一腿，战枫跟她的婚约也因为玉自寒横刀夺爱而取消了。他娘的，这次烈如歌要是又跟玉自寒勾搭在一起，战枫可就——”

诡异的冰凉！

一股彻骨的冰凉忽然擦过独眼汉的右眼！

鲜血迸溅！

秃顶男子和白面年轻人失声惊呼！

独眼汉痛得大吼，手捂住右眼，汩汩的鲜血自手指缝滚落！

秃顶男子和白面年轻人面色苍白，四下看去，是谁竟有这样的功力，一根竹筷居然可以快到令他们三人都没有察觉就飞擦过独眼汉的眼睛！

旁边桌上的黑衣男子招手道：

“老板，再拿一根筷子来。”

白面年轻人冲过去，拿刀指住他，怒声道：“你这贼人，竟然戳瞎我二师兄的眼睛！走，跟我到衙门说理去！”

红褐衣衫的中年男子歪头瞅他一眼，两根手指握住他的刀，白面年轻人欲闪躲，但那手指仿佛定在了他的刀上。“咔吧”一声，刀跌落地上，断成两截！

秃顶男子惊得站起，心中骤然闪过一个念头。

黑衣男子面无表情道：

“他会很痛，但是眼睛并没有瞎。”

红褐衣衫中年男子嘲笑道：

“怎么？还不走吗？难道你们两人的眼睛也很痒？”

秃顶男子急忙将白面年轻人拉到身后，躬身道：“我等有眼无珠，竟然冒犯了玄……”

红褐衣衫中年男子摆手道：“走！若是乱说话，江阴名捕秃鹰独鹞少的绝不仅仅是一双招子。”

秃顶男子浑身一颤，扶起仍在痛呼不已的独眼汉，疾步离开酒棚。白面年轻人不明白究竟发生了什么，却也只好跟着师兄们离开了。

驿道上。

寒风凛冽，草木肃杀。

三个人影转眼变成了三个黑点。

酒棚中。

青衣男子的脸色沉静，茶的热气淡淡升腾，衬得他的面庞如灵玉一般清俊。他坐在木轮椅中，好似一切纷扰都无法搅乱他寂静的世界。

黑衣男子恭谨道：“王爷，您再多吃些。连日赶路，您的身子怕会承受不住。”

红褐衣衫男子亦道：“是啊，后日就可以见到烈小姐了，您这样消瘦，难道不怕烈小姐担心吗？”

青衣男子笑了。

那抹微笑就像是一个历经千山万水跋涉的人终于可以回到自己心心念念的家。

可是，这个微笑只有一瞬。

裔浪似乎已经发觉了她的方向，沿路来烈火弟子的踪影随处可见。

两天，还有两天的路程方能同她相遇……

青色衣衫被冬日的风吹扬着。

他的眉心轻皱。

为什么，总有一种担忧令他夜夜难眠，而越靠近她，这种不祥的感觉就越是强烈……

***　***

冬日的武夷山依然郁郁葱葱，满眼绿色。

山腰处一大片茂密的樟树林，枝干遒劲，细密的树叶映着苍蓝的天空，在疾穿而过的风中抖动。

林中光线很暗。

枝丫树叶将阳光遮蔽得如同傍晚时分。

林中异常的寂静。

没有飞鸟的声音，没有走兽的声音，只有树叶被风细细吹动，只有风在林中穿梭。

林中有一棵巨大的樟树，自根部生出六根粗壮的树干。其中一根高耸入云的树桠上，似乎悬吊着一个修长的事物。

仔细看去——

那，竟然是一个人！

而且是一个女人！

她的双手双脚被紧紧捆绑着，眼睛闭得很紧，五官清秀。她面容苍白，嘴唇干裂翘皮，呼吸若有若无。她痛苦至极，可是却没有发出一丝呻吟。

她被这样吊在树上已经三天，水米未进。

她心中很清楚，在那些人眼里，她根本就不是一个人，而只是一个诱饵。

一双古井无波的眼睛。

黑翼在阴暗的树影中仿佛一个幽灵。

“或许，她并不知道你绑了她的丫鬟。”

黑纱翻舞。

如烟如雾的黑纱缭绕着一个体态绝美的女子。女子的双眸美丽无比，眼波却好像汹涌的黄泉水，充满刻骨的恨意。她的面容被黑纱遮住，但想来，那应该是一张美艳如花的脸庞吧。

“哼，”黑纱女子冷笑，“我已经放出了风声，她一定可以知道。哪怕全天下的人都不晓得薰衣在我手中，烈如歌也一定知道。”

黑翼看她一眼：

“你以为她会来吗？”只是为了救一个婢女，踏入明知的陷阱，世上哪里有这样愚蠢的人。

黑纱女子眼神阴狠：“如果她不来，再过两个时辰，薰衣就会死得很惨。”

黑翼的身子微微一颤。

黑纱女子忽然仰天大笑：“哈哈，烈如歌啊烈如歌，何须到处寻觅你的踪迹，只要一个丫鬟就能让你乖乖现身！哈哈哈哈……”

笑声在茂密幽暗的樟树林里回荡，阴柔，如毒蛇一般。

薰衣的双腕早已渗出斑斑血丝，她的面色惨白如纸，嘴唇亦煞白煞白。

她被悬吊在空中，仿佛一个被抽走了所有生命的纸偶。

时间在树叶的细响中流逝着……

素青棉帘的马车疾驰在山路上，马蹄奔腾，马身上已经有了密密的一层汗。

山间的风将车帘吹扬起来。

“还有两个时辰。”

恭谨的声音自颠簸的车厢中传出。

清俊的眉头微微皱起，手指收得很紧，骨节有些发白，单薄的胸口，几声压抑的咳嗽，青色的衣衫随着轻咳震动起来。

他倚坐在马车的窗边，看起来有些微的憔悴，却依然温润如玉。握起碳笔，他在纸张上写道：

“再快些。”

“是。”玄璜应着，撩开车帘，对驾车的赤璋道，“王爷吩咐，速度再加快些。”

“是！”

赤璋用衣袖拭去满脸汗水，用力挥出鞭子，吆喝着汗血宝马用尽所有的力气奔跑。

马蹄如飞。

山路旁的树木如云影般消逝在马车身后。

只有两个时辰了。

玉自寒闭上眼睛，他的手轻轻碰了下怀中的那串碧玉铃铛。再过两个时辰，就可以见到她吗？

她还好吗？

可有受伤？可有消瘦？这样久没能守护在她身边，让她吃了许多的苦，虽然知道她的坚强，可是，她依然只是一个十七岁的女孩子啊。

变故发生得那样突然，她可能很久都没有笑容了吧。应该在她身边的，那次在林中就应该将她接走；无法陪在她的身边，无法给她力量，他的心就像被千万道车轮碾过。

心，沉重，绞痛。

他又咳嗽起来，单薄的肩膀抖如秋日的落叶。

玄璜自包袱里取出一件大氅，披到玉自寒肩上，道：“王爷，小心风寒。”

玉自寒微笑着摆手，想告诉他不必，却忽然发现那件青缎大氅正是当初她亲手缝制的，微微一怔，便任得一阵暖意裹住了全身。

突然——

“咴儿——”

一声惊悚的马嘶！

车厢剧烈震颤，险些翻了过去！

玉自寒神色一凝。

玄璜立时掀开车帘探身出去。

山路上，他们的马车赫然已经被包围了起来！

二十几个黑衣蒙面的男子手持各种兵器，每人俱是太阳穴微微隆起，眼中精芒四射，显然是一流的高手。

玄璜略一思忖，抱拳正色道：“各位兄弟，若是求财，请开个价码，能力所至必不推辞。”

山风肃杀。

蒙面黑衣男子们眼露杀机，似乎根本没有将他的话听进去。

为首的汉子将刀一挥——

“杀！！”

蒙面人冲了过来，兵刃的声响彻山间！

玄璜、赤璋对视一眼。此番他们和王爷出来，为防外人知晓，让白琥扮成了静渊王的模样在军营里深居简出掩人耳目，他们一路上也是小心谨慎。

然而，终于还是被找到了。

一场血战终究无法避免！

山路上，刀起刀落，血花四溅。

山鸟惊飞！

走兽躲避！

血腥味呛得山边野草都要窒息了！

远远的一处山尖上。

刘尚书喜形于色。

果然寻到了静渊王！原以为他尚在军中，一切难以下手。谁料几日前忽然得到密信，静渊王将于此时从此路经过。当时他将信将疑，景献王却如获至宝，称从“那里”得来的消息绝不会出错。

“那里”是哪里?

他并不知道。

但如今看来，景献王如此相信“那里”，确是有其道理的。

嘿，只有两个侍从的静渊王，这次必死无疑！！

***　***

樟树林里依旧寂静。

风越来越大，树叶的响动竟似有暴雨之势！

武夷山的冬天从未有这样寒冷过。

刺骨的寒风中，薰衣如死尸一般悬吊在半空。

黑纱女子的眉心渐渐笼上一层黑气。

她手掌一翻，黑纱如毒蛇般将缠过去，一棵碗口粗的树轰然缠裂！树干倒下的巨响，令身后侍女们不寒而栗！飞扬的树叶和灰尘立时使得树林更加阴暗！

三天期限已过！

而烈如歌并没有出现！！

她阴毒的目光狠狠盯住面色惨白的薰衣，恨声道："没用的贱婢！既然烈如歌根本不在意你，那留你在这里还有什么用？！"

黑翼瞳孔一缩："且慢——"

暗夜绝斜瞪向他，冷冷道："怎样？"

"你要杀了她？"

"不杀她，难道还放了她？！"暗夜绝阴笑道，"不但要杀了她，我还要她死得很惨！烈如歌，你不来救她，我就要她变成厉鬼去找你报仇！"

一口鲜血自薰衣干裂苍白的嘴角涌出。

她的身子在轻轻颤抖。

一滴泪水从她的眼角滑落，转瞬被风吹干。

她的嘴角却有一抹奇特的笑，像是痛苦，又像是释然。

黑翼望一眼远处悬吊的薰衣，慢慢道："可能烈如歌正在赶来，你若现在杀了她，岂非功亏一篑。"

暗夜绝打量他，忽然眼神诡异道——

"好，那就再等一炷香的时间。"

***　　***

橙红的火光像烟花一样在苍蓝的天空怒放！

自打那枚信号弹从车厢里放出来，远处山尖的刘尚书就开始惊疑。

静渊王虽然身有残疾，然而素来睿智沉稳，遇事淡定自若，在朝堂中景献王鲜少能在他面前占得上风。

难得这次静渊王轻车简从，是千载难逢的刺杀机会，眼看胜券在握……

这枚信号弹，不会有什么玄机吧。

山路上，赤璋和玄璜守护在马车边。

刀影飞舞。

血花飞溅。

赤璋、玄璜沉着应敌，在杀手们的包围中，硬是没有让一滴血染污了那垂着青色棉帘的车厢。

他们并不慌乱。

他们跟随了静渊王十几年，知道他必已有所准备。王爷绝不是一个冲动的莽汉。

这次出来，王爷定是全部考虑妥当的。

橙红的火光还未完全消失在天际。

山弯处忽然转出一个樵夫！

樵夫扔掉背上的枯柴，抡起铁斧向蒙面杀手们砍去！

山弯处又忽然转出一个书生和书童，他们放下书筐，书生用折扇，书童用扁担，也冲向了蒙面杀手们！

接着，那个山弯突然有了魔力，好像一个万花筒，转出了货郎小贩、铁匠、算命先生、官家小姐、牧羊女、化缘和尚、流浪乞儿……

奇奇怪怪的人。

五花八门的兵器。

所有人的目标只有一个——杀向那些蒙面的黑衣杀手！

远处的山尖上，刘尚书不敢相信自己的眼睛！

静渊王从哪里变出这么多人来，能够在如此短的时间内赶到，而且围攻进退皆有章法。只在转眼之间，战况形势便已陡变！

他忽然有些懊悔。

为什么当初自己选择了景献王呢？

山路上。

青色的棉帘掀起一角。

淡雅如汇聚了天地之间灵气的微笑，那双眼睛显得有些疲倦，双唇有些苍白，但是那抹微笑却恍若将刀剑齐飞的战场，凝固成了有明月有星辰有花香有微风有铃铛脆响的良夜。

宁静而寂寞的微笑。

所有的人都怔了。

忽然觉得那个寂静的微笑触动了自己心底的柔软，一时间忘记了应该做些什么。

只有玉自寒知道自己笑容的苦涩。

他的手握得很紧。

胸口郁痛得要咳出血来！

快要来不及了。

可此时却被耽搁在这里。

这一刻，他无比痛恨自己是个残疾！如果他有一双健全的腿，如果他不是非要依靠该死的轮椅，那么，他就可以奔向那个樟树林了！

为什么他会是一个残废！

并不遥远的樟树林，要过去对于他却无比困难！

樟树林……

胸口似有烈焰翻涌！

樟树林，他要赶往樟树林！

樟树林。

一炷香时间已过。

烈如歌依旧没有出现。

眼眸同树影一样阴暗，飞舞的黑纱像千万条愤怒的毒蛇，暗夜绝咬牙切齿，声音好像毒蛇吐芯：

"好！烈如歌！本宫居然错看了你！哼哼，不错，这才是烈明镜的女儿！一个丫鬟本来就连草芥都不如，哪里值得你犯险来救？！"

可恶！

原来最可笑的却是她自己！

认定了烈如歌会来救薰衣，就呆子一样在这里守了三天三夜！结果，烈如歌却耍了她！烈如歌根本就不稀罕那个贱丫头！她在这里守株待兔了三天，烈如歌早不知道轻轻松松地逃到什么地方去了！

"啊！！！"

暗夜绝愤怒地嘶吼，声音撕裂，回荡在樟树林！树叶惊恐地坠落，像一场落叶的暴雨。她身后的侍女们一个个面如土色，深知三宫主一旦狂性大发，被她挑中泄恨的目标将会悲惨至极！

黑翼的神色变得阴沉。

他的手暗暗握紧了剑。

"给我剜下她的眼珠子！"

黑纱疾挥向林中的薰衣！可恶的贱婢，自从将她绑到这里，连正眼也没有看过她一次。暗夜绝怒火攻心！烈如歌都不稀罕的人，她留着也没有什么用！

身后一片死寂。

侍女们噤若寒蝉，瑟瑟发抖，却没有一个人走出来。

暗夜绝慢慢转身。

她冰冷的视线狠狠打量着黑纱罩面的侍女们。

“怎么，你们的耳朵都聋了？”

声音阴柔得像毒蛇的黏液。

侍女们惊吓得快要昏厥过去了，终于有一个体态玲珑的侍女颤抖着走出来，颤声道：“是。奴婢遵命。”

那个侍女拔出一把寒光逼人的匕首，慢慢走向悬吊着的薰衣。

她越走越近。

侍女们悄悄侧过头，闭上了眼睛。

她越走越近。

黑翼的手握紧了剑，青筋在掌背突突直跳。暗夜绝低笑着：“不要做傻事。你知道将我惹恼的后果。”

那侍女越走越近。

薰衣的睫毛在惨白的面颊上颤抖着，血丝渗出干裂的唇。

黑纱侍女站到了薰衣面前。

她举起匕首。

薰衣的眼珠动了动。

暗夜绝冷笑着盯住僵硬的黑翼。

“先剜右眼！”

黑纱侍女颤抖着应道：“是。”

一阵旋风卷起满地樟树的落叶。

漫天灰尘使树林如地狱一般幽暗。

匕首划出寒冽的光！

薰衣的眼睛感到了匕首的凉意。

渗人的凉意。

两行泪水悄悄滑下她的眼角。

或许，她只有这一次哭的机会了。
一个没有了眼睛的人，如何去流泪呢?

这一刻——
在匕首飞出的这一刻——
惊天的爆炸声轰然响起!
火光咆哮着如猛兽一般在樟树林中炸开!
迅猛的风!
怒吼的火!
风助火势——
一团团炽烈的巨大火球噼噼啪啪猛烈地向暗夜绝的方向狂卷而去!
火光吞噬了整个树林!
浓烟滚滚!
树林如地狱一般陷入火海之中!

***　***

山路上。
一辆木轮椅疾如闪电般飞驰。
没有人能够想象轮椅的速度可以这样快。
汗血宝马已死。
他要轮椅比十四汗血宝马加起来还快!
因为——
他要赶到樟树林!

手指原本是整洁修长的。
此刻，却血肉模糊!
指甲在铁轮的翻滚间撕裂!

掌心的肉也已磨烂！

鲜血滴下，染满飞转的车轮！

轮椅后两行斑驳的血迹……

所有的人都无法追上他的轮椅。

青色的衣衫被扑面而来的风"猎猎"扬起！

丝毫感觉不到双手的剧痛！

他的心中只有一个声音——

她在樟树林！

***　***

樟树林一片火海！熊熊喷吐的烈焰，滚滚的浓烟，树叶噼啪燃烧，漫天飞扬的灰烬，苍蓝的天空被冲天的火光映得通红！

爆炸是一瞬间发生的！

侍女们惊慌失措，发出阵阵尖叫声，飞滚的火球烧着了她们的头发和衣裳。

突然的坠空感！

仿佛从万丈悬崖骤然跌落！

是匕首！

被吊绑了三天三夜的双臂忽然松垂下来，刺痛和酸麻令薰衣在急剧的下坠中，全身的感觉忽然活了过来！

风，自她的耳边呼啸而过！

她——

落入一个温暖熟悉的怀抱……

在那个温暖的怀抱中……

薰衣睁开了眼睛。

那是一张被黑纱蒙住的面孔。

可是——

她认得那双露在黑纱外面的眼睛!

这世上，只有一个人的眼睛会饱含那样多的感情，只有一个人的眼睛会在如此危险的境况下还会对她俏皮地笑，只有一个人的眼睛可以让她的泪水毫无顾忌地流下来……

虽然，她是小姐，而她只是一个丫鬟。

熊熊的大火中。

浓烟包围着暗夜绝，飘舞的黑纱被火焰烧得狼狈不堪!

电光石火间!

暗夜绝目眦欲裂——

原来，烈如歌一直在自己身边!

黑纱侍女就是烈如歌!

而正是她自己，亲手将薰衣送到了烈如歌手中!

烈焰滚滚的樟树林。

浓烟四起。

挺秀坚毅的下巴。

轻笑俏皮的嘴角。

黑白分明的眼眸。

那英姿飒爽的女子可不正是如歌!

“小姐，你快走……”

薰衣虚弱地欲从她的怀中挣脱。

如歌轻轻放下她，将她的右臂绕过自己的脖颈，用力将她搀扶起来，嗔笑道:

“若只是要逃命，就不会来这里。”

三日来备受折磨的身体让薰衣再也说不出话来。

如歌扶住她，足尖一点，向樟树的枝丫飞身而去。

她只有这一个机会!

趁暗夜绝的侍女们出林筹办水粮，混进她们之中，然后趁暗夜绝最无防备的时刻，用雷惊鸿给她的几枚火器阻挡住敌人。

这是唯一的机会!

否则，她不可能是暗夜绝的对手!

***　　***

樟树林就在前面!

可是，为什么林中火光直冒浓烟滚滚？!

发生了什么？!

满是血迹的手掌握紧轮椅的车轮!

他望着烈火中的樟树林，怔住。

“咯!”

一口鲜血猛咳出来!

他面色苍白，心痛得如有千万把刀在绞!

樟树林就在前面，可是，他却不知道该不该进去！不知道该从哪个方位进去!

因为——

他是一个聋子。

他听不见任何的声音!

林中有打斗吗？如歌在哪里？敌人在哪里？他应该从哪个方位进去！!

为什么——

他是一个又聋又瘸的残废？！

他在众人之前赶到了这里。

才发现，原来，他只是一个残废！

***　***

眨眼的一瞬间，可以发生多少事情？

如歌带着孱弱的薰衣在浓密的樟树林中穿梭。

脚尖下是摇晃的枝丫。

树叶沙沙响。

浓烟自下面蹿上来。

有的树枝已经开始燃烧，火焰的气味，树叶的气味，树脂的气味，混合在一起，忽然就像是在不真实的梦境中。

如歌向林外奔去！

那里会有玉师兄的人赶来！

只要可以和玉师兄相遇，她就再没有可以害怕的事情；只要在玉师兄身边，再多的困难她也不怕。

爹离开后，她就只有玉师兄了。

所以，当她站在最高的一株樟树上，郁绿的枝叶在她脚下轻轻荡着时，她远远地望见了林外轮椅中苍白的玉自寒。

心中的幸福像一朵突然绽放的花。

在那一瞬。

她的眼睛忽然明亮得像夏夜最璀璨的星辰——

“师——兄——”

放声的呼喊是耀眼的星芒，穿透树桠，穿透浓烟，穿透火幕，一层一层，在樟树林中回荡……

“师——兄——”

她大声呼唤着玉自寒！

在眨眼的那一瞬。

如歌的呼喊声。

林外的玉自寒没有听见。

因为，他本就是个聋子，听不见任何的声音。

他也没有看见如歌。

因为他没有抬头，而如歌在浓重的烟雾中也只是一个隐约的影子。

但是，他当时做出了一个决定。

不管如歌在哪里，他都要进去找她！

在眨眼的那一瞬。

如歌的声音被暗夜绝听到了！

黑纱骤起，像千万条灵蛇般扑向树梢的如歌！

暗夜绝的面纱在疾飞中飘落，露出一张可怕狰狞的脸孔！那张脸孔像是被烈焰吞噬过，恐怖扭曲得小孩子见到了会失声大哭！

这张脸是被烈如歌毁掉的！

她恨得夜夜无法入眠！

暗夜绝如鬼魅一般扑向对着玉自寒呼喊的如歌！

如歌沉浸在见到玉自寒的欢欣中，似乎丝毫没有察觉暗夜绝的偷袭！

在眨眼的那一瞬。

暗夜绝的黑纱离如歌只有半尺的距离！

扼断那个喉咙！

她——要——她——死！

就在那时……

如歌却轻轻回过头。

对暗夜绝笑了笑。

笑意很轻，还带着些轻蔑。

然后——

火焰般的烈火拳，甩出一个乌黑的东西，打向暗夜绝的胸膛!

世间最霸道刚烈的烈火拳!

江南霹雳门的麒麟火雷!

暗夜绝大惊失色，奋力疾退，麒麟火雷在烈火拳的力道下如影随形!

如歌微微一笑。

她哪里会那样放松警惕，只不过，暗夜绝在情绪激动和得意忘形时最容易偷袭得手。那么，她就为暗夜绝演一场戏好了。

“啊！！”

麒麟火雷在暗夜绝胸口前炸开!

橘红猛烈的火焰，皮肉烧焦的煳味，顿时让樟树林变得像地狱一样可怕……

在眨眼的那一瞬。

玉自寒忽然觉得有些异样。

他抬起头，望向樟树林最高的树梢。

浓烟被风吹得渐渐散去，枝叶颤悠悠地摇摆着，树梢站着两个女孩子，一个孱弱，一个挺秀。

她穿着一身黑纱，肌肤被衬得出奇的白皙，仿佛是透明的；她的牙齿咬着薄唇，得意地轻轻笑着，像是刚做了一件很了不起的事情。树顶的风将她鬓旁的发丝吹乱了，乍看去，就像七八岁时那个淘气爱笑的小女孩……

她没有看到他。

他只看到了她的侧面。

但是，他笑了。

她，在树梢微笑呢，真好。

……

可是——

他为什么依然觉得异样？！这种异样带有那样强烈的不安！

他定睛看去！

如丝缕的烟雾中，一把匕首寒光乍现！

在眨眼的那一瞬。

如歌开心地扭过头去，再次望向许久未见的玉自寒。

这一次，她终于看到了玉自寒的眼睛。

远远地，她在树梢，他在林外，混合着燃烧气味的樟树林中清冽的空气，淡淡如梦的烟雾……

她望着他。

他望着她。

她站在高高的树梢上，拼命招着手，大声喊着——

“师——兄！我在这里！”

薰衣被她救了，暗夜绝受到重创，师兄也已经赶来，呵，一切都那样完美。

她轻点脚尖，抱着薰衣像小鸟一样向林外的玉自寒飞去……

……

林间的风将她的发丝吹拂，她的笑容明亮可爱，翩翩飞舞的黑纱，如梦如幻的淡淡烟雾，她飞在郁绿的樟树林中，就像一个快乐的精灵……

***　***

昆仑山。

阳光下的雪地突然迸出刺目的白光！

亘古寒冷的冰洞。

神秘莫测的最深处。

痛苦的冰芒在琉璃般透明的晶体中疯狂穿梭！

传说没有人可以破开那晶体。

被封印在千万年冰晶中的灵魂，只有经受千年的蚀骨至寒方能重生。

仙人也不可以。

它必须在冰晶中沉睡千年！

可是——

有一种痛苦……

有一种思念……

有一种生生世世都无法忘却的爱恋……

一道道冰纹爆裂……

晶体中那绝美的灵魂痛苦地挣扎着……

无数道白光在冰纹中耀眼闪烁！

炫目的白光！

冰纹越来越多越来越深……

光芒在冰洞中撕扯着、咆哮着、怒吼着……

千万道光芒交织在一起，寒冰的晶体剧烈震颤，光的世界，冰的世界，雪的世界，千万道冰纹欲将一切撕裂开！

昆仑山上的雪，在阳光下疯狂地旋舞！

漫天刺眼的飞雪！

浓厚的飞雪遮蔽住清冷的太阳！

一切仿佛都疯狂了！

亘古寂静的昆仑山巅。

痛苦的呐喊在疯狂的飞雪中迸发——

一切变得那样缓慢……

如歌从樟树林间飞向林外轮椅中的玉自寒。

她是快乐的。

她想要扑进他的怀中，静静趴在他的膝头，让他轻轻抚摩自己的头顶，然后对她说，以后永远不要再分开。

这么久，她好累了。

在飞向玉自寒的空中，她闭上了眼睛。没有看到玉自寒突然间震惊的神色，也没有听清玉自寒声调有些奇异的急喊——

“小——心——”

师兄在喊什么？小鸡？小溪？那一刻，如歌“扑哧”一笑，以后还是要纠正师兄的发音啊，师兄的耳朵虽然听不见，可是他应该可以像正常人一样说话……

她没有来得及继续想下去——

胸口被一种冰冷——

贯——裂——了！！

奇异的冰冷，那种冰冷不可思议，她的心脏被骤然的冰冷穿裂开！死亡的冰冷！心脏是冰冷的锐痛！！

空中的急坠中……

如歌的眼睛骤然睁开！

那把匕首，是她方才用来割断薰衣绳索的！如今，却在薰衣掌心，闪着寒光，滴下一串鲜红的血珠……

薰衣的眼神幽冷。

血珠像一串串春天里殷红的小花……

自淡烟缭绕的樟树林梢……

滴落在或深绿或焦黄的树叶上……

仔细听去，还有“噗噗”的细响，就像如歌唇边的轻笑……

轻曼的黑纱悠扬飞舞在坠落的半空……

恍如失魂的精灵……

有细不可闻的音乐声……

是琴声啊……

曾经有个白衣如雪笑颜如花的人……

那琴声带着寂寞和忧伤……

而她直到他消失之后，才懂得那种忧伤的深沉……

***　***

玉自寒在樟树林外绝望地呼喊！

寒风呼啸！

他撕心裂肺的呼喊被狂啸的寒风吞噬了！

血肉模糊的双掌用尽所有的气力撑起残障的身体，他要接住自空中失魂急坠的如歌，他不要她跌落在冰冷的土地上！

这一刻——

他痛恨自己是个残废！

为什么他没有一双健全的腿！为什么他没有一双可以听见声音的耳朵！为什么他只能眼睁睁看着鲜血从她的胸口淌落！

他用尽一生的气力要去接住她！

可是——

经脉尽断的双腿就像千斤的巨石，他重重摔倒在地上！

他——

为什么是一个残废！！

胸口剧痛欲裂！

“哇——”一声，一大口鲜血从他的嘴里喷涌！

浓烟升腾的樟树林外。

轮椅跌倒在旁边。

青衣的玉自寒痛吼着——

“歌儿——”

“歌儿！！”

“歌儿——”

……

寂静如斯的樟树林啊……

***　　***

树林里最阴暗的角落，红衣如血的身影从地底幽幽幻出。

苍白的赤足。

飞扬的血衣。

黄金的酒樽。

细细多情的朱砂，在眉间有妖异的邪美。

他仿佛是刚刚来到，又仿佛一直就在这里。

望着断翅蝴蝶般在空中悠悠坠落的如歌。

暗夜罗举起酒樽。

多美的画面啊……

世上所有天才的画者都无法绘出如此动人的画面……

忽然。

眉间朱砂轻轻跳了一下。

那是什么?

像是一朵冰花在如歌的胸口迸裂！

冰花光芒流转，在苍蓝的空中炸碎成两片、三片、十片、百片、千片、万片……

漫天冰花的飞屑！！

晶芒璀璨。

是雪花。

武夷山的天空中忽然纷纷扬扬地飘起大雪。

整个冬天没有下过雪。

积累了一个冬天的雪在此刻爆发了！

千万片雪花好似有生命般轻轻托起如歌的身子……

跳跃嬉闹在她的睫毛、手指、足尖……

慢慢地，柔柔的雪花们穿透了她的身体……

大雪纷飞的空中……

她的身子恍若透明起来……

愈来愈透明……

慢慢地……

她恍若透明成一缕空气……

再无影踪……

***　***

那一场雪下得好大。

神州万里。

白雪皑皑。

雪一直下了五天五夜。

整个世界都快要被雪埋了起来。

老人们说，那是他们一辈子见过的最大的一场雪。

屋檐挂满了冰凌。

阳光下，长长短短的冰凌滴溜溜闪耀着调皮的光芒。

小小的院子里积雪没有融尽。

小鸡小鸭在地上啄食，时不时脚下一滑。

窗棂上贴着窗花。

是百鸟朝凤的花样，红艳艳的，映着雪白的窗纸，煞是漂亮。

窗下是一张暖炕。

炕上躺着一个昏迷了五天五夜的人，脸庞消瘦苍白。

屋里生着一盆火，炭烧得红红旺旺。

火旁温着一锅小米粥，咕嘟嘟滚着小小的泡。

好香的味道……

突然，炕上人的手指动了动，肚子里传出一阵“咕噜”的声音。

慢慢地，眼睛吃力地睁开。

目光迷茫毫无焦点。

她呆呆看着房梁，脑中一片空白。

一个人影映入她的眼帘。

阳光自窗子透进，万千道光芒照在那人身上。

他仿佛是会发光的。

一身白衣，干净而耀眼。

他痴痴地望着她，良久，忽然笑了，那笑容绝美如在春雪中瞬时齐齐绽放的花——

“懒丫头啊，做什么睡这么久！不知道人家会担心吗？”

第九章

你——怎么哭了？
因为，我觉得好幸福。

天边一道金色的曙光。

庭院里，如歌穿着厚厚的棉袄，坐在矮矮的小板凳上。她托着下巴，怔怔打量在门槛处忙碌的雪。他将大红的对联贴在门边，朝阳的光芒斜斜照耀着他的白衣。

雪忽然回头看她，笑容明亮而耀眼：

“喂，要不要帮忙？”

如歌怔怔地眨眨眼睛：“帮忙？”

“是啊，快来帮人家贴对联！”雪笑得一脸俏皮，对她招手道，“你来贴剩下的这一张。注意啊，不要太高也不要太低，不要偏左也不要偏右啊。”

这样啊，好像很困难的样子。如歌慢吞吞地走过去。

“往上！

“往下点……

“再往下一点点……

“右边！

“太靠右了！真是个笨丫头！

“左边左边，对，再左边一点……

“咦……好像又有点偏左了……”

如歌高举着双臂，将红红的对联移来移去，胳膊开始酸痛起来，可是好像总是无法将对联贴在正确的位置上。渐渐地，雪声音里的笑意愈来愈浓，她呆了呆，扭转身子，怔怔望向他——

“你在戏耍我对不对？！”

晨光中，雪笑得打跌，雪白的衣裳盈满笑的光芒，那光芒恍惚间逼得人睁不开眼。

如歌看得要痴掉了。

雪走近她，忽然一把将她抱进怀里，凑近她玲珑的右耳，呵气笑道：“丫头，你比以前笨了呢。”

如歌惊得睁大眼睛，挣了挣却挣脱不开，他抱得那样紧。

她无措道：“放开我……”

雪的脑袋窝在她的肩头，闭着眼睛，喃喃道：“让我抱你一会儿，只要一会儿就好。”

抱着她，他的声音极轻极轻：

“你……知道人家有多想你吗？”

仿佛被这句话击中了，她心中莫名一阵扯痛，终于任由他紧紧地抱着。

半晌，她低声道：“可以说一些关于我的事情吗？为什么我什么都想不起来了？”她沮丧地瞅着他，“你是谁？我又是谁？什么都想不起来，就好像傻瓜一样。”

雪微微怔了下，然后，他将如歌抱得更紧些：

“忘了吗？你是我的娘子，我是你的夫君啊，咱们是做烧饼的，日子过得很开心……后来发生了一些不太好的事情，咱们就来到了这里。那段日子你过得很辛苦，于是有位仙人封住了你的记忆……不要去想过去的事了，只要咱们能在一起，不是比世间的一切都要幸福吗？”

雪轻轻吻住她的耳垂：“就留在这里，永远不离开，好不好？……所有的过往统统让它们随风散去……”

太阳从天边升起。

金灿灿的万道曙光，照耀着小小庭院中拥抱的雪和如歌。

白衣如雪的他。

着厚厚的红棉袄的她。

地上一群小鸡小鸭叽叽嘎嘎绕在他和她的脚边。

如歌的脖颈一阵湿凉，她诧异地抬头望去，惊住：

“你——怎么哭了？”

雪像小孩子一样在她肩上蹭了蹭，泪水将她的棉袄濡湿成铜钱大的斑点，淡淡蕴开。他瞅着她笑，晶莹的双眼依然带着盈盈泪意：“因为，我觉得好幸福。”

她咬住嘴唇，举起右手，用手背拭尽他眼中闪动的泪光：“为什么要哭呢？幸福的话，不是应该笑吗？你长得这样好看，笑起来就像个仙人一样。”她轻轻歪起脑袋，对他笑着，“不要再流泪了啊，看着你流泪，我的心痛得好厉害。”

“丫头，”雪屏住呼吸，忍住忽然间欲溃散的泪水，“答应我好不好？”

“？”

“答应我，永远留在这里，咱们留在这里再不要离开。就这样过一辈子……会很幸福很幸福的……”雪屏息凝视她，“你答应我，好不好？”

如歌望着他。

她的眼睛黑白分明，清澈透明；她的目光像春日暖阳下的湖水，静静在他的面容上流淌。

过了良久，她皱眉道："为什么只要这样看着你，我的心就会开始抽痛？而且有种忧伤的感觉……"

雪破涕一笑，像山涧边的白花般柔美：

"傻丫头，那是因为你喜欢我啊。"

如歌怔住。

"你以为我离开了，以为我再也不会回到你的身边，于是你很伤心，满天下到处去找我，"雪轻柔地笑着，眼睛中有梦幻般的柔情，"你那样喜欢我，所以才会那样心痛和忧伤。"

如歌怔怔望着他，脑中一片空白，许多模糊的片段闪过，可是却抓不住。

"为什么你要离开我呢？"

雪嗔怒地拧一下她的鼻子："笨丫头，你明明知道的！"

如歌吃痛地捂住鼻子，苦恼道："不知道啊，我想不起来了。"

"好生想想！"

"哦……"如歌冥思苦想，"因为……你有了另外喜欢的女孩子？"

雪怒目而视。

如歌缩缩脖子："因为……你要挣钱养家？"

雪叹息。

如歌想了又想，终于怀疑道："我知道了，你一定是嫌我笨，受不了我才离家出走的！"

雪惊奇地拍掌大笑道："哇！你居然也知道自己笨吗？"

如歌委屈地撇着嘴，转过身子不理他。什么嘛，笨一点就活该被人遗弃吗？害她的心那么痛！可恶的人，再不要跟他说话了！

雪吐吐舌头，自身后抱住她，又凑近她的耳边，嘻嘻笑道："笨丫头，生气了啊。"

"是啊！我生气了！"如歌恨恨道。

"你生气，我觉得好开心啊。"

雪笑得一脸幸福。

如歌拧眉。可恶啊，这样无耻的人，别人生气他竟然开心吗？！一抬脚，她狠狠踩在他的脚上，听他“哎呀”的吃痛声，不禁笑如花枝乱颤，笑声如春风般盈满整个院子。

她笑得那么快乐。

就像一个无忧无虑的孩子，眼睛笑得弯成了月牙儿，脸颊红扑扑的，嘴唇湿湿润润。

“我喜欢你，笨丫头。”

雪轻轻地说，声音像轻轻的飞雪飘过来，笑得打跌的她怔了怔。她抬起头，看到了他微笑的眼睛。

“我喜欢你。”他的表情中似有淡淡的痛苦，“所以，只对我笑好吗？也只对我生气，只为我伤心……其他的人你全都忘记好吗？”

她听不太懂：“什么其他的人？”

雪闭一下眼睛，睁开时又是灿烂的笑容：“后天就是春节了，要贴好对联、收拾屋子、准备年货！不许偷懒！快干活去！”

“哦。”

如歌乖乖地拿起扫帚准备打扫院子。

雪似笑非笑将扫帚从她手里拿走，道：“你的对联贴完了吗？”

就这样。

如歌贴完对联，又贴“福”，雪却把整个院子都打扫得干干净净。

春节要到了。

冬天应该快过去了吧。

***　　***

阴暗的地底。

熊熊燃烧的火堆旁蜿蜒着一条河，仿佛无波，然而底下翻涌出的尽是湍急的奔涌声。

诡谲的安静。

火光妖艳奇魅，映得暗河宫如地狱般神秘。

暗夜罗的红衣映着火光艳艳飞扬，战枫瞪着他，眼中布满血丝，身子也似在微微发颤。

暗夜罗轻柔似梦呓：“就像千万片雪花，她消失在樟树林中，那画面真是美极了。”

战枫的喉咙骤然抽紧：

“什么叫作消失？”

“傻孩子，消失就是不见了，再也不会出现了，永远也不会再见到她，从这个世上完完全全逝去了……”

一道凌厉的刀光！

战枫用刀锋逼住暗夜罗的脖颈，怒吼道：“你答应了我不去伤害她！”

暗夜罗深情地抚摸着手中的黄金酒樽，仿佛根本不在意那把闪着幽蓝光芒的刀，依旧笑得轻柔：“她怎么会是我杀的呢？捅进她胸口那一刀的是薰儿。”

战枫怒声吼道：“若是没有你的默许，暗夜绝能够杀如歌？！没有你的默许，薰衣会刺杀如歌？！”

暗夜罗轻轻挑眉，睨视他：“我只答应你——‘我’不去伤害她，怎么，我没有做到吗？”

战枫的手握紧刀柄，怒气在眼底汹涌：

“你以为我不敢杀了你？！”

暗夜罗仰首大笑，血红衣裳飞旋出绚丽的波纹，笑声中带着嘲讽和轻蔑。

猛烈燃烧的篝火猛然一暗！

冰蓝的寒光海浪般袭来！

令人窒息的杀气！

战枫的刀挥向暗夜罗的脖颈！

诡异的大笑声在幽蓝的地底回旋，刀气下，暗夜罗的红衣陡然烟消云散，像鬼魅一般，如血的红影淡淡凝聚在火堆旁。

暗夜罗细细品着黄金酒樽中的美酒，眉间朱砂多情又冷漠："你的内力和刀法虽是习自于我，可惜想要杀我却差得太远。"

战枫浑身冰冷。

三年前，他知道了自己的身世。

父亲战飞天是烈明镜的生死兄弟，却因为娶了暗河宫的大宫主暗夜冥而被白道讨伐。烈明镜为了独占烈火山庄，设诡计杀死了战飞天，又利用暗夜冥做诱饵重创了暗夜罗，从而独霸武林，无人能与争锋。这一切，他是从暗河派来的莹衣口中得知的，原本他也并不相信，然而经过半年多的暗查，终于证实了她并未说谎。

接着他才赫然发现，虽然暗河宫隐迹江湖，但其势力早已渗透入烈火山庄，如歌身边的婢女薰衣竟然就是暗河三宫主暗夜绝的女儿，按辈分应该是他的表姐。薰衣将记载有暗夜罗武功心法的秘籍传于他，使得他的功力在短短两年间进步飞速。

而他独步武林的刀法，却连暗夜罗的皮肉也无法伤到！

火光映着暗夜罗苍白高贵的面容，一抹妖艳的红晕在他颊边淡淡散开，他的嘴唇艳红如血，像情人般轻轻吻着黄金酒樽：

"你很爱她吗？因为她的死，纵然我是你的亲人，也要杀了我吗？"

这声音很轻。

轻得像十九年前自他眼角跌落的眼泪。

那发簪，是他珍藏在怀中的爱物，每日每夜他都将它贴在离心脏最近的地方。那是他最爱的姐姐给他的，她答应过会嫁给他的，会永远和他在一起！

可是——

她嫁给了一个叫战飞天的男人！

十九年前的那一夜，她刚生产完，苍白虚弱地躺在床榻上，额头尽是细密的虚汗，望着他的眼眸中却充满了痛苦和仇恨。他抱住她，拼命吻着她，疯狂地喊着，他不在乎，他不在乎她爱上过别的男人，不在乎她为别人生过孩子，他什么都不在乎！只要她像以前一样留在他的身边，他什么都可以原谅……

发簪滴下鲜血！

剧痛自他的眉间爆发！

她瞪着他，眼中是狰狞的恨意和冰冷，手中握着那根金簪，殷红的血珠从他的眉心迸落喷涌！

他痛得嘶吼，痛苦中劈手将金簪震落，簪尾的蓝宝石飞出去，像闪电般嵌入了床上婴儿的右耳垂里。

婴儿放声大哭。

她将婴儿抱在怀里，满脸痛惜怜爱，柔声哄着，就像当初哄着他一样。待得婴儿哭涕声渐渐止住，她才抬起头，冰冷地望着眉间涌着鲜血的他：

“你是一个恶魔。只有看到别人痛苦，你才会快乐。”

暗夜罗苍白的手指轻轻抚了下眉间的朱砂。

这哪里是什么朱砂，它是十九年来日日夜夜折磨着他的，一道永远尖叫着不肯愈合的殷红色伤疤。

他睨视着五步外的战枫。

看着战枫狂乱飞舞的蓝发，看着战枫眼底汹涌的暗蓝，看着战枫右耳电光石火般连闪的蓝宝石，他忽然感到一种奇异的快感。

暗夜罗低声笑道：“枫儿，你痛苦吗？”

战枫怒视他。

暗夜罗凝视他，多情的双眼一片冷漠：“这种痛苦会像蚕丝一样缠住你的心，一天一天一点一点地慢慢抽紧，让你痛到无处可逃，让你痛到即使变成鬼也要时时刻刻被心痛煎熬。”

呵，她说得没错，他本就是一个痛到疯狂痛到成魔的人，只有见到别人的痛苦才会开心起来。

***　***

大年初一。

鞭炮声噼噼啪啪在村子里热热闹闹地响起来，大红的对联贴在家家户户大门上，肉馅儿饺子喷喷香，缭绕的硝烟味儿，来来往往忙着串门拜年的乡亲们，打闹嬉笑的孩童们，让这个春节变得那样快乐。

如歌和雪从邻居寡妇赵大娘家出来后，已经是晌午时分了。

“为什么不留在赵大娘家吃饭呢？她一个人孤零零的，好可怜。”如歌不解地看着雪。

雪搂住她的肩膀，做个鬼脸：“才不呢！人家好不容易能和你一起过节，才不要让外人打扰。”

如歌惊奇道：“咦，以前咱们没有一起过年吗？”

雪心虚地吐下舌头，连忙笑得一脸无辜，埋怨道：“还不是因为你这个丫头笨，好端端把以前的事情全都忘掉了，所以这次才变成咱们第一次在一起过年啊。”

“这样啊，”如歌不好意思地低下头，“对不起，把你忘记了。”

“没关系啦，”雪把她搂得更紧些，慢慢走进他和她的家，“只要你以后永远永远记得我，永远永远记得和我在一起有多快乐，人家就会原谅你了。”

“好的！”

如歌用力点头，红红的棉袄衬得她脸颊红扑扑的，十分诱人。雪见她如此乖巧，一时情动，忍不住吻住了她。

如歌惊得睁大眼睛，一把将他推开！

不知是她力气太大还是怎的，雪竟然被推得跌坐到了地上，小鸡小鸭们“叽叽嘎嘎”拍着翅膀闪躲到旁边。

“好痛——”

雪望着她，绝美的双眸雾一般盈满伤心的泪水，阳光洒在他染上尘埃的白衣上，他耀眼中带着些脆弱。

如歌慌忙跑过去扶他：“摔到哪里了？……我……我没有用很多力气啊……我真的不是故意……”

雪委屈地摊开手掌给她看，只见方才撑住地面的手一侧已经满是乌黑的瘀血。

如歌咬住嘴唇，慌道：“怎么摔得这样严重呢？你……你痛不痛……”哎呀，这是废话嘛，伤成那样怎么可能会不痛？怎么办啊……

“痛死了——”雪瞅瞅她，忽然轻笑道，“臭丫头，亲我一下好不好？只要轻轻亲一下，人家就不痛了。”

如歌怔道：“那都是骗小孩子的话，怎么可能亲一下就不痛了呢？”

“不管，反正要亲一下！”雪瞪着她，“否则我就一直痛下去，痛到你心疼得受不了。”

如歌“扑哧”笑了：“你真的很像个小孩子啊。”

“小孩子就小孩子，”雪不在乎地闭上眼睛，晶莹如雪的面庞凑向她，只要能被她爱惜，什么都无所谓，“要好好亲我啊……”

鞭炮声在村庄的东边遥遥响起。

饭菜香淡淡飘来。

叽叽嘎嘎的小鸡小鸭边啄食着地上的粮食菜叶，边好奇地张望着他和她。

雪的肌肤在阳光下晶莹剔透，一层美丽的光芒在他周身静静流淌，他闭着眼睛，幽黑细致的睫毛轻轻颤动，仿佛正做着幸福的梦。

如歌的脸颊悄悄红了。

露珠一般的吻，恍若带着清晨第一缕阳光，她轻柔地吻在他瘀青的手掌上。

唇瓣是温热的。

手掌是清清凉凉的。

雪的脸上忽然掠过一抹似痛苦又似幸福的神情。他静静睁开眼睛，静静凝视她黑玉般的发丝白玉般的耳垂和绯红的脸，然后，他又静静闭上了眼睛。

似乎有“啾”的一声轻响。

她亲完了。

慌乱地跳起来，她捂住滚烫的脸颊，连声道：“好了好了，应该不痛了吧。快点起来了，我都快饿死了，大年初一一定要吃饺子的，可是饺子馅儿还没有拌，面也没有和呢……”

雪伸出手：“臭丫头，还不把人家拉起来！”

“哦。”如歌握住他的手，怕弄痛他，又改握住他的胳膊，轻轻将他扶起来。

雪微笑了。

他弹下她的额头：“放心吧，饺子馅儿和面都已经准备好了，只用包一下就可以。”

“啊？什么时候弄好的？我怎么不知道？”

“清早你呼呼睡懒觉的时候。”

“……”如歌羞红了脸，“那个……下次可以叫我起来帮忙啊……”

“你睡得像小猪一样香喷喷，哪里舍得叫你呢？”

“你才是小猪……”

“不是！”

“就是！”如歌凶巴巴。

“人家是白玉猪，美美的那种。”雪臭美地说。

如歌笑弯了腰，羞着脸道：“白玉猪也是猪呀，你真是猪一样笨啊……”

雪一本正经地对她说：“不要笑了，快用你的肉去包饺子吧。”

“我的肉？”如歌怔住。

“白菜猪肉馅儿的。”

“啊，你又骂我，”如歌恼得脸蛋绯红，向一溜烟跑走的雪追杀而去，“你别跑！臭白玉猪——”

一串串的笑声洒满小小的院子，地上的雪已然融化干净了，风似乎也染上了抹春天的气息。

***　***

天色渐渐黑了，大年初一的夜晚，家家户户都在团圆，村子里出奇的安静。

夜风吹动屋门两边红彤彤的干辣椒。

小鸡小鸭们已经睡下。

如歌在院子里洗着碗筷。

洗着洗着，她抬起头，望着夜空中繁星点点，眉头忽然皱了起来。一些火花般的闪念在她脑海中掠过，好似有股红的鲜血，有悲怆的呼喊，有滚滚的浓烟，有晶莹飞舞的漫天雪花……

碗从她手中跌落木盆里，溅起凉凉的水花打湿了她的膝盖。

她的心骤然痛得无法呼吸！

“丫头，洗完了吗？”雪笑盈盈地从屋里出来，手上拿着一件鲜红的衣裳，“洗碗要洗这么久啊，是不是在偷懒？”

如歌怔怔看着他。

雪打量她，蹲下来仔细打量她：“怎么了？表情这么奇怪。”

“我……脑子里好像有东西一直在闪……然后……心里觉得很痛……”

雪的眼神古怪极了：“又在想以前的事情？”

“可是就是想不起来……差一点……差一点什么……”她用力敲着自己的脑袋，呻吟着说。

“傻丫头，跟你说不要去想了，过去的事就统统忘记好了，”雪轻轻拥着她，“就这样生活不好吗？”

一股冰冰凉凉的清香沁入如歌心脾。

过了良久。

她轻声道：“不知道为什么，心里总是觉得很不安很痛。”

雪怔了怔。

然后，他伸手敲敲她的额头：“喂，你开心点好不好，今天是大年初一呀，不要弄得人家心情也郁闷了。”

如歌努力挤出笑容，抱歉道：“对不起。”是呀，过年应该快快乐乐的。

“这才对嘛，”雪笑了，将手里的衣裳抖开，“新年要穿新衣裳，这是我特意为你准备的，你看喜欢吗？”

如歌睁大了眼睛。

鲜艳的红衣，烈火般的鲜红，这衣裳不知是用什么材料制成的，可能是真丝杂以其他东西，光辉灿烂，明艳若朝霞。

夜色中。

一身红衣的如歌自屋内出来，灵秀的面容，俏皮爱笑，清秋潭水般的双眸，随风飞舞的衣裳鲜艳如火。她整个人都似乎在发光，轻轻盈盈如一团动人的火焰。

雪拍掌道：“世间只有你能把红色穿得这样美丽。”红色，才是最适合她的色彩。

如歌有点羞涩，可是被人如此直接地夸赞，心里亦不由得一阵喜悦。她笑道：“谢谢你送我这衣裳，我很喜欢。”

“怎么谢我呢？”

“？”她怔住。

雪拉起她的手，向院子外面走去：“来，咱们出去玩，我还准备了很多精彩的玩意儿呢。”

村子外有一座山。

繁星闪烁，星光柔和洒落，月亮很淡，只有浅浅的剪影。雪和如歌坐在山顶的巨石上，仰望浩瀚的夜空，淡淡的清辉映照着两人如仙人一般出尘。

“好美的星星……”如歌托着下巴，看得入神。

“喜欢吗？”

“喜欢。”如歌依旧望着星空，被闪烁的星子感动着，“星星这样明亮，一闪一闪，好像没有任何烦恼和忧伤，好像可以一直快乐地闪光。”

满天星斗。

雪的白衣比星的光辉还要耀眼，凝视着快乐的她，他眼中的柔情和唇边的微笑令天际的星星看痴了。

天上的星。

山顶的雪。

如斯美景啊……

“如果有七彩的星星该多好，”如歌突发奇想，“紫色的星星、金黄的星星、翠绿的星星、鲜红的星星……在夜空里缤纷闪耀，一定会美得惊心动魄吧……”

雪宠溺地搂住她：“只要你喜欢，无论什么我都会给你。”

如歌惊奇地侧头望他。

雪笑一笑，轻轻向天空扬手，仿佛一颗流星飞出他的衣袖，在深蓝的夜空中绽放出一朵小小的菊花。

金灿灿的菊花在星辰间燃烧怒绽。

“是烟花啊！”如歌惊呼。

金菊在夜空静静熄落，刹那的美丽令她屏息。

停顿了有一个呼吸的间歇。

忽然，清啸着，几枚烟花从山脚下高低错落飞向星辰。

姹紫嫣红的烟花。

喧嚣着，骄傲着，绚烂着，在深蓝的星空热烈地怒放！

噼啪燃烧的亮银色流星雨，富丽高贵的紫红大理花，裹着金边的绿牡丹，满天火树银花……

烟花此起彼伏，好像从一个梦幻的仙境飞来！

千万朵盛开的烟花映得夜色瑰丽绝美。

村子中的人也看到了这场烟花之舞，惊叹着，欢笑着，老老少少都走出了屋门，在院子里仰头望着。呵，他们何曾见过如此美丽的烟花。

“轰——”

一朵巨大的鲜红牡丹傲然绽开！

烟花直坠而下，仿佛亿万颗星星瀑布般坠落，惊人的气势，似要直直燃烧进每个看者的心底。

村民们被这种美丽震撼到忘却了惊叹。

在这烟花灿烂绽开的那一瞬。

山顶上。

如歌却突然抚住了胸口。

空气中弥漫的烟火硝烟之气就像恶魔扼住她的喉咙，一种痛苦令她的面容骤然苍白，嘴唇亦失去了血色。

她微颤地站起身。

红衣在山风中飒飒飞扬，在满天怒放的烟花下，她就像一只浴火的凤凰。

烟花之舞进入了高潮。

璀璨的流光溢彩的梦幻一般的七彩烟花自山脚热热闹闹地簇拥着飞蹿向夜空，如此的美丽啊，如此的惊心动魄……

烟花朵朵绽放。

雪却只是静静望着如歌骤然苍白的脸庞。

他看见她慢慢扭转头，慢慢凝视他——

“是你。”

雪知道，属于他的幸福已然像烟花一般燃尽了。

夜空中美丽的烟花。

仿佛绚烂的梦境，烟花一朵一朵优美地次第绽放……

如歌凝望着白衣胜雪的他，心内千般滋味，一幕幕的过往在脑海中闪现，有刺骨的痛，有重逢的喜，有恼意，还有让她鼻子忽然酸痛的泪涌。

她握紧双手。

一时间，她失却了语言。

雪轻轻笑了，笑容比千万朵烟花齐齐绽放还要灿烂：

“终于记起我了吗？”

如歌道：“是。”

雪叹息道：“坏丫头啊，这样久才见到我，都不会快乐地扑进人家怀里哭吗？”

如歌站得笔直。天空中一朵巨大的烟花“轰”地炸开，炫目的光芒下，她面容雪白，眼珠漆黑。

“为什么骗我？”她问。

雪轻轻瞅着她：“你……想念过我吗？”

“你不应该骗我。”

“哪怕只有一点点……”雪的眼中有星光，“……你……可曾想起过我呢？”

“是你封印了我的记忆对不对？为什么要这样对我，难道你不知道，还有很多事情需要去做吗？”她的声音渐渐高起来。

他执拗地盯紧她：“一点……都没有想念过我吗？”

她看着他。

终于，她转过身，鲜红的衣裳飞扬起清冷的风。烟花映亮夜空，她心内一片怆痛，这里不是她应该在的地方。

雪一把抓住她，用的力气很大：“说啊，自从我消失，你一点也没有想念过我吗？！你将我忘掉了吗？！”

如歌被他握得手腕生疼。

雪瞪着她，有一股怨意流转在他伤痛的眼底，良久良久，他闭上眼睛。

泪水闪耀着星芒缓缓淌下。

如歌凝望他，绚烂的烟花在天空喧嚣着绽放。他的肌肤晶莹透明，泪水亦晶莹透明，仿佛星光可以穿透，仿佛随时会幻化成千万道光芒消失在人间。

良久良久，她轻轻伸出双臂拥抱住他：

“知道吗？我不敢去想你……”

雪轻轻颤抖。

她苦笑：“因为想你是一件太过痛苦的事情。只要我醒着，就会试着用各种方法不去想你。可是，在梦中却会固执地一次一次见到你……你像空气一样从我的怀里消失，只剩下一件空荡荡的白衣……”

雪屏住呼吸，眼中满是泪水：“丫头……”

她轻轻问道：“你还会消失吗？”

“如果会呢？”

“那就把这当作一场梦，只当从没有再次见过你。”她倔强地瞅着他。

“真是个狠心的丫头啊。”

“告诉我，你还会不会再次消失？如果会，那我宁愿不曾见过你，也不要再经受一次那样的痛苦。”她瞪着他。

雪笑道：“不会了，我再也不会离开你，会永远在你身边。”

“真的？”

“真的。”

“可是你骗过我好多次！”

“傻丫头，放心啦，这次真的不骗你。”

如歌细细打量他，良久，终于决定再相信他一次。她用力抱紧他，任泪水从眼角滑落，她将脑袋埋在他的胸口，泪中带着微笑：

“雪，很想很想你。”

烟花在夜空燃烧完最后一抹灿烂。

村里的人们又回到各自的家。

世间美丽而宁静，只余下山顶紧紧拥抱的两人。

大年初二，在清晨的第一缕阳光里，如歌推开院子的木门。鲜红的衣裳如朝霞般灿烂，她的脚步也如朝霞般轻盈无声，当她又将木门轻轻关上的那一刻，院子里的小鸡小鸭仍在睡梦中。

她攥紧手里的包袱，抬头望向雪的窗子。这样不告而别，他或许是会难过的吧，可是，她只能选择这么做。

山村的小路静悄悄。

昨夜家家户户都欢笑到很晚，此刻仍是沉睡在梦乡里。

路上没有人。

只有早起的鸟儿和一身红衣的如歌。

走着走着，如歌渐渐觉得有些饿了，因为怕吵醒雪，她什么东西也没有吃，这会儿胃里空空的，难受。她看向路边，平日里卖包子馒头的张家大娘还没有出摊儿。呵，是啊，过年了，张家大娘也该歇歇了。

她继续往前走。

忽然，她的鼻子皱了皱，什么味道，好香啊。四下望了望，却什么也没有看到，她苦笑，八成是饿昏了产生的幻觉。起步又走，那股食物的香气又飘过来，勾得她肚中饥虫咕噜噜直叫。

一个熟悉的声音在清晨的风中懒洋洋笑着：

“好吃的烧饼啊，又香又酥的烧饼，雪记烧饼铺名满天下的美人儿烧饼。”

如歌惊怔，仰头看去。

路边的大树上，一个白衣耀眼的人笑盈盈悠坐树梢，手里拿着两只烧饼，眨着眼睛对她笑。

晨曦透过枝叶映红他的笑颜。

一只白色羽毛的小鸟“扑棱”一声飞到他的肩头。

雪笑道：

“要不要尝尝？热腾腾新出炉的酥烧饼。”

如歌怔怔道：“你……怎么会在这里？”

雪从树梢飘落，笑得可爱：“我在等你啊。知道你要很早起身，恐怕来不及吃东西，于是我就做了烧饼给你吃。而且，我没有吵醒你对不对？睡得还好吗？”

如歌再也说不出话。

雪把烧饼放进她手里：“来，尝一尝我做的烧饼好不好吃，”他得意地笑，“说不定比你做的还好吃呢。”

如歌呆呆吃着烧饼，却一点味道也吃不出来。

雪接过她手中的包袱，搂住她的肩膀慢慢走在村庄路上：“傻丫头，下次不要不吃饭就赶路，时间长了胃会难受的。如果懒得做饭，可以让我做啊。”

如歌咬住嘴唇：

“好，我知道了。你不用送我了，回去吧。”

雪扭过头来凝视她。

如歌的背脊挺得笔直，手指捏紧烧饼。

白色小鸟拍拍翅膀飞向晨光中。

雪的笑容像晨光一样透亮：“我要和你一起走。”

“不要。”

“昨晚我答应过永远也不离开你。”

“……”如歌望向他，“雪，我要你好好地活着。”

雪吃惊道：“难道和你在一起就会死吗？”他笑着拥紧她，“放心，人家可是仙人啊，仙人怎么会死呢？”

“是你封印了我的记忆，对不对？”如歌道。

雪咳嗽一声：“呃，当时你受伤很重，而且……我怕薰衣的背叛会让你承受不了……所以……”

“我不是想听你的解释，”如歌打断他，“你对我下的封印，为什么这样短的时间就失去了力量？”

雪笑得尴尬："臭丫头，那是你体内的能量越来越强大的缘故。"

"是吗？"如歌拉起他的手，沉声道，"那你告诉我，为什么只是跌了一跤，你的手却会伤得这样严重？"

他左手的瘀伤，被手腕处晶莹的肌肤映衬得益发乌黑发紫。

"笨啊，那是我用来骗你心疼的。"雪轻轻笑着。

"那如今我已经心疼过了，你让骗我的瘀伤消退掉吧。"如歌凝视他。

"呵，臭丫头……"他叹息，为什么她会如此冰雪细心啊。是的，这次强行破冰而出，他的功力只剩下以往的两成不到。

"雪，我不希望再次看到你'消失'，"如歌轻声道，"有很多事情需要我去做，或许会很危险，或许会有很多困难，可是，那些都是我的事情，与你无关。如果有一天，我把所有的事情都处理完了，会回到这里找你的。"

"你要为你父亲报仇？"

"是。"

"你要去找玉自寒？"

"是。"如歌心里一阵发紧，她记得当时在樟树林外看到了玉师兄，在她被薰衣刺杀的那一刻，她仿佛也看到林中有个艳红如血的影子……

"你能够活着回来找我吗？"雪静静地问。

清晨的风微微扬起如歌鲜红的衣裳，她的下巴倔强，眼珠乌黑，眼底似有燃烧的火焰。

她对他说道："我会努力活着，我并不想死。"

雪笑了：

"没有我，你如何可以活着完成这些事情呢？"

如歌脸上没有一丝笑容：

"如果活着的代价是伤害到你，那么，就让我死掉好了。"

当初，为了解除玉师兄身上的寒咒，却牺牲了雪。眼睁睁看着雪在自己怀里消失，那种痛苦只有在夜夜的噩梦中才敢触碰。

雪闭上眼睛，再睁开时，眼中满是闪耀的泪光：

“笨丫头，跟你说过多少次了，我是仙人啊，是不会死的，永远也不会离开你，永远永远都会留在你的身边。哪怕你厌烦我了，想要赶我走，我都会死赖着不离开。”

如歌苦笑：“我不相信你。”她已经被他骗了很多很多次。

雪举起手掌，仰望蓝天：

“若是我此次谎骗烈如歌，便让我生生世世都得不到她的任何一丝眷恋。”

“你——”

雪屏息望着她：“可以相信我了吗？”

如歌柔肠百转，真正是一个字也说不出来了。

望着她，雪笑了。

那笑容灿烂得令漫天晨曦失却了光芒。

“你答应了啊，以后再也不能抛下我偷偷溜走！否则……否则……就罚你生生世世都暗恋我！”

第十章

我答应你，如果你不死，我就会很努力很努力地去爱你。

品花楼。

天下第一楼。

为什么来品花楼，如歌曾经多次追问雪。可是雪总是轻笑着，只说在那里她可以见到一个人，也只有在那里她才会见到他。待她追问是否玉自寒时，雪却开始顾左右而言他。

在品花楼，如歌与花大娘、昔日的姐妹们重逢，自然有一番热闹光景。谈笑中，她方才知道风细细已从良，嫁给一个商贾做续弦，听说日子过得还算顺心。凤凰姑娘也嫁了人，做了郑大将军的第九房妾，只是她嫁过去后一直未怀上身孕，大太太泼辣善妒，将军又喜新厌旧，生活得并不如意。

真是恍如隔世啊。

淡淡月光下，如歌倚着后花园雪阁的雕花木栏，轻声感叹。

记得她当时初入品花楼，是那样天真烂漫，为了留住战枫的心，她想要知道众名花是用何等绝技来猎获世间男子的喜欢。在这里，她见到了远寻而来的玉自寒，遇到了风华绝代的雪……

然而，不过大半年的时间，已物是人非。

发生了这样多的变故，她也再不是原本那个心心念着战枫的小丫头了。

月明星稀。

花园中的夜风柔柔吹动如歌的发梢，一袭红衣被月光照耀得温柔如水，她的双瞳乌黑明亮，仰首凝望新月，眼底满是坚毅和淡然。

月华皎洁。

她唇边的微笑亦皎洁。

无论有多少乌云，无论多么狂烈的风雨，月亮终究还是会将光辉洒满人间的。那么，有什么可以打倒她呢？

即使，她最近听到了一些非常古怪纷乱的事情。

在她和雪隐居山村的这段时日里，江湖中爆出一个骇人传言！

据传，烈明镜并非为江南霹雳门所暗杀，而是被他的亲传大弟子战枫趁其练功不备时，自后心一刀毙命的！战枫为掩盖杀师丑闻，将一切嫁祸给江南霹雳门。但烈明镜的女儿烈如歌并不相信战枫，一心想要调查清楚父亲死亡真相，并为此深夜潜出被战枫所控制的烈火山庄。然而，烈如歌在离庄途中却被战枫刺杀身亡。

此传闻令武林惊骇！

江湖群豪纷纷向烈火山庄打探传言的真实性。

可是，烈火山庄的态度暧昧含糊，只宣称战枫不在庄内，至于他是否杀害了烈明镜父女仍在调查中。同时，烈火山庄却悬赏天下，凡能够“请”战枫回庄者，必赏黄金千两！

顿时，天下哗然！

清雅曼妙的琴声自雪阁飘扬而出，在夜色里像一缕淡淡的花香，似染着月光的轻盈，沁入如歌的心底。

“丫头，月亮有什么好看的，怎比得上人家的琴曲美妙呢？快进来啊，听听我新作的这首曲子。”

如歌依旧仰望夜空中的弯月。

战枫……

如果真的是战枫……

她的目光很平静，唇角渐渐凝成一抹坚毅。

不过，她心里最牵挂的，不是战枫。

而是玉自寒。

樟树林外一别，她那般消失在玉自寒眼前……

还有林中的那抹红影，她一直不安，不晓得那血红的人影是不是暗夜罗，如果真的是暗夜罗，会不会伤害到落单的玉自寒……

想到这里，她的心绞痛着。

脸色也变得雪白起来。

一只白皙的手落在她的肩上，轻笑道：“喂，竟然不理我啊，当心我一生气也不理你了。”

如歌看着雪，第二十七次问他：

“为什么要留在品花楼？”

“因为只有在这里你才能见到应该见到的人啊。”同前面二十六次一样的回答。

“会见到谁？”

“呵呵，见到你就知道了。”

“可是，我已经在这里待了十二天，这十二天，原本可以做很多事情。”

“傻丫头，相信我好了，我是仙人啊。”

如歌瞪着他。

雪笑得一脸无辜。

“最多再留三天，我一定要离开品花楼。”如歌对他说。

雪轻轻掐算一下，展眉笑道：“好啊，过了这三天，你无论要去哪里我都跟着你。”

如歌不再说话。

雪搂住她的肩头，望着月色满园，笑颜如花道：“春天快要来了呢，夜风已经没有刺骨的寒意。呵，快看，”他手指花园中静僻的一角，懒洋洋舒展的枝条，点点嫩黄的花朵，“迎春花已经开了。”

“春天……”如歌望着悄悄绽放的迎春花发怔，或许春天真的就要来了吧，这一冬实在漫长得寒彻入骨。当百花开满大地，希望一切都能焕发勃勃生机。

雪偏头瞅着出神的如歌，忽然问道：

“春天来了，你可有什么打算？”

她想了想，摇摇头。她想要找到玉自寒，想要为父亲报仇，想要重振烈火山庄，但是，这些都跟春天无关。

“真的什么打算都没有吗？”

“没有。”

“你再好生想想。”

“……没有。”

“死丫头，你忘记了曾经答应过我什么？”雪薄怒道。

如歌疑惑地望着他。

月光下，雪的白衣闪耀着圣华般的光芒，他绝美的脸庞有些嗔怨，泪光在眼底飞旋。

如歌道：“怎么了？”

雪的泪光如星芒：“你忘记了吗？你曾经答应过，如果我不死，那么你就会……”

雪透明得像是一根手指头就可以穿过去。

他的笑容空灵如雪花。

金灿灿的万千光华……

穿透他的身体……

……

“如果喜欢你，而你又要死去。那不如从没有喜欢过你。”

……

“我答应你，如果你不死，我就会很努力很努力地去爱你。”

……

雪像是睡着了，在如歌的怀里，安静得像个孩子。

他的脑袋枕着她的胳膊。

他的分量极轻，她抱着他，就如抱着一团光芒。

……

月光淡淡如雾。

星光闪烁。

如歌静静凝视雪：“我没有忘记，我会努力试着去爱你。”

雪屏息，晶莹的泪水染湿他幸福的笑容。

“会多么努力？”

“会很努力很努力。”

“万一，你无论怎样努力都不会爱上我呢？”哀伤刺痛雪的心底。

如歌微笑道：“春天是充满希望的季节。在春天，百花绽放万物复苏，有什么事情是绝对不可能的呢？”

月明星稀。

花园僻静的角落里盛开着黄色的迎春花。

丝竹欢闹之声自大堂飘来。

酒香。

菜香。

美人香。

此刻的品花楼简直就是不知人间忧愁的天界。

雪和如歌并肩站在雕花悬廊，一个白衣如雪，一个红衣似火，相对凝视，目光流转，月华笼罩中，竟似一双如画的仙人。

不知过了多久。

渐渐地，花园中来了三三两两的宾客，与楼中姑娘在假山处、小亭里嬉笑玩闹。想必是大堂中的歌舞已经散去了吧。

悬廊上。

雪揽住如歌的肩膀：“咱们进去，这里太吵。”

如歌应一声，转身准备随他进屋。

忽然——

眼角余光处，仿佛看到——

一个青衣身影！

她匆忙回头！

屋檐下、假山旁、湖边、小亭里、石径上，华美的灯笼，娇娆的姑娘，神魂颠倒的宾客，喧闹的丝竹……

可——是——那个青衣的人影在哪里？！

如歌四下望去，急出满额细汗。

终于，她找到了！

只见青衣一闪，消失在花园的后门。

如歌低声呼喊，飞身掠向青衣人消失的方向。

悬廊上。

孤零零只余雪一人。

他痴痴望着如歌消失的方向，肌肤透明得似乎随时会幻化掉，白衣耀眼，却透出绝望而脆弱的气息。

离开品花楼。

街道上空空荡荡，家家门户紧闭，跟方才的歌舞升平仿佛两个世界。几个衣衫褴褛的乞丐歪倒在街角，残破的碗中只有可怜的一两个铜板。犬吠自转弯处的深宅中遥遥传来，衬得夜色更加寂寥。

如歌在街道小巷四处找寻。

那青衣人影却仿佛忽然失踪了，茫茫天地之间，她奔走飞掠，转大街拐小巷，那身影却仿佛夜露蒸发在淡淡的月色中。

她找不到那青衣人……

倚在冰凉的墙壁上，她用衣袖拭去额角的汗。

忽然一阵心痛。

眼泪滚烫地滑下脸颊。

她咬住嘴唇，脸色煞白，唇间满是泪水的咸涩。是他吗？如果是他，为什么不来找她，为什么不等她，难道他不知道她在担心他吗？如果不是他，那么，他现在哪里，有危险吗？他会以为她已经死了吗？

用衣袖把泪水擦干，如歌努力站直身子。

她要去找玉自寒。

三天一过，无论天涯海角，她都要去找玉自寒。

突然，细细的脚步声从前面传来。

如歌侧耳去听，身子微微发抖。她握紧手指，心跳漏掉几拍，施展轻功追了上去。

悠长悠长的小巷。

月光如华。

青衣如玉。

如歌追到了那人的身后，伸出右手想要拍他的肩膀。

手掌停在半空——

忽然——

僵住了——

如歌古怪地笑了起来。

她笑得两颊微微生疼，她笑得好像自己是个绝世旷古的大傻瓜。

呵，她可以想到玉自寒听不到声音，怎么却忘了他也无法走路呢?

苦涩的笑声在清冷的夜里轻轻散去。

穿着青衣的男人转过身，一脸惊恐，双眼呆滞地瞪着如歌：

“我……我没有钱。”

“走开。”如歌闭上眼睛。

那男人吓得腿软，全身打抖。

“滚！听到没有！滚！”如歌忍无可忍地大吼，“快滚！否则我杀了你！！”

男人屁滚尿流地逃走了。

如歌心中一片凄怆。自从爹爹去世，她有许久许久没有趴在玉自寒温暖的膝头。只要在他身边，哪怕一句话也不说，只要他轻轻抚摸着她的头发，她的心就不会像现在这样空空落落。

月亮将她的影子拉得斜长斜长。

寂静的巷子。

安静的她。

她慢慢走着，一时间像是没有了方向，只是毫无目的地走着。

夜，愈来愈深。

红衣的如歌在深巷小街慢慢走着。

直到，一股浓浓的血腥味被风卷送入她的鼻子！

好骇人的血腥味！

夜风中还夹杂着人濒死前凄厉的惨呼呻吟！

浓重的酒气！

痛苦地呕吐！

霎时，如歌的神志清醒起来，前面的巷中必是刚有一场恶战，而且死伤的人数不少。她挺直背脊，轻步转过巷角。

***　***

新月如钩，冷冷挂在幽蓝的夜空，几颗稀疏的星，照着忽然变得如地狱一般的小巷。夜风卷来令人窒息的血腥味，呻吟声，濒死前的吸气声，鲜血在地上缓缓流淌的声音。

巷中十三人。

九人已死，尸体依然温热；三人在地上兀自挣扎，手指僵硬地抠着冰冷的泥土，眼睛瞪得极大。当如歌转过巷角看到他们时，这三个人咽下了最后一口气。

十二个人，都是被一刀断喉！

浓稠的血河将巷子染红。

"哇——"

一阵呕吐的声音。

冲鼻的酒气，深蓝的布衣上满是腥臭的秽物和血迹，那人虚弱地倚在墙上，天命刀身血珠滚落，苍白的月光映照着他苍白的脸，右耳的蓝宝石幽暗深沉。

"哇——！"

他痛苦地呕吐，身子弯得像个虾米，发抖，抽搐。他喝了整整十天十夜的酒，最便宜最烈性的烧刀子，喝得一文钱都没有了，被客栈的伙计拳打脚踢轰到街上。

胃里绞疼，就像被千万根烫红的钢针戳刺到撕裂。

那些人为什么不再来杀他？来啊，把他杀死了，就不用再这么痛。死了，就永远不再会痛。他呕吐着，身子倚着墙壁滑落，虚弱的冷汗让他阵阵颤抖，终于，他跌倒在血泊里，蓝衣被鲜血浸透，变成一种奇特的颜色。

他干哑的喉咙里含混不清地发生一个声音。

像是呻吟。

像是痛苦的哽咽。

又像是一个只有在漫天荷花和碧绿荷叶的梦里，才敢微微忆起的名字。

“战枫。”

突然间，他恍惚陷入了一个最荒诞的梦里，在梦里，他居然——

听见她在叫他。

“战枫、战枫。”

她喜欢叠声唤他，落日将满池盛开的荷花映得比天边晚霞还要灿烂，荷花的粉白似乎晕红了她的脸颊，她笑得灿烂。

那时，她九岁。

小如歌整日整日缠在小战枫的后面，她爱穿鲜红的衣裳，亮晶晶的大眼睛瞅着他，苹果一样的小脸蛋红扑扑。

“不要叫我战枫。”

小战枫板着脸，采下新鲜的莲蓬。

“为什么啊。”小如歌掀起红衣，将墨绿的莲蓬兜起来。

“你应该叫我师兄。”

“可是，我有很多师兄啊，玉师兄也是师兄，姬师兄也是师兄，都叫师兄怎么分得清楚啊。”

“我是大师兄。”

“呵呵，”她笑得憨憨的，“三个师兄里，你明明最小，什么大师兄嘛。”

“战师兄。”

她吐吐粉红的小舌头，笑着：“不好不好，战死兄，难听死了……歌儿要你活到很老很老，活到头发眉毛都很白很白了还跟歌儿一块玩。才不要你战死呢！”

真是会乱讲。

小战枫伤脑筋地望着笑个不停的小如歌。

“战枫，战枫……”

荷塘里，荷花的清香，迎面的夏风，一连串的童声的呼唤，吹荡起水面层层金色的涟漪……

……

小巷里，看着战枫狼狈地跌倒在血泊和呕吐物中，浑身酸臭污秽，如歌心中有如被锐利的刀片划过。

她闭上眼睛。

手指用力刺痛掌心。

待她再将眼睛睁开时，战枫正醉眼蒙眬地望着她，他伸出左手，月光下，他的手指苍白发抖。

“歌……儿……”

那身红衣，鲜艳如火，漆黑明亮的双眸，可以将他的心焚烧成深深的黑洞。酒意让他的身子跌跌撞撞，他吃力地想要爬起来，然而一晃，又重重跌倒在血泊污垢里。

如歌咬住嘴唇，一动不动。

战枫仰面躺在血污的地上，痴痴笑着，眼角有隐隐的水光滑落落：“歌……儿……你终于来接我了……”

***　***

屋子漆黑。

如歌抱着膝盖坐在角落的地上，已经有两个时辰，她一动不动。雪在她身边静静睡着，均匀地呼吸，脑袋倚在她的肩膀上。

床上的战枫似乎正做噩梦，面色苍白，眉心皱得死紧，他好像被人扼住喉咙，呻吟声低沉而颤抖。

空气中，弥漫着一股痛苦的气息。

不知过了多久，雪悠悠醒来，他打着哈欠拍拍如歌：“你去睡一会儿，我守着他。”

如歌摇头。

“臭丫头，你还真是固执啊。”

如歌望着宿醉的战枫，她不要睡，她有话要问他。

“喂，为什么你难过的时候喜欢坐在地上呢？”雪忽然问道。

如歌怔怔地想一想。

“因为地上冷。”

“？”

“地上冷了，心里的难过就会被冻住。”

“要是被冻病怎么办？”雪恼怒道。

“不会的。”

“臭丫头，你……”

“在做完所有的事情前，我不会让自己生病死掉的。”

她的肩膀单薄，面容却平静坚毅，一种绝美仿佛从她的骨子里透了出来。

雪搂住她的肩膀，股股温热轻柔地传入她体内。他笑颜如花：“不要说什么死呀死的，有我陪着你，想死都死不掉。”

那边。

战枫猛地坐起来！

浑身冷汗，他急促地喘息着，眼中布满血丝，右耳的蓝宝石迸出渗人的幽光。

他握紧刀，慢慢从噩梦中醒转。

等双眼变回死寂的冰蓝时，他掀开锦被，却发现身上换了件干净的蓝衣，没有血渍，没有秽物。

屋里漆黑。

然而，战枫感觉到角落里有两个人。

“谁？”

战枫的声音冰冷如刀。

雪轻轻弹指，桌上的油灯燃亮，如豆的灯光，在蓝衣的战枫和红衣的如歌之间闪动。雪坐在沉香凳上，挑弄着灯芯，风姿优雅出尘。

角落中，站起一个红衣的身影，衣裳光华耀眼，鲜艳如破晓时第一抹朝霞。她瞅着他，面容晶莹，神色沉静。

“锵————”

天命刀震出一声惊心的清吟。

战枫身子剧颤！

“你！”

幽蓝的卷发张扬飞舞，他瞪着她，这一刻即便是世界将要毁灭了，他也不会眨一下眼睛。

因为，他害怕。

怕眨一下眼睛，她便会消失了。

“我没有死。”

如歌凝视他，语气平静。

战枫的眼底渐渐变得湛蓝，他的手慢慢松开了刀，手指颤抖着，像是拼命压抑着去拥抱某个人的想法。

“你醉的时候，我原本有一百次机会可以杀死你。”如歌淡淡看着他，“可是，我要听你自己说。”

血液凝固成冰。

战枫这才明白，他以为自己从噩梦中醒来了，却不过是从一个噩梦坠入了另一个噩梦。

“我爹是不是你杀的？”

如歌问战枫。

火苗幽幽暗暗。

晕黄的微光将二人的影子斜斜映在地上。

“如果是我……”

如歌听着。

“……你会杀了我吗？”

“会。”

“会怎样杀我？”

“你怎样杀的我爹？”

“我自他的前胸一刀贯入。”

如歌闭上眼睛。

“为什么要杀我爹？”

“因为他杀了我的爹娘。”

“你怎会知道？”

“烈明镜亲口承认了。”

“我爹怎会亲口承认，就算他真的杀了你的爹娘，又怎么会亲口承认？！”如歌怒道。

战枫沉默。

如歌吸一口气。

“你的武功，可以杀我爹吗？”

“他没有防备。”

如歌抑制住胸口狂乱的气息，双拳指骨咯咯作响：“为什么现在要告诉我，你不是欺骗我好久了吗？”

战枫望着她。

他的眼睛湛蓝，唇边有一抹古怪的笑容：

“生，比死还要痛苦。”

“痛苦？你报了仇，不是应该快乐得无与伦比吗？！”如歌的红衣怒扬。

战枫将刀递给她。

“胸口，心脏处。”他凝望她，“我不恨你，杀了我，无须痛苦。”

如歌握住刀。

“答应我一个要求。”战枫声音很低。

“说。”

“将我的尸体埋在那个荷塘。”

“……好。”

“来吧。”

如歌举起刀。

刀尖闪着幽蓝的寒光，对准战枫的胸膛。

战枫看着她。

纵然是要杀他的这一刻，她依然是那么美。她的面颊如荷花般粉红，她的眼波如荷叶上的露珠般轻盈，飞扬的红衣，是每日练功后，荷塘边如醉的晚霞。

屋里骤然一暗，火光在墙壁摇曳，上映出刀的剪影。雪挑弄着灯芯，眉间有淡淡的忧伤。

“不要杀他。”

声音像深夜的飞雪一般忧伤。

刀，在如歌手里握紧。

她听到了雪的话，她看到了战枫眼中的痛苦，她的心底像被千百把天命刀翻绞撕裂！

但是，她要杀了战枫！

纵使以后的日日夜夜都要在痛苦里煎熬，她也要杀了战枫！！

她恨他！

他杀死了这世上她至爱的亲人。

“不要杀他。”

雪的白衣在幽暗的火光下，像临风叹息的白花。

刀如怒浪！

红衣猎猎飞扬，如歌满腔悲怒，一刀挥向战枫的胸膛！

这一刀。

她用尽了全身的力气。

战枫站得笔直，孤傲的身子没有一丝颤抖，在她挥刀而出的那一刻，他苍白的唇角露出苦涩的笑。

鲜血喷涌！

刀砍入血肉，令人牙酸的声音，飞起一股艳丽的血，溅在墙上。

血，缓缓沿着墙壁淌下。

滴答的轻响，地上溅起一朵朵小小的血花。

“不要杀他。”

雪紧紧握住幽蓝的刀刃，汩汩而出的鲜血，使他晶莹美丽的右手变得凄惨可怖。

如歌震惊失声：“你做什么？！”

雪笑得温柔：“丫头，先不要杀他。就听我这一次，好不好？”

第十一章

若不是我的，便不奢求。凡未曾得到，便不知失去的痛苦。

幽暗漆黑的地底，暗河静静流淌，墙壁上的火把悄无声息地燃烧。在这里，一切仿佛都是死寂的。没有生命，没有未来，没有希望。

漆黑的石屋里有一张木轮椅。

一双苍白修长的手，指甲残缺破裂，手上布满令人心惊的伤痕。青色的衣裳上有旧时的血迹，斑斑点点。他望着屋中唯一的小窗，窗上有铁栏，窗外也只是茫茫的黑色。

他咳嗽起来。

胸口的郁痛使他咳嗽得微微弯下了腰，几缕鲜血淌落青衫上。然而，如此的他，却依然有一种高贵的气质，平静的眉宇间，有淡淡如玉的光华。

血红的影子在石屋骤然凝聚！

暗夜罗大笑而来："如何，可考虑好了吗？"

玉自寒没有察觉他的到来。

暗夜罗转到他的身前，摇头叹道："可惜啊可惜，我忘记了你是一个聋子，怎会听到我的声音呢？"

玉自寒依然没有看他。

他轻轻咳嗽着，好像暗夜罗不过是一抹透明的空气。

暗夜罗笑了，黄金酒杯在指间旋转闪光，他笑得比血红的衣裳还要妖艳："不愧是静渊王，单是这份沉着，哪里是景献王和敬阳王那两个蠢货可以相比的？"

玉自寒知道他来做什么。

暗夜罗是个非常有野心的人，希望通过他来控制朝廷，并承诺予他天下皇位。

"你找错了人。"

玉自寒平静地说。如果暗夜罗找的是敬阳王或者景献王，应该都会一拍即合。

暗夜罗叹道："可是，我偏偏看上了你。"轻松可以到手的一切，没有任何困难得到的东西，对他而言，没有吸引力。

"你是疯子。"

暗夜罗仰天长笑："不错！我就是疯子！我偏偏要让整个世界混乱，我偏偏要让每个人都痛苦，他们越是痛苦，我就越是快乐！！"

他狂笑着，眼中显现的是疯狂的血红色。

突然，他逼近淡然坐着的玉自寒，笑容阴毒："难道，你的心里就没有恨吗？"

玉自寒沉静。

"你可知道为什么你的耳朵是聋的？为什么你的腿是废的？"暗夜罗眉间的朱砂阴美地跳动，"因为你的母亲玉妃是最得宠的妃子，在你出生前皇后就下了毒，于是你一出生就是聋子，你的母亲刚生产完就死了。你虽然聋，可是你父王依旧疼爱你，于是敬阳王的门人就断了你双腿筋脉，你又成了一个不能走路的瘸子。”

玉自寒闭上眼睛，面色变得苍白。

暗夜罗继续说着：“所有的事情，你的父王都清楚，可是为了他的皇权，为了不得罪掌权的外戚，他装聋作哑，只是把你送到了烈火山庄，从此不闻不问。”

他低沉地笑着，艳红的薄唇离玉自寒的双唇只有两寸的距离：

“这一切，你不恨吗？”

玉自寒微微后仰，想要离他远些。暗夜罗却箍住他的后颈，使他分毫动弹不得。

暧昧的距离，暗夜罗柔情地呵气：“多么优秀出色的静渊王啊，世间原本不知会有多少人为你倾倒，可惜，如今却是一个废人。呵，你真的没有痛恨过吗？”

他的声音像蘸着蜜糖的毒钩：

“因为残废的双腿，你离不开这辆轮椅，无法及时赶到你心爱的人身边；因为聋掉的耳朵，心爱的人就在林中呼喊，你却不知道她的方位；因为虚弱的身子，无法练成顶级的武功，眼睁睁看着心爱的人被刺杀也无力去救。”

暗夜罗的话就如一把淬毒的刀子，狠狠插在玉自寒心上。深刻的痛苦，令他的五官失去了平日的淡然自若。

他剧烈咳嗽。

一大口鲜血喷涌在青色衣衫。

暗夜罗笑得多情：“只要你答应我的条件，你所有的遗憾，我全部都可以帮你弥补。”

玉自寒压抑着咳嗽，却依旧清雅淡远，绝无烟火气：

“太迟了。”

她已经不在，一切都没有意义。

他此刻不过是个活死人。

暗夜罗纵声大笑，血红衣裳旋舞如摄魂的残阳，乌黑的长发闪耀着妖艳的光泽。

“哈哈，你以为烈如歌死了吗？！”

*** ***

汩汩的鲜血从雪的手掌流淌着。

如歌颦紧双眉，将金疮药粉撒在他的伤口，伤口很深，药粉刚撒上就被血冲走了。她咬住嘴唇，将满满一瓶药粉撒上去。

“好疼！”雪呻吟着呼痛。

如歌瞪他一眼，从桌上拿了雪白的布条准备给他包扎：“知道痛，为什么用手去拦刀？”

“你若是不挥出那一刀，心中的悲苦和仇恨怎么能化解得了呢？”

“那也不需要你用手啊！”

“若是不伤到我的手，你怎么会心痛得把嘴唇都咬白了呢？”雪笑得一脸可爱。

如歌气得说不出话。

雪得意地笑：“很十全十美对不对？你的恨意被那一刀和鲜血冲得淡了些，我也知道原来你是如此心疼我的呀。”

如歌用力包扎他的手。

“哎呀”“哎呀”的呼痛声顿时令雪的得意烟消云散。

窗外的夜空已渐渐发白。

鸡鸣遥遥传来。

如歌沉默半晌，面色凝重：“雪，你说过你是仙人。”

“对呀。”

“那你是不是什么都知道？”

“呃……你想知道什么？”

她盯紧他：

“我爹的确是被战枫杀的吗？”

雪揉揉鼻子，无奈道：

“是。战枫没有骗你。”

如歌的血液变冷。

“为什么不让我杀他。”

“杀了他，烈明镜也活不过来了。”

“难道，就让我爹那样死掉吗？！”如歌的泪水流下，“我是他的女儿，我要为爹报仇！”

雪苦笑。

“为什么都要报仇呢？如果不是有那么多仇恨，很多悲剧都是可以避免的。”

如歌怔住，去想他的话。战枫，也说是为了报仇。

“战叔叔……真的……是我爹杀的吗？”

雪犹豫着。

她凝视他：“请你告诉我。”

雪轻轻叹息：“是的，是烈明镜杀的。”

如歌惊怔，半天才找回声音：“为什么？！”爹和战叔叔是生死相交的兄弟，而且每当爹提起战叔叔，那种深刻的感情绝对不是伪装出来的。

雪的声音有点古怪：“烈明镜有自己的原因。”

如歌追问：“不可以让我知道吗？”

雪望着她，摇头道：“每个人都有自己的秘密。你不用知道。”

如歌又是一怔：“知道得越多，痛苦也就越多。你是不是想说这个？”

雪微笑如花：“聪明的丫头。”

“那你岂非最痛苦的人？好像所有的秘密你全都知道。”

雪伸伸懒腰，打了个哈欠道：“才不是，我是世上最幸福的人。”

“……”

雪偷亲她的脸颊一下：“只要能和如歌臭丫头在一起，我就是世上最幸福的人啊。”

如歌怔怔看他。

雪笑盈盈，伸手去捏她的鼻子：

“喂，再这样看我，我会以为你爱上我了啊。”

如歌惊呼——

“你的手！”

鲜血浸透了雪白的布条，一滴一滴渗了出来。

如歌捧住他的手，惊得有些失了方寸：“怎么会这样，用了这么多药粉，怎么还是止不住血呢？”

雪的笑容有些虚弱：“你真是笨死了，难怪被我骗那么多次。我是故意让你心疼啦。”

“闭嘴！”如歌愤怒道，“告诉我，你是不是出了什么状况。你不是仙人吗？是仙人还会流血不止？你是不是一直在骗我？！”

雪笑得甜蜜蜜：“好啦好啦，我不让血再流就是啦。”他拉起如歌的裙角，扯下一块鲜红的布条，换下被血浸透的白布，“血是红的，就应该用红布来包扎，这叫作以红克红。”

如歌怀疑道：“又在骗我？”

雪拍拍她的肩膀，像哄小孩子一样：“放心好了，我去饱饱睡上一觉，明天伤口就会全好了。”

望着走进里屋的雪，如歌心底一片挥之不去的不安。

为什么，她总觉得雪用红布包扎伤口的目的，只是为了让渗出的鲜血不再那么刺眼呢？

漆黑的石屋里。

玉自寒双手握紧轮椅，胸口狂涌的热血令他眩晕：

“她——”

暗夜罗嗅着酒香，眉间朱砂殷红多情：“她还活着。就在前一刻，她还在品花楼外的巷子里急切地寻找你，当四处寻觅不到你的踪迹，她靠在冰冷的墙上，思念的泪水从她美丽的脸庞滚落。”

诗一般的语言，暗夜罗的声音像七弦琴般优美。

玉自寒的身子轻轻颤抖，他忽然想用世间所有的一切换得再看她一眼的机会。

暗夜罗睨视他。

爱情啊爱情，当那人死去时，天地间再没有意义，然而，若那人还活着，即使变成一缕魂魄，也要守在她的身边。

当年的自己，也曾如此被爱折磨得成鬼成魔。

玉自寒却渐渐平静下来。他知道，任何一点心绪的紊乱和贪念，都会给暗夜罗造成机会。他的面容平静如恒，可是，青衫衣角的微微轻扬泄露了他内心的激动。

暗夜罗笑道：“你不想见她吗？”

玉自寒道：“只要她活着，便已足够。”

暗夜罗拊掌大笑：“不错，即便见到她又能怎样呢？你不还是一个废人？耳不能听，足不能行，她若再次遇到危险，你依然只能眼睁睁看着她死去。”

玉自寒捂住嘴唇轻轻咳嗽。一股剧烈的痛苦刺入他的心，然后扩散开来，痛得身子冰冷。

暗夜罗眼中闪烁着快意的光芒：

“跟我交换吧，我可以给你所有的一切，包括她对你的爱，包括健康的身体。”

玉自寒看着他。

唇角有淡然的笑意。

"若不是我的，便不奢求。"

暗夜罗骤然捏紧黄金酒杯，眼底是恼怒的风暴，旋即，他却又仰头大笑，笑声诱惑而温柔——

"凡未曾得到，便不知失去的痛苦。"

暗夜罗愉悦地叹息——

"好，那就先让你尝过幸福的滋味，极致的幸福。十天以后，当这种幸福失去，我再听你说，你是否仍不奢求。"

阴暗的地底。

暗河静静流淌。

暗夜罗阴柔绝美如勾魂的修罗，血红的衣裳仿佛是用千万人心尖最痛的一滴血染红的。

***　　***

战枫留在了品花楼。

他整日喝酒，喝醉了就大口大口地呕吐，呕吐完，再继续喝酒。深蓝的布衣染满了酒气和秽物，幽蓝深邃的眼中布满了血丝，他潦倒落魄的身影，却偏偏牵动了楼中很多姑娘的心。

自那日后，如歌一句话也没有跟战枫说过。

她忽然不知道该怎样面对他。

于是，她决定离开。

雪抚弄琴弦，清妙的乐曲自他的指尖流泻，他抬头看着收拾包袱的如歌，道：

"要去哪里？"

"我要去找玉师兄。"虽然不知他身在何处，可是在品花楼里傻等也不是办法。

“去哪里找呢？”

“不知道。”如歌把包袱打好，望望四周有没有遗漏的东西。

“天下如此之大，没有方向无异于大海捞针。”

“可是，我有你啊。”如歌对他笑。

雪挑出一个高音，清亮的高音绕梁许久，慢慢散去。他摇摇头：“我也不知玉自寒在何处。”

如歌瞅着他：“你说过，你什么都知道。”

雪轻轻叹息。

“雪……”她央求他。

雪依旧摇头，肌肤如清晨的露珠般晶莹透明，美得轻盈，美得像随时会在阳光下蒸腾而去。

如歌咬住嘴唇：“你是不愿意告诉我呢？还是真的不知道？”

雪笑得可爱：“是不想告诉你。”她不可以见到玉自寒。就让他自私一次吧，他不要如歌见到玉自寒。

如歌眼底闪出吃惊的光芒：“为什么，你明明知道师兄的下落，为什么不告诉我呢？”

雪吸一下鼻子，薄恼道：“你答应了要努力来爱我！”

“我去找师兄……”

“你心心念念只有那个玉自寒，以前你就曾为了他抛下我，为了他，你甚至可以让我去死……”雪的心一阵阵抽痛，泪水似闪着星光从哀伤的眼眸淌落。

“我没有。”如歌急道。

“如果我和玉自寒只能活下一个，你会选谁呢……”

如歌没有听清，只看见他的双唇似乎在说些什么，可是神态那样忧伤，令她的心也猛地抽痛了。

于是，她走到雪的身边，轻轻蹲下，细细打量他。

雪的泪水滑落到她的唇边。

泪水有淡淡的咸味，还有飞花的清香。

如歌用袖子帮他拭干泪水："雪，不要像孩子一样哭，我喜欢像英雄一样的人。"

雪怔住。

然后，绝美的唇绽出一抹令百花失色的笑容。

"臭丫头，你明明知道我不是英雄。"

如歌眨眨眼睛："英雄，不一定要很魁梧很冷酷，只要有一颗很善良的心，就是英雄。不过，英雄可不会动不动就哭啊。"他的泪水，总是让她难过得手足无措。

雪屏息："只要善良，你就会喜欢我了吗？"

如歌点头。

"如果玉自寒变得邪恶，你也就不再喜欢他了对不对？"雪眼中闪出古怪的光芒。

"师兄不会变得邪恶。"

"万一呢？"

"没有这种可能。"

雪沉默片刻："我可以告诉你玉自寒在哪里，不过，你要答应我一个条件。"

"嗯？"

"让我亲一下。"

如歌的脸颊顿时涨红。

雪轻柔地抱住她，呵气如兰："是你说会努力爱我的，那就让我亲你一下。否则，我会担心你喜欢的是玉自寒，然后，我就不愿意告诉你玉自寒在什么地方。"

如歌停止了挣扎。

她轻轻闭上眼睛，睫毛轻轻颤动："好。"

下午的阳光带着几许初春的暖意，透过雕花木窗，斜斜洒进屋里。

红玉凤琴通身剔透。

白玉香炉袅袅飘着清香。

雪的白衣灿灿生光，明亮得耀眼。

如歌的红衣却出奇的温柔。

雪吻上了如歌的脸颊。

像初春淡淡凉凉的花香，像春水轻轻柔柔的涟漪，一种让人心尖微微发酸的感情，在那个接近黄昏的时分细细波动。

战枫靠在窗外。

他蜷缩着，无声地呕吐，胃里早已没有丝毫东西，吐出来的只有透明的胆汁。一种痛苦，让他的身子颤抖如风中的树叶。

***　***

渔平大捷！

战报传至京城，举国欢庆！

倭国危害沿海百姓多年，烧杀抢掠无恶不作，朝廷多次派兵围剿皆无功而返。这次由静渊王亲自率军前往，待打得几个胜仗后，倭国却学了缩头乌龟不敢迎战，使得战势陷于僵局。

三天前，静渊王趁海上风浪指挥军船官兵出袭，攻其不备，打得倭国落花流水，重创其精锐，使其在未来十年里都无力再侵犯沿海居民。

静渊王成了天下百姓心目中的英雄。

有很多传说在民间流传，甚至有一个版本说静渊王是得到了仙人的帮助，所以他不仅打败了倭国，而且残废多年的双腿和自幼失聪的双耳也恢复了健康。

这个版本太过神奇，百姓们将信将疑，他们茶余饭后讨论着，当静渊王班师回朝时，一定要留神看看他的腿是不是真的可以走路了。

蔚蓝色的大海广阔无边。

夕阳西下，渔民们收网而归，鱼在网中跳跃，笑容藏在渔民眼角的皱纹里。亲人和孩子等候在家中，炊烟升起，灿烂的晚霞映得海浪美丽如画。

海水拍打着沙滩。

青衣人赤足站在海边，感受细沙的温柔，感受海水一波波轻柔地冲击他的足踝。他闭上眼睛，用耳朵去听。大海的呼吸平缓而包容，几只海鸟振翅飞起，翅膀破空的声音那样有力，渔民们的谈笑声，小孩子们的玩耍声，他甚至可以听见彩霞在天空流淌的轻响。

他的唇角轻轻弯起。

彩霞满天，青衣人站立海边，一种温柔内敛的光华让周围的渔民和跟随他多年的侍卫都看得痴了。

玄璜、赤璋、白琥遥遥望着青衣人的背影，心中皆是一片欣喜。他们不知道究竟发生了什么事情，王爷在失踪将近一个月之后忽然回到了渔平军营，而他的双腿居然可以行走了，耳朵也可以听见了！

白琥曾经问过王爷原因。

王爷却只是笑一笑，没有回答。

全军上下顿时传开静渊王是得到了神仙相助的消息。静渊王仍然没有去解释，只用坚毅的笑容告诉官兵，此次同倭国之战必胜！

军心大振，于是一战告捷。

“难道世上真的有神仙？”白琥道。如果早知有仙人可以还给王爷健康，他千山万水也会去寻找，绝不会坐等到今日。

赤璋笑道：“应该是有的。”

玄璜却在欣喜之外，觉得有一些地方不妥。这种不安在晚上讨论起回京问题时，又一次让玄璜感觉到了。

“你们先随军队回去。”

夜色中，碧玉铃铛映着海边的月光，玉色剔透润泽，玉自寒的手指轻轻将它们拨弄，悠扬的脆响，“叮叮当当”像一串串轻盈的梦。微笑蕴自他的唇角，他笑着，想必她的声音也会是这样好听吧。

赤璋、玄璜面面相觑，白琥急道：“王爷，您不同我们一起回去吗？”

玉自寒用耳朵听着铃铛的轻响，眉若远山：

“我要去一个地方。”

赤璋笑道：“我知道了，王爷要去找那个人对不对？是啊，她如果看到您双耳能闻、双足能行，一定会惊喜万分。”王爷对那人的感情，他们一直都了解。她是一个好姑娘，只是王爷始终没有对她表露。

玄璜躬身道：“属下愿陪王爷同行。”

玉自寒站在树下。

月光皎洁。

薄如蝉翼的铃铛飞舞着，轻响着。

他的青衣如玉，人亦恍若灵山秀水间静静的美玉，光华径自流转，并不张扬，然而温润得令人移不开眼睛。

“我想一个人去。”玉自寒凝望夜空，有些出神。

第十二章

我宁可像小孩子般把你抢过来，让你只能看我，心里满满的除了我再没有别人。

武夷山的春天，满眼绿色，郁郁葱葱。山间的春风带着不知名的花香，混合着青草的气息，令人神清气爽。

轿夫三三两两歇在山脚，期待着踏春的小姐公子们可以坐他们的轿子。当他们看到走来的一位青衣公子，便全都围了上去。这位公子，年约二十二三岁，身材修长，羊脂玉冠束发，面如美玉，眉若远山，虽是青色布衣，却是一身贵雅的风华。

青衣公子微笑摇首，拒绝了轿夫们。

他要用自己的双腿走上武夷山。

阳光洒在山路上。

柔和的春风，阵阵花香。

他走得很慢，他的鞋底很薄，可以感觉到细碎的石子和樵夫偶尔遗落的柴枝。他微笑着，凝神聆听山鸟飞翔的振翅，风吹动细草的沙沙，清澈的小溪缓缓流淌，粉红的野花在山壁轻唱。

生命原来是这样的美丽啊。

他轻轻闭上眼睛，让春日的阳光温暖全身，如果可以，他多么渴望就这样健康地守候在她的身边。

每个人都会有心魔。

他也有。

这一刻，如果可以看到她，哪怕只是她侧面的一个笑颜，也许他就会向那个魔鬼屈服了吧。

玉自寒苦笑。

他忽然发现自己并没有想象中的坚强。

来到了樟树林。

似乎还有淡淡的青烟，烧焦枯黑的树干交错歪斜着倒在地上，几只小麻雀叽叽喳喳在啄食，时不时拍动下翅膀。它们浑然不知在这片樟树林里曾经发生过什么。

但是，玉自寒永远不会忘记。

她自烟雾缭绕的半空坠落，飞舞的轻纱像快乐的精灵。喜悦的笑容还染在她的唇角，然而胸口被刺穿的诧异和难以置信使她的眼睛睁得极大。鲜血像猩红的花自胸口溅落，她无助地坠下……

他就在林外。

眼睁睁看着一切发生，却无力救她！

就在那一刻，他痛恨自己残废的双腿、聋掉的耳朵和无法清晰发出声音的喉咙！

那一刻，他愿意用一切去交换！

只要她平安。

仿佛被一只手扼住喉咙，玉自寒胸口满满的痛苦。他无意识地走着，直到闻见扑鼻的花香，才发现不知什么时候来到了一片杏花林。

雪白的杏花热热闹闹开满枝头。

一阵春风过。

杏花花瓣细雨般飘摇洒落，带着清淡的香气，落在他的头发、肩头、衣襟。

玉自寒默默出神。

再过些日子，青涩的小杏儿就会挂满树梢。小杏儿是很酸很酸的，酸得让他险些从轮椅中跳起来，酸得让她的鼻子眼睛皱成一团。

满地雪白的花瓣。

他长身鹤立，青色布衣被春风吹得扬起。

思念着远方的她。

明知不能见她，不可以见她，可是，他那么那么渴盼能够听到她的声音。她的声音，一定比漫天飞舞的花瓣还要动听。

“师兄？”

轻轻的声音，从杏花深处传来。

玉自寒微笑。

原来耳朵是可以自己幻听的啊。她的声音是这样吗？并不妩媚柔美，清朗如山谷的春风。

“玉师兄，是你吗？”

那声音又响起，仿佛在冰雪冬日中看到鲜花开满大地一般难以置信。那人的脚步带着犹豫和激动，自林中向他走来。

玉自寒忽然无法呼吸！

血液往头上涌，冲得耳膜嗡嗡作响。

他，慢慢转身看去——

阳光明媚，洁白如雪的杏花林，热热闹闹的杏花开满枝头，春风轻柔吹拂，雪白的花瓣雨飞舞在林间。

杏花如雪。

红裳似火。

她站在漫天飞舞的杏花花瓣中，烈焰般的红衣随风轻扬，恍如最瑰丽的梦中令人屏息的存在。她微张着双唇，吃惊地凝望他，眼睛明亮似有火把燃烧。

春风沉醉的杏花林啊。

片片飘落的花瓣，可曾听到那两人狂乱的心跳。

她扑进了他的怀里，他的双臂紧紧抱住了她。

他抱得那样紧，那拥抱紧得可以透过她的血肉箍紧她的骨骼。她觉得痛，可是她喜欢痛，只有骨骼都在微微发痛，才能告诉她这不是在做梦。

当她终于自他的怀中仰起头时，满脸奔流着泪水。

她放声大哭。

她哭得像个孩子，哭的模样很丑，鼻涕都流了下来，她的哭相狼狈，脸上一片片脏兮兮的泪痕。

她大哭：

“你还活着对不对？！你还活着！！”

玉自寒又将她抱紧，他再不能忍受她的离开。

“快说啊，你是不是还活着！这不是你的魂魄对不对？！”

她惊恐地哭。

他吻上她的发顶，喉咙中有热热的泪意：

“是，我还活着。”

她的身子开始颤抖，良久才慢慢平静，忽然，又愤怒地颤抖起来，她一把推开他，怒道：

“坏师兄！既然还活着，为什么不来找我？！你知不知道我以为你遇到了危险，甚至以为你已经死了！你知道那种担心和恐惧吗？日日夜夜无法睡下，心像被撕扯得裂开了！我发信鸽到静渊王府找你、到渔平找你，甚至到烈火山庄找你……你既然活着，为什么一点音信都不给我呢？！就算你很忙，不想见我，也应该告诉我你还活着你在哪里呀！！”

连日来的担忧和焦虑，让如歌在他面前爆发了。

“歌儿……”

玉自寒紧紧抱住她。

她恼怒地哭泣：“师兄，我再也不要理你了……”

他抱着她，闭上眼睛：“歌儿……”她的泪水浸透他的衣衫，温热的泪使他的心脏滚烫。此刻，无论她是哭是怒，只要她活生生在他怀里就好。

如歌嗔怒道：“喂，我说我再也不要理你了！”

玉自寒微笑。

如歌瞪他：“笑什么？！”他怎么都不会害怕呢?

玉自寒用衣袖轻轻擦干她的泪痕，笑如春水：

“你不会的。”

“为什么不会？”

“因为歌儿永远不会真的生气，就像……”

她含泪瞅他：“……就像师兄也永远不会生歌儿的气？”

“是啊。”

玉自寒轻轻笑着，眼中的温柔令飞舞的花瓣痴醉了。

如歌不知该怒该笑，但是望着他的笑容，一颗心再也无法真的气恼。她咬住嘴唇，吸吸鼻子：“你——你是个坏师兄！但是——”

她带着泪，转又破涕一笑：“见到你真好。”那一笑，仿佛有千万道美丽的光芒将杏花林照耀得如人间天堂。

***　***

“是雪告诉我，你今天会来到武夷山。”山脚下，一个简朴的农家小院里，如歌边切菜边笑吟吟地说道，“原本还有点将信将疑，没想到果然见到了你。”

玉自寒帮她择着青菜。

如歌扭头看他，忍不住问道：“师兄，你为什么忽然可以听到声音、忽然可以走路了呢？”在杏花林初见他，因为他是站着的，使她怀疑是自己看花了眼。而后，又吃惊地发现他竟然耳朵也好了。

“高兴吗？”

“当然高兴啊！”如歌兴奋地说，“你不晓得，我从很小就在想，如果玉师兄可以跟大家一样健康，一定是全天下最完美最了不起的人！”

“原来，你遗憾我是残废的人。”

如歌用力摇头：

“才不是！在我心里，不管你的身体是什么样子的，都是我最喜欢的师兄。可是，我不希望因为你的身体，令你不快乐。”

他淡笑：“我没有在意过……”

她低下头继续切菜：

“骗人，你当然在意。因为听不到声音，你就很少跟人‘交谈’，因为不能行走，你总是离大家远远的。你看起来那么美好安然，好像什么也不在意，可是，当你看着其他的孩子们在玩闹，就会沮丧地抚弄手上的玉扳指。”

玉自寒怔住，胸口的酸胀令他的手指微微收紧。

如歌把切好的菜放到盘子里，转身走过来：“青菜好了吗？”

“好了。”

她笑得眼睛弯弯：“啊，择得好干净啊，果然是最棒的师兄。”

玉自寒笑道：“夸张。”

如歌瞅瞅他，呼一口气：“真好，师兄没有生气。”

“嗯？”

“我以为刚才那样讲，师兄会不开心的。”她望着他，眼睛明亮，“因为是最好的师兄，所以我不要师兄躲在宁静的角落里。可以由于喜欢而宁静，却不要因为残疾而宁静。”

玉自寒亦望着她，眼底有似大海般汹涌的感情：

“好。”

如歌嗔笑：“好什么？”

他微笑：“我知道，你都是在为我好。”

一种朴素的感情。从很小开始，她知道他所做的一切都是为她好，他也知道她所做的一切都是为他好。

他和她静静彼此凝视，笑容像朵幸福的花，在两人心中绽放。

这样的感情，没有一丝嫌猜和距离。

雪推门而入时，正好见到如歌和玉自寒相视而笑。他怔在门槛处，春日的阳光照耀着雪白衣衫，绝美的眼眸闪出抹古怪的光芒。

雪轻咳一声，将一只野兔放在桌上，对如歌说：“家里有客人，我抓了只兔子来添菜。”

“客人？”如歌不解地问，“谁？”

“你师兄啊，他不就是咱们的客人。”玉自寒对雪抱手行礼，雪却理也没理。

如歌笑道：“玉师兄才不是什么客人呢。”

“不是客人？那他是什么，是你的哥哥，还是你的情人？”

如歌张大了嘴：“他是我的师兄啊。”

雪瞟了眼沉毅宁静的玉自寒，似笑非笑：“听到没有，你不过只是师兄罢了。”

玉自寒淡淡一笑。

如歌咬咬嘴唇，虽听出来雪不友好的口气，可是，刚见到师兄，她不想让气氛变得太奇怪。于是，她抓住那只兔子，笑道：“兔子要怎么做呢？红烧好不好？”

雪似乎在赌气：“问你师兄！”

“那个……师兄只吃素……”如歌轻声道，连忙她又笑得一脸灿烂，“雪，你喜欢红烧吗？”

雪绷起脸，心里满是苦涩："原来，你只知道你师兄吃素吗？我呢？我有没有吃过肉？"

两片红云飞上如歌面颊，她手足无措：

"抱……抱歉……"

雪气恼地瞪她一眼，转身离开灶房，门被关得很响。

如歌站在那里，胸口像被什么堵着，乱糟糟的，觉得自己好像做错了什么，又觉得阵阵委屈，忍不住眼圈都红了。

玉自寒揉揉她的头发，轻声道："去吧，他像是生气了。"

院外一棵桃树。

树叶翠绿，桃花艳红，明晃晃的阳光透过枝叶的缝隙，洒在雪的白衣上，他的神情是气恼的，然而夺目的光华依然令人目眩神摇。

当望见寻来的如歌时，雪恼怒地偏过了头。如歌咬住嘴唇，瞅了他一会儿，在他身边坐下，也不说话，只是抱膝想着什么。

桃花树下。

两人古怪地沉默着。

雪的心里越来越气恼，原以为她是追出来道歉的，难道她一点也不在意他吗？

这时，如歌抱着膝盖，低声道：

"雪，谢谢你。"

他赌气道："谢什么！你师兄又不吃兔子。"

"谢谢你让我见到师兄。"

雪瞪她一眼："师兄！师兄！在你心里只有一个玉自寒对不对？！我呢？我在你心里又算什么？！"

如歌扭头瞅着他，眼睛明亮：

"你——是我决心要努力去喜欢的人。"

雪顿时屏息。

"可是，"如歌苦笑，"我不知道要怎么做才会爱上你。"

她揉揉脸，沮丧道：“雪，我不了解你，你知道吗？很多时候，你是那样细心，就像我最好的朋友；可是，有时候，你就像一个任性的小孩子，令我不知所措。”

雪沉默不语，半晌，才道：“我就是像个孩子，而且就是最任性的孩子，怎样？！”

“……”

“我永远也变不成像战枫一样冷酷，像玉自寒一样淡定，哪怕再过几千几万年，我仍然还是像孩子一样不讲道理，怎样？！”

刺目的白光自雪的体内迸射，他晶莹的面容上有不顾一切的倔强。

“我喜欢你，我要永远留在你的身边，就算是用什么恶劣的手段，哪怕就像小孩子一样撒娇耍赖，我也再不要离开你。”

雪凝视着如歌，意味悠长：

“如果像玉自寒那样，只能看着你在别人身边欢笑，我宁可像小孩子般把你抢过来，让你只能看我，心里满满的除了我再没有别人。”

如歌怔怔望着他，他炽热固执的目光一直透过她的眼底，烧着她的心口，又痛又酸的感觉。她握紧了手指，忽然觉得透不过气来。

树上的桃花红艳艳。

在春风里灿烂骄傲地绽放。

如歌仍旧不知道该说些什么：“雪，进去吃饭了好不好？你应该也饿了吧。”

“吃什么？”

“青菜和豆腐。”

“我抓的兔子呢？”

“你和师兄都不吃肉，我一个人吃也没有意思，干脆把它放走好了。”

“谁说我不吃肉。”雪睨视她。

“你……”

“大年初一咱们包的饺子不就是白菜猪肉馅的。”

“你……”如歌指住他，“那你刚才还生气！”

“哼，我生气是你对玉自寒记那么清楚。”雪白她一眼，“我呢，我一质问你，你就连我吃不吃肉都不记得了。可恶啊！”

如歌无力道：“我和玉师兄相处了十几年啊。”何况雪那时候凶巴巴的，她紧张之下怎么还能想得起来嘛。

“清蒸。”

“？”

“少放点姜片，不要蒸太久，否则就不鲜嫩了。”

“哦，”如歌望着他，“你又想吃了？”

“那当然！”雪得意地笑，“哈哈，这兔子是只属于你和我的，才没有其他人的份儿。”

桃花树下，雪终于又笑得像孩子一样开心。

如歌也笑了。

不管怎样，他不生气就好。

***　　***

夜里，如歌翻来覆去睡不着觉。

再次见到玉师兄，虽然抱住了他、听到了他的声音，他的呼吸和微笑就在她的身边，可是，这快乐来得太过轻松和突然。她开始惴惴不安，担心这只不过是一场兴奋而狂乱的梦，天一亮，便会散去。

坐起身来，她敲敲自己的脑袋。

不许再胡思乱想，这般患得患失，紧张得都有点像不经世的小姑娘了。呵，她还笑雪像小孩子，这会儿不是跟他差不多了吗？

她笑了笑，穿上衣裳鞋袜，反正也是睡不着了，不如出去走走。

屋门在寂静的夜里“嘎吱”轻响。

如歌走出来。

今晚的月亮圆如银盘。

她走在院外的小路，春夜的风没有寒意，吹得树叶沙沙作响，吹得红衣随风扬起，路边有细细的虫鸣，使夜色显得更加温柔静谧。

不知不觉，她走到了白天的那片杏花林。

粉白的杏花在月光中皎洁柔美。

花瓣恍若是透明的。

林中有棵树树梢有一串碧玉铃铛，薄如蝉翼，恍若也是透明的。

风过。

铃铛飞响。

“叮叮当当”响得清脆。

树下青衣的那人微笑了。

如歌凝望他淡如月华的侧影，一时间不知是幻是真，看得痴了。玉自寒听到声响，回首而笑，眉宇间的温柔使得满树杏花也痴了。

他微笑轻道：“你来了。”

如歌半天才缓过神：“啊，忘记了你已经可以听到声音。”

玉自寒笑：“似乎言若有憾。”

“是啊，都不可以偷偷绕到你身后去吓你了。”如歌皱皱鼻子，偷笑，“好可惜啊。”

玉自寒含笑不语。从小到大，如歌从没有欺负过他是一个聋子，从没有像别的人一样因为他听不见而捉弄他。

待得如歌走到他的身边，他轻柔地摸摸她的头顶：

“怎么没睡呢？”

如歌眨眨眼睛：“你呢？”

“我……”他声音低柔，“我怕一睡着，便会发觉这只不过是场梦。”

如歌的心猛然一紧。可是，雪的面容立刻出现在她的脑海，于是她把那句到嘴边的话又咽了下去。

“这串玉铃铛你还一直留着啊。”

如歌看向树梢的风铃。

玉自寒用手指轻触响着的铃铛：“是。有了它，我才可以‘看’风的声音。”

“‘看’到的风声和‘听’到的风声是一样的吗？”

“是一样的。”

“怎么会一样呢？”如歌睁大眼睛。

玉自寒微笑：“因为送我铃铛的人，对我的关心是一样的。有同样的心，不管是怎样的风，‘听’起来都是同样的好听。”

如歌的脸微微有些红：

“师兄，怎么以前没有发现你如此会说哄人开心的话呢？”

玉自寒怔住，然后笑：

“想知道原因吗？”

“想啊。”

“那是因为，以前我以为自己的声音很难听，不想要你的耳朵受罪，于是就说得很少。现在，我才知道原来我的声音还蛮好听的。”玉自寒轻轻笑。

如歌惊掉下巴：“师兄……你……你……”

“怎么？”

“你真的是玉师兄吗？”

玉自寒笑得开心极了，他用力拍拍如歌的脑袋：

“是不是吓到你了？”

如歌傻呆呆：“天哪，原来师兄也会自大臭美外加吹牛皮。”她忽然莞尔一笑，“是啊是啊，师兄的声音最好听了，那给我唱个曲子好不好？！”

玉自寒呆住。

如歌扯着他的袖子，笑着哀求：“好不好嘛，好师兄，既然声音都这么好听了，就给人家唱个曲子嘛。”

玉自寒苦笑：“我不会唱。”

“唱嘛唱嘛，否则我就生气了啊。”

“歌儿……”

“快唱嘛，我要是生气可是会哭的。”如歌嘿嘿笑着威胁他。

玉自寒头疼地望望她，知道她只要搬出“哭”这个武器，就是一定不会放弃要求的了。

“好吧。”他终于妥协。

如歌欢呼，笑得眼睛弯弯。

杏花林。

月圆。

春风。

皎洁的花瓣纷纷扬扬洒落。

杏花的雨，如梦如幻。

玉自寒轻轻哼唱着没有调子的曲，荒腔走板，然而声线低沉温柔，就如最迷人的催眠曲，使得如歌渐生睡意。

她轻轻打着哈欠：“可惜没有轮椅了，不能再趴在你的膝头睡觉。”那个高度最适合睡觉了。

“困了吗？”

“嗯。”

“回去睡觉好不好？”

“好。”如歌揉着眼睛，挣扎着站起来。好困啊，连双腿都有了困意。

“我背你回去吧。”

“呃……”如歌怔了怔。

玉自寒微微低下身子：“忘了吗？我的双腿已经可以走路了。”

月光照在他的背上，淡青的衣裳，有点寂寞，有点清冷。

“让我背你回去，好吗？”

记得很小的时候，他常常见到小战枫背着走累的小如歌，小如歌伏在小战枫背上笑盈盈地手舞足蹈，小战枫虽然脸上摆出冷酷的模样，但亮蓝闪光的眼睛却泄露了他的快乐。

那时，他却只能坐在轮椅里。

如歌望着玉自寒的背，她知道，自己或许应该说不。可是，一种酸涩到令她心底抽痛的感情，使她伸出双臂，圈住他的脖颈。

“好。”

她的声音很轻。

轻得像一声呢喃。

月光照耀着山间小道。

玉自寒背着如歌慢慢走着，他依然低声哼唱着没有调的小曲，她均匀的呼吸就在他的耳边，温热的身子贴着他的后背。

夜风送来阵阵花香。

虫儿不再鸣唱。

这世间，仿佛只余下他和她两个人。

“真好……”她闭着眼睛，梦呓般说道。

“……”

“虽然你不肯说为什么身子会康复，可是，这样真好。”她轻笑，在他背上，仿佛在婴孩的摇篮里，“我喜欢师兄的耳朵、喜欢师兄的声音、喜欢师兄的腿……”

玉自寒深深吸口气，没有说话。

“永远这样……好不好……”如歌像是要睡着。

“好。”

他答应她。

如歌满足地笑了，接着就沉入了美丽的梦境。

玉自寒慢慢背着她走。

只是他的双腿忽然显得有些沉重。

不知什么时候，天空飘下小雨。雨丝斜斜透明，雨滴打在树叶青草上，有微微的轻响。月亮躲到云彩后面，夜风染上了清新的寒意。

如歌依然沉沉睡着。

玉自寒将外衣抽出来，遮在她的身上。

转过一道弯。

突然——

玉自寒眉心紧皱，一股浓重的杀气迎面扑来！

***　***

夜幕漆黑，没有月亮，没有星星。

雨，越下越大。

山路边，乱蓬蓬的荒草半人高，染满鲜血，弥漫腥气，死尸和呻吟令一切如噩梦般恐怖。

风雨中，有两人。

一人深蓝布衣，浑身酒气，幽蓝的卷发翻飞，眼中布满血丝，他右手握刀，刀尖上滚珠般滴下鲜血。

一人灰衣，眼珠是灰色，嘴唇是灰色，连全身上下散发出来的气息似乎也是灰色的，野狼一般的灰色。

裔浪知道不可以轻视战枫。

所以他带出了庄里身手最好的十二个杀手，等待战枫最脆弱的那一刻。

战枫跟着烈如歌来到武夷山。

他们也尾随而至。

战枫在山脚的小酒馆喝了十七坛酒，已经醉得不会走路。当他跌跌撞撞走到杏花林，看到玉自寒和烈如歌温柔相对的画面时，裔浪明白自己的机会来了。

战枫踉跄离开，但极度的痛苦让他无法走得太远，终于他跌倒在路边呕吐起来。

裔浪生平第一次看到了战枫的泪水。

那一刻，天空开始下雨，同时，裔浪打出了“杀”的暗号。

这，应该是战枫最脆弱的时刻。

可是，裔浪依然低估了战枫。

当十二个杀手逐一倒下死去，战枫的眼睛却越来越亮，幽蓝的天命刀发出清亮的龙吟，他右耳的宝石好似夜空中幽蓝的闪电。

战枫用刀尖指住裔浪：

“来吧。”

裔浪冷冷打量他：“你的武功，不是烈明镜所传。”

战枫道：“那又如何。”

裔浪道：“暗夜罗是武林之魔，你习得他的武功心法，难怪性格刀法越来越残忍无情。”

战枫面无表情。

裔浪仰首，雨打湿他的脸庞：“我不是你的对手，我只是一个‘人’。”他，已是一个“魔”。

战枫道：“那你就滚。”

裔浪道：“你懒得杀我对不对？”

战枫现在只想再去喝几坛酒。

裔浪又道：“你也不在乎烈火山庄。”

战枫起步要走，忽然涌上的酒劲令他身子一颤。

裔浪的眼睛是死灰色：“如今你已是个废人，可是我仍旧要杀了你。因为是你杀死了烈明镜！”

战枫醉眼蒙眬：“多么正义的理由……”他睨视裔浪，声音低沉，“裔浪，那夜你应该就在窗外吧，我一刀挥出的瞬间，听到你抽气的声音。你可以去救烈明镜，你可以将烈明镜的死因公布天下，但是你都没有做。”

裔浪瞳孔紧缩。

战枫冷笑道：“因为权力和地位，你用我挡住如歌。当你以为如歌已死，那么，最后一块绊脚石就是我了。想杀我就过来，用得着什么狗屁借口！”

想必喝了太多的酒，战枫的话比清醒时多了许多。

雨，冰冷刺骨。

远处。

如歌已经醒来。她浑身僵冷，嘴唇苍白，手指脚趾像冰块一样僵硬。她静静趴在玉自寒背上，他的体温是她此刻唯一的温暖。

玉自寒拍拍她的胳膊。

无论她做出什么样的决定，他都会陪伴在她的身边。

裔浪的瞳孔越缩越小，他阴狠地盯着战枫，忽然扯出一个残忍的笑容：“不错，我全都知道。但是，我没有揭穿你的原因，你却说错了。”

战枫没有兴趣去听。

裔浪道：“以烈明镜的武功，就算再出其不意，你也不可能那样轻松得手。一刀致命？哼，当年暗夜罗还是用了十招以上才胜了烈明镜。”

战枫停下脚步。

裔浪冷笑道：“莹衣是暗河的卧底，你私练暗河的武功，暗中勾结天下无刀城，将断雷庄血案栽赃给曹人丘，包庇私藏军草的刀无暇……这些，烈明镜全都知晓。”

战枫身子挺直。

裔浪的声音如野兽般：“知道烈明镜为何从不责怪你吗？”

战枫嘶哑道：“因为他心虚。”

裔浪目中暗光连连：“没有人会因为心虚而包容你这么多。”

战枫怒道：“他杀了我的父亲战飞天，所以才会心虚！”

裔浪笑了，笑容残忍而古怪：“烈明镜做这一切，都是因为他爱你。而且，就算他心虚，他杀死战飞天，对不起的也不是你。”

裔浪顿了顿。

就像一只静静等待着猎物步入死亡的野狼。

“当年是烈明镜亲手调的包。烈如歌才是战飞天的女儿。而你——是烈明镜亲生的儿子。”

这句话很轻很轻。

夜空划过一道刺眼的闪电。

雷声在遥远的天际轰轰作响。

如歌所有的呼吸似乎被夺走了。

她脑中白茫茫一片。

玉自寒也惊怔。

裔浪似有若无地向他们的方向瞟了一眼。

战枫仰天狂笑：

“真是天大的笑话！你以为我会被你骗到吗？！”

裔浪道：

“为什么你从来没有怀疑过，你的眼睛怎会是蓝色。”

“……”

“战飞天和暗夜冥的眼珠都是黑色的。唯独烈明镜曾经有个女人，是西域的舞姬，她有一双美丽的湛蓝色大眼睛，当年她怀着身孕还可以翩翩起舞，身轻如燕。”

战枫眼底的暗蓝如风暴般汹涌：

“不可能！如歌比我小整整三岁！”

裔浪道：

“为了怕暗夜罗怀疑到如歌的身份，烈明镜找来一位仙人封印了她。将她封印了三年，封印住她三年的成长，封印住她体内的能量，封印住她的容貌。

想来，如歌的封印已经解除了，因为她的模样越来越像暗夜冥，而她自幼爱穿红衣的喜好更是同她的舅父暗夜罗毫无二致。”

战枫握紧双手：

“为什么烈明镜要这样做？”

裔浪瞅着他，缓声道：

“因为，合烈明镜、战飞天之力再加上烈火山庄所有的弟子都不是暗夜罗的对手，暗夜罗想要灭掉烈火山庄易如反掌。不过，暗夜罗痛恨娶走了暗夜冥的战飞天，于是他开出条件，只要烈明镜亲手杀死战飞天，他就可以放过烈火山庄。”

战枫沉默。他知道这就是暗夜罗的性格，不仅要让那人死，而且要那人死在他所信赖的人手中，这种死法才会更加痛苦。

“于是，烈明镜就杀了战飞天？”

“是的。”

“战飞天是自愿去死的吗？”

“没有人知道。”裔浪道，“当时我还小，只记得战飞天对烈明镜说，‘照顾好孩子’，他或许早就明白只要他一死，暗夜冥也不会独活。”

“后来？”

“那一晚，发生了很多事情。战飞天死了，暗夜冥和舞姬凤娘同时诞下婴孩，烈明镜调包后暗夜罗就赶来。暗夜冥刺伤了暗夜罗，并且逼他发誓十九年内不得现身。待暗夜罗离开后，暗夜冥亦撒手人寰。”

战枫再也说不出话。

他忽然觉得一切都是那么滑稽。

蓝宝石迸射出疯狂的光芒，他眼底的幽蓝像海啸般翻腾，倾盆大雨淋湿他的衣裳，湿漉漉毒蛇般黏在他的身上。雨打湿他的头发，一缕缕垂着，冰冷濡湿他的面庞。

战枫开始发抖。

他的胃像被千万把冰冻过的刀子翻绞戳刺，剧烈的痛苦使他弯下了腰，他开始呕吐。

大雨滂沱。

满是荒草的山路边，战枫脸色惨白，他弯曲颤抖的身子像垂死的虾子，吐出来的只有胆汁。

裔浪望着他，眼中闪出一抹奇特的神情，像是痛恨，像是快慰，还有些嫉妒：

“烈明镜是你的亲生父亲。而你，亲手杀了他。”

他故意说得很慢，好让每一个字都钻进战枫的骨髓。

那一刀——

刺入烈明镜的胸膛！

鲜血狂喷！

烈明镜骤然大睁的双眼！

眼中竟似有泪……

那一刻，战枫扭过了头，可是他却永远记得烈明镜的那双眼睛。

有泪水……

有痛苦……

然而，没有对他的恨……

第十三章

人和魔有什么区别？人有喜怒哀乐，魔只有残忍和冷酷。

雨，像是没有尽头，一直下了一天一夜。

树叶被冲洗得湿亮湿亮，鲜嫩青翠，满枝的花被打散，花瓣飘散在积水中，空气里带着青草的气息。

因为这场雨。

春日顿时变得寒冷起来。

如歌抱着膝盖，坐在屋檐下。雨水顺着屋檐飞流，倾盆大雨，轰轰雷声，一片白茫茫的世界。

她的脑子里也是白茫茫一片。

就像是场噩梦！

原来，所谓的是与非、对与错可以如此轻易地被颠覆。战枫处心积虑的报仇，她对战枫的恨意，顷刻间，都变得那样古怪和滑稽。

“裔浪说的都是真的吗？”

“是的。”

“战枫才是爹的孩子，而我的父亲是战飞天？”

“是的。”

“为什么不早一点告诉我们，爹明明有很多机会可以说的，为什么要眼睁睁看着战枫对他的恨意？”

“因为——烈明镜爱你。”

如歌嘴唇苍白：“爹爱我，难道他就不爱战枫吗？”

“也爱，所以他希望你能跟战枫成亲。”

如歌心中一痛。

她知道爹曾经做过这样的努力，然而，战枫的恨意超过了一切。

“为什么不能告诉战枫真相呢？”为什么要让战枫陷入复仇的痛苦中，让恨意扭曲他的心，让一切变得无法收拾。

“如果战枫是战飞天的儿子，那么他对烈明镜的仇恨是理所当然的。战飞天的确是被烈明镜亲手所杀。”

如歌闭上眼睛：

“我相信，爹当年是逼不得已。”

“不错，战飞天是为了烈火山庄而自愿死在烈明镜手中。”

“爹应该告诉战枫真相。”

“烈明镜担心，如果战枫不再恨他，暗夜罗就会怀疑到战枫真正的身份。暗夜罗是个极为偏执的人，一旦他发现你是暗夜冥的女儿，那么他什么事情都可能做出来。而且，烈明镜也认为自己应该对战飞天的死负责。”

“是你封印了我三年？”

雪微笑：“是的，我也不想暗夜罗发现你。”只是随着上次他功力大损，那封印已从她体内消失，她的容貌越来越像暗夜冥，体内气息也越来越强大。

如歌身子冰冷。

她明白了，所有的人都是为了她。在战枫和她之间，她是被选择保护的，而战枫是被选择牺牲的。

雨，无休无止地下着。

白茫茫的世界，一切都不再看得清楚。

***　　***

玉自寒望着战枫。

小时候，战枫就是一个孤傲而沉默的孩子，他的心思永远固执地藏在别人无法碰触的地方。只有和如歌在一起时，战枫才会笑、会手足无措、会羞涩，眼睛才会像天空一样湛蓝。

战枫练功最刻苦，做事最认真。师父在他们三个师兄弟中，最看重的也是他。玉自寒有时会看见师父望着战枫的神情，他以为那是对弟子的怜爱和关切，现在回想起来师父的眼神，不由得叹息。

屋外滂沱大雨。

屋内死一般的寂静。

战枫用巾帕轻轻擦拭天命刀，刀刃幽蓝，薄如蝉翼，散发出凌厉的杀气。

玉自寒道："你无法战胜暗夜罗。"暗夜罗的功力已不是凡人可以想象，他就如一抹鬼魂，仿佛随时可以散于天地之间，又随时可以凝聚出现。

战枫将巾帕收进怀中。

他好像根本没有听到玉自寒说的话，眼神空洞阴暗，右手握刀，向屋门走去。

屋门开了。

门外屋檐下坐着两人，一人白衣耀眼，一人红衣鲜艳。

如歌扭过头来。

看着战枫和他的刀，她问道：

“要去哪里？”

战枫没有回答，径直从她身边走过。

如歌挡在他的面前。她紧紧盯着他，眼瞳漆黑：“要去杀暗夜罗吗？”

战枫声音冰冷：“对。”

“你不是暗夜罗的对手。”如果连爹和战飞天都无法战胜暗夜罗，凭战枫一人之力，此行同送死有何区别？

战枫绕过她，直直走进大雨中。

如歌又挡到他面前：“你不能去！”

战枫看着被雨淋湿的如歌，冷笑道：“你有什么资格命令我？不管能不能杀死暗夜罗，就算死掉的是我，跟你有什么关系？”

“你是爹的儿子。”如歌吸气，“你既然是爹的儿子，我就不能让你去死。”

战枫好像听到了最大的笑话。

他仰天大笑。

嘶哑的笑声被大雨冲得断断续续。

“我不是他的儿子！他也不是我爹！世上哪里有爹会那么残忍！哪里会有爹残忍到让儿子背上弑父的罪名？！”

战枫眼神狂乱：

“他是你的爹！为了你，他什么都可以舍弃！我在他的心里，不过是一堆狗屎！”

“啪——”

如歌咬住嘴唇，劈手给了他一耳光！

战枫面色煞白。

“住口！”如歌怒道，“你敢说你从没有感受到爹对你的疼爱吗？烈火山庄上上下下谁不知道，师兄们里面爹最疼爱的是你！小时候，你生病了，爹就买各种玩意儿来逗你开心；你吃不下饭，爹就亲手做面来喂你；每次你出庄执行任务，都是爹送你到山庄门口，再从山庄门口迎你回来！”

掌痕印在战枫脸上，鲜红带着血丝。

战枫惨笑："那就是他对我的爱吗？让我杀死他，却毫不还手，就是对我的疼爱？"

如歌胸口满是窒息般的疼痛：

"爹或许有不对的地方，可是，你没有资格指责他。"

战枫眼底冰冷彻骨："我为何没有资格指责他！他杀了战飞天，又告诉我战飞天是我的爹。杀父之仇，如何不报？！是他，亲手将我推进地狱之中！"

如歌气苦："杀父之仇……口口声声杀父之仇……战枫，你见过战飞天吗？"

战枫沉默。

她悲伤地道："你没有见过战飞天，没有见过暗夜冥，父母对于你只是概念上的名称，你对他们究竟能有多么强烈的感情。可是，你从小就跟爹生活在一起，他为人处世的原则，他对你的爱护和照顾，他究竟是一个什么样的人，他会不会做出为了一己私利而出卖朋友的事，你跟了他那么久，居然还会不了解吗？！"

"杀父之仇……从你一出生，爹就做了一切父亲应该做的事情，只不过他没有告诉你那个称呼。"泪水滑下如歌的脸庞，"他养你爱护你照顾你，然而，只为了'杀父之仇'四个字，你就可以将一切抛掉吗？"

战枫的身子颤抖着。

大雨瓢泼而下，雨是冰冷的，风是冰冷的。

雪望着透明的雨丝，绝美的容颜似在轻轻叹惋。玉自寒长身鹤立，凝视雨中二人，眉心深皱。

"战枫，你真是一个愚蠢的人。"

如歌流泪道。

她恨他，恨他的愚蠢，恨他杀了爹，恨他令自身陷入如此万劫不复的境地。

战枫闭上眼睛。

没有尽头的冰冷让他的身子僵硬如铁。

“愚蠢的人应该去死。”

他提步继续走。

“你没有资格去死！”如歌将泪水擦干，对他的背影说，“我是爹的女儿，只有我有资格为爹报仇！”

她面容坚毅，背脊挺直：

“虽然你恨爹，可是我知道爹爱你。你既是爹的血脉，那么，除非我已死掉，否则我不会让你去死！”

***　***

每个人都有弱点。

暗夜罗应该也有弱点。

雪轻轻抚琴：“暗夜罗不是人，他是魔。”

“人和魔有什么区别？”

“人有喜怒哀乐，魔只有残忍和冷酷。因为没有人类的感情，所以也就没有了人类的弱点。”

如歌摇头：“世间不会有没有弱点的事物。”

琴声如流水般从雪的指尖淌出。

“你是仙人，有弱点吗？”她问道。

雪瞅她一眼，眼神带点幽怨：“明知道我唯一的弱点就是你。”

如歌静静思考：“那么，暗夜罗也一定有他的弱点。”

雪轻笑不语。

“暗夜罗为什么会成为魔呢？”

雪的笑容带上抹赞许，果然是聪慧的丫头，可以快速地抓住问题症结：

“因为一个女人。”

“一个女人？”

“他深爱着，可是却不属于他的女人。”

“你是说——暗夜冥？”

“是的。”

“她和他不是姐弟吗？”

“在暗夜罗的心中，只有他喜欢和想要的，他觉得和暗夜罗只是名分上的姐弟，没有血缘上的关系，不必有任何顾忌。暗夜冥却不同，她虽然温柔，但是这一点上从未向暗夜罗妥协。于是就有了悲剧。”

如歌出神。

那应该是她亲生母亲吧，会是怎样的一个女人呢？可以让暗夜罗和战飞天都为之倾倒。

“你见过她吗？”

“没有。我来到烈火山庄时，只见到刚出生的你。暗夜冥已经自尽了，她用一根簪子刺穿了自己的心脏。”

如歌怔住。

她一直都知道暗夜冥死了，可是如此清楚地听到她死去时的情况，心里仍旧满是悲怆。

不知用什么材质打造的簪子，隐隐泛出黄金般的光泽。造型是寻常的梅花形状，但做工精巧，线条流畅。梅花花芯原本应该是嵌有宝石之物的，如今却只有一个凹陷。

簪子的尖处有些暗色，像是陈年不消失的血迹。

雪将它递给如歌：“当年我答应烈明镜封印你三年，索要的报酬就是这根簪子。既然你已知道自己的身世，那就把它给你吧。”

她的手指微微发颤，食指划过簪尖，“啊”地轻呼，一串血珠滑落下来。

雪心痛地将她的手指含入唇内，道：

“小心点！这簪子怨气太重，已是凶器，非到万不得已的时刻，不要碰触它。”

“哦。”如歌点点头。

雪为她的手指止好了血。

如歌忽然道：“你的仙力好像真的减退了啊。不是只用手指一挥就可以将伤口复原吗？”

雪笑得一脸惊奇：“好难得，你居然还可以开玩笑。”

“整日以泪洗面对敌人并无功效。”

如歌站起身，走到屋内的铜镜前。

她端详着镜中人。

洁净如玉的面容，黑白分明的眼睛，唇角薄薄有些稚气，鲜艳如火的衣裳衬得她美丽倔强。

“我……长得同她很像吗？”

如歌抚着自己的脸。

雪仔细看她：“暗夜冥气质柔弱像临河的芦苇，你勇敢坚毅是湍流中的磐石，虽然五官轮廓相似，但没有人会把你和她弄混。”

如歌轻笑：“她如果真的那样柔弱，就不会有勇气刺伤暗夜罗再自尽。柔弱应该只是她的外表吧。”

是这样吗？

雪暗自想着。或许也有道理，不过因为他心里只有她一人，就从未真正体会过别的女人。

***　***

春日阳光明媚。

前些日子一直下雨，小溪中的水涨了半尺。清澈的溪水穿流在青山之中，漫过湿黑的石头，闪着银色的波纹，哗啦啦欢快地流淌。

溪水边有一座坟。

坟是十九年前修的，然而像是有人一直在细心照料。没有丛生的杂草，绿茵茵的细草好似一层轻柔的薄毯，呵护着风吹日晒的坟头。细草不高也不低，茸茸的非常整齐，打理它们的人必定是十分用心的。

围绕着隆起的坟头，开满了芬芳的野花。

野花很香，蝴蝶翩翩起舞。

野花色彩绚烂，有粉红色、淡黄色、白色、紫色……无论哪种颜色的花儿，却都有一种温柔的风华。

这就是暗夜冥的坟。

如歌跪在坟前，望着那块木碑。

暗夜冥，她的母亲。自从出生，母亲这个词就与她生疏，她一向以为只要有爹就够了，所有的爱爹都会给她。可是，此刻心底默念着“母亲”两个字，一股酸热慢慢自她的鼻梁扩散到全身。

她用拳头抵住鼻子，扭头对玉自寒道：

“师兄，我见到我娘了啊。”

玉自寒温柔地看着她：“你娘一定很开心。”

“希望她不要失望。”

今天，她特意梳妆打扮了下，面容晶莹如玉，双唇微施丹朱。春日的阳光下，她清爽的体香扑面而来，红衣鲜艳得像第一抹朝霞，灿灿生辉。

玉自寒微笑。他知道暗夜冥一定会因为如歌而骄傲。

如歌凝视着母亲的坟：“我其实很想问她——丢下我一个人走，她有没有觉得遗憾呢？不过，这会儿我又不想问了。她决定那样离开，应该有她的原因吧。而我在爹的照顾下，也一直过得很快乐。”

玉自寒搂住她的肩膀。

如歌轻声道：“娘，我来看您了，您如今可还好吗？”

如歌要送给母亲暗夜冥一份女儿的礼物。

于是，她开始起舞。

没有丝竹，没有乐曲，她在蓝天白云小溪流水缤纷花草中起舞。她优美的身姿是天地间最自然的呼吸，纤柔的腰肢是最动人的春风，她乌黑的头发像流淌的泉水，飘飞的衣裳像飞舞的蝴蝶。

天空湛蓝。

花儿美丽芬芳，随风摇曳。

绿茵茵的草地。

溪水欢快地流淌。

如歌静静起舞。

这是一个宁静不被打扰的世界。

暗夜罗全身血液都凝固了！

那正在起舞的人儿，是——谁？！

“罗儿练完功了？累不累？”

暗夜冥在溪水里洗干净两个野果，放进小暗夜罗手中。

“不累。”小暗夜罗躺到她的膝上，咬一口野果，“我已经练到了暗河心法第八层，很快天下就再没有我的对手了！”

暗夜冥温柔地笑着：“真好。”

“姐姐，你希望我变得很强对不对？”

“是啊。爹娘留下的暗河宫，不要没落才好。”

“姐姐放心，只要有我在，莫说是暗河宫，就算整个天下也是手到擒来。”

暗夜冥仍温柔地笑着，她只当弟弟是在说孩子气的大话。

小暗夜罗痴痴望着她的笑容，只觉为了她能一直这么对着自己微笑下去，就算立时死了也心甘情愿。

“姐姐，我什么时候才可以娶你？”

暗夜冥飞红了脸：“你都长大了，不要再说这种孩子话。”

小暗夜罗愤怒地坐起来：

“你答应过嫁给我的！你难道忘了吗？！”

他眼中欲毁灭一切的愤怒，令暗夜冥吃了一惊。她怔怔望着他，忽然不知道说什么好。她的确答应过他，可是那不过是句玩笑话。

小暗夜罗神色阴郁道：“我一定要娶你！否则，我会让你后悔的！”

暗夜冥笑着摇摇头：“罗儿才不会欺负姐姐呢。”

小暗夜罗沉默不语，终于他瞅着她，哀求道：“姐姐不要让罗儿难过，罗儿就不会让姐姐难过。”

“好。”

暗夜冥笑得温柔。

“那……姐姐给罗儿跳支舞好不好？”他最喜欢看她跳舞了，她跳舞的时候像仙女一样美丽。

“好啊。”

暗夜冥在溪边起舞。

她的每一个动作，每一个眼神，每一次腰肢的摆动，每一片裙角的飞扬无不美丽温柔到了极致。

很久以后，暗夜罗听到了一句话，他觉得形容得最是贴切。

发似流泉，衣如蝴蝶。

……

此时此刻。

那正在春日的溪边起舞的人是谁？！

她轻盈地舞着，缓缓转过身来，眼波如春水，飞扬温柔的唇角。她望见了他，溪水淙淙流动，白云在蓝天飘过，带着阳光的笑容在她美丽的脸上绽放。

暗夜罗的双眼忽然变成血红色！

他走近她。

耳中轰轰作响。

她有些吃惊，微微后退。

暗夜罗眉间朱砂般红得仿佛可以滴出血来，满头长发疯狂飞舞，他脸色苍白，向她伸出手。

她似乎想躲，然而好像被慑住了心神，直直站着。

暗夜罗抱住了她！

他的呼吸狂乱，一声呻吟尖锐地划破空气。

“上天啊！”

天空中飘散下千万片雪花，像一张大网笼罩住暗夜罗，每一片雪花都是一把锐利的匕首，无数片雪花，攻向暗夜罗的要害！

如歌也抱住了暗夜罗！

她运足体内所有的能量，双掌猛击向暗夜罗后心！

暗夜冥的生辰，暗夜罗必定会到来。

如歌刻意装扮得比平时温柔几分，更在雪的调教下习得了一支柔媚而摄人心魄的舞。

暗夜冥就是暗夜罗的弱点。

在暗夜罗心神纷乱的那一刻，刺杀开始！

如歌惊怔！

她凝聚全身的功力，打入暗夜罗后心竟如泥牛入海一般！

可以将碗口粗的树干斩断的雪花，竟然在距离暗夜罗还有两寸时纷纷融化！

暗夜罗抱住她的胳膊忽然如铁一般硬！

她痛苦地睁大眼睛，只觉腰身要被生生断裂掉！

这时——

暗夜罗邪美的脸庞逼近她，眼中有狂热的火焰，他的呼吸就在她唇边，他一遍一遍地低吼：

“你是谁？！你是——谁？！”

被他紧紧箍在怀里，如歌浑身有种被火焰般燃烧的痛苦，她奋力想躲开他炽热的唇舌，然而，她突然觉得在他的面前自己不过是一个毫无抵抗能力的孩子。

“你——是——谁？！”

暗夜罗血红的眼睛逼视她！

如歌仰起脸，一双眼睛澄澈明亮：“你不认得我了吗？”

“你——”

暗夜罗的双臂颤抖。

“我是如歌，我是暗夜冥的女儿。”

万千道阳光，刺目眩晕，嗡嗡作响。暗夜罗所有的意识和反应在那一刻全部失去了。

她的女儿。

暗夜冥的女儿。

她的眉眼，她的脸庞，她的神态，她的舞姿……

恍惚间，仿佛昨日重现，仿佛一切都回到了昔日美好的时刻，上天终于又重新给他机会了吗？！

电——光——石——火！

艳阳下。

溪水中。

一道幽蓝的水波飞溅而起！

杀气裹在水中！

水如箭芒！

刺杀暗夜罗！

如歌能感觉到暗夜罗身子的颤抖，他苍白的脸上满是激动的情绪。

手心中，她翻出一把锋利的匕首！

匕首带着寒光！

刺向暗夜罗后腰重穴！

幽蓝的水波袭向暗夜罗后脑！

这一击！

如歌和战枫演练了七十九次！

时机的掌握！

默契的配合！

如歌和战枫将所有力量放在了这一击上！

第十四章

世间最残忍的并不是什么也没有得到过，而是曾经得到了一切，品尝过幸福的滋味，然后再失去。

幽暗的地底，终年不见阳光。

暗河静静流淌，石壁上火把的光芒将屋里的摆设染上一层浓重的艳色。纱幔轻柔，铜镜华丽，床边雕刻着雅致的花纹，青玉的薰香炉，精美的波斯地毯，这间屋子简直比皇宫还要奢华。

“暗夜如歌……美丽的名字……”

透明的酒液在黄金酒杯中轻荡，暗夜罗的双唇弯出一抹邪美的笑容：“这么美丽的人，饿死了多么可惜。”

如歌坐在床边，背脊笔直，嘴唇倔强地抿着。

自从那日刺杀失败，她被掳到暗河宫已有四天。暗夜罗宣告全宫上下，她的身份是公主，名字叫作暗夜如歌。暗夜如歌，奇怪的名字，但这并不是她所在意的。她挂心的是，玉自寒、雪和战枫如今在哪里，他们的情况怎样。

她问过暗夜罗。

暗夜罗的笑容里带着阴毒，说他们自有应该去的地方。

她的心沉入谷底。

“放了师兄他们。刺杀你，是我的主意，要怎样都随便你。”

暗夜罗捏起她的下巴：“怎样都可以？”

“是。”

他慢慢俯下头，凑近她的嘴唇，呵气道：“亲吻可以吗？抱你可以吗？”

如歌猛地侧过头！

暗夜罗狂笑，带着不屑和嘲弄：“你以为自己是谁？！只是长着一张和她相似的脸，就可以跟我讨价还价了吗？！”

“你错了。”如歌直视他，“我不仅有着和她相似的脸孔，还有着她体内一部分的血液。”

暗夜罗的眼睛眯起来。

“如果你伤害到他们，那么，我就让你心爱的女人彻底从这个世上消失，一丝血脉也不留下。”

如歌的双眼中能看到凛然的决心。

于是，她开始绝食。

“你死后，我可以将你美丽的身体做成标本。”暗夜罗轻嗅酒香，“放在一个盛满鲜花的水晶棺中，可以每时每刻地欣赏，也不用交换什么条件，岂非十全十美？”

如歌的体力在一点一点流失，饥饿和疲惫让她的声音变得很轻：“是，十全十美。你现在就可以动手，不必等我饿死以后。”

暗夜罗手指一紧。

如歌抬头，眼神淡定：“不想要我死的话，就答应我的条件。”

暗夜罗忽然笑了：“你好像非常在意他们的死活。”

“是。”她无须隐瞒。

“你难道没有疑问吗？为什么我事先就知道你们的计划？”暗夜罗旋转着酒杯，酒香在屋里飘荡，“我知道你会用匕首袭击我的后腰，我知道战枫就藏在溪水中，我也知道雪在远处的山坡上。”

如歌微怔。

她一直以为是暗夜罗功力太过高深。

“所以，暗河宫的弟子在山坡上围攻雪，使得他的攻击力大减；而你和战枫的突袭，也变成一场拙劣的游戏。”

暗夜罗的红衣仿佛带着血的腥气。

“你一点也不好奇吗？我究竟是怎么知道你们的计划的？”

如歌握住颤抖的手指。

“你想说什么？”

暗夜罗满意地捕捉住她声音里的颤动，大笑道：“是有人出卖了你们！”

如歌呼吸顿住。

“想知道是谁吗？”暗夜罗就像一只玩着老鼠的猫。

如歌闭上眼睛，她深呼吸，让紊乱的心平静下来。半晌，她道：“我不想知道。因为不会有人这样去做。”

暗夜罗摇头道：“可怜的孩子，你一心一意信赖的人出卖了你，而你还在想要去救他们。你究竟是可怜呢？还是可笑？”

“可怜的是你。大约你从来没有全心信赖过一个人，所以才一直是孤单的。”

暗夜罗的心像是被刺了一下！

他的面容有些扭曲，眼瞳渐渐转红：“世上本就没有值得信赖的人！每个人都是自私和残忍的，为了自己的幸福，多么亲近的人都可以下手去伤害！”

如歌不想和他辩驳这些。

“如果你进食，我就告诉你是谁出卖了你们。”

如歌淡淡一笑：“我说过了，我不想知道，因为不会有人这样去做。”

她笑容中的轻视，令暗夜罗嫉妒。他忽然想用一切手段撕去她平静的表情，他要看看面对冰冷和残酷，她会不会痛得流血。

朱砂在眉间细细跳跃，暗夜罗轻柔地说道：

“你知道吗？世间最残忍的并不是什么也没有得到过，而是曾经得到了一切，品尝过幸福的滋味，然后再失去。一个人从小听不到声音，不能走路，他不会觉得痛苦。可是，忽然有一天，他可以听到风声鸟鸣花朵在枝头摇动的声音，可以听到心爱的人呼唤自己的名字，也可以用自己的双腿走路，甚至可以背着心爱的人行走在夜间山路……”

如歌瞪着他，血液渐渐凝固。

“他为什么忽然间健康起来，你真的从来没有疑问吗？”暗夜罗笑容轻柔如毒蛇吐芯子。

血液仿佛被冰冻了起来，如歌的眼中有一丝慌乱：“不会的！我相信师兄！他不会做出那样的事情！”

“你有多了解他呢？”

“我和他从小就在一起！”

“那么，你知道他爱你爱到多么深刻的程度吗？”

如歌睁大眼睛。

“他一直不敢对你表白，是因为自卑于自己的残疾，武夷山樟树林一战，他更加意识到残废的自己甚至无法保护你的安全。于是，他答应了我的条件。”

忽明忽暗的火光中，暗夜罗的笑容亦忽明忽暗：

“我给他健康的身体，他帮我取得天下。虽然他出卖了你们，但是我答应他不伤害你的性命。”

如歌眼前像有千万道闪电炸开！

她差点冻僵在地上，身子不可抑制地发抖：“不可能！我不相信你！玉师兄不会做出这样的事情！绝对不可能！”

玉师兄，是天下最高洁善良正直的人，绝不会为了一己私念而做出这样龌龊的事情！

她相信他！！

他绝不可能那样做！！

暗夜罗看着她，扬声大笑："既然不相信，你的身子为什么发抖？！玉自寒也不过一介凡人，自然有他的贪念。这样你就感到痛苦了吗？！脆弱的人啊，他不过是出卖了你们，还没有用刀子亲手捅进你的胸口，你为什么就要脸色苍白嘴唇颤抖呢？！"

如歌胸口像被烈火焚烧：

"我不相信。除非他亲口承认。"

暗夜罗睨视她，为她的痛苦而有快感：

"好，那就让你见一见玉自寒。"

*** ***

美酒。

美人。

妖娆的舞蹈，纤细的腰肢，丝竹声勾魂摄魄，葡萄酒在水晶杯中殷红荡漾。舞姬们翩翩起舞，围绕着席间那个青衣男子，她们眼波如丝，柔媚得可以滴出水来。

青衣男子没有喝酒，只是慢慢喝茶。

他眉宇间似有淡淡的光华，高贵的气质使得他不怒自威。面容略带苍白，修长的身体也未见得有多么健壮，唇边更是有着淡然宁静的微笑，他本应该是十分容易亲近的人，但是那种自体内散发出的威严使得舞姬们不敢过于放肆地挑逗。

跟宫主暗夜罗不同，暗夜罗的威严来自于深不可测的功力和阴晴不定的性格，他的威严却来自于高华的气韵，使人自惭形秽。

舞姬将一只削好的香梨送到他的唇边，柔声道：

"爱郎，尝一尝这梨子可甜吗？"

茶气袅袅，青衣男子恍若未闻，他右手轻握茶盏，目光清远淡静，像是在牵挂着什么。

门外传来一阵急促轻盈的脚步声。

流动着光芒的珠帘猛地被挑开，一袭红衣鲜艳夺目，她惊呼一声，奔向被舞姬们簇拥的青衣男子，喊道：

"师兄！"

青衣男子正是玉自寒。

他身子一震，抬头望向她，脸上闪过一丝复杂的表情。他将茶盏慢慢放在酒案上，并没有应她。

如歌怔住，从小到大，她何曾见过如此冷漠的师兄，不由得慢下了脚步。

暗夜罗走了进来，拍掌笑道："一对小情人见面，怎么不亲亲热热拥抱在一起呢？是不是舞姬们美艳诱人，所以静渊王心有旁骛了啊。"

如歌告诉自己不要去理会暗夜罗的话，可是，玉自寒异于往常的神态让她心里无法不起疑。

可是，满腔的问题，首先冲出她唇边的是——

"师兄，你还好吗？"

"很好。"

舞姬们娇笑着，争着为玉自寒倒茶，不时用眼睛瞟她一下，让她知道她的问题是多么好笑。

"战枫和雪在哪里呢？"

"不知道。"淡漠的回答。

"你——没有和他们在一起吗？"

"没有。"回答中除了淡漠，又带着些许不耐烦。

如歌的双手渐渐发抖，她深吸口气，问道："你——你的耳朵和双腿是如何康复的？"

玉自寒低头品茶，嘴角有淡淡苦笑：

"暗夜罗应该告诉你了。"

满胸的寒意！

如歌如置身在冰天雪地中！

她的喉咙一阵阵地紧缩！

暗夜罗睨视如歌，道："还要接着问下去吗？"

如歌用力吸气，只觉心肺一片冰冷的刺痛，她紧紧盯着玉自寒，眼神带着绝望和痛苦：

"是你，出卖了我们吗？"

玉自寒将茶一饮而尽，冷漠道：

"是。"

"为什么？"

"因为，健全的人比一个残废要强上几百倍。"玉自寒苦笑，"如今才发现，原来我可以有很多的选择，你不再是我唯一在乎的。"一个舞姬坐到他的腿上，在他的脖颈处印上一个猩红的吻痕，然后得意地瞟着如歌。

如歌怔住良久良久。

终于，她苍白着脸走过去。

她走到玉自寒面前，伸手扯断脖子上的红绳。细细的红绳，上面坠着一枚雕刻龙纹的白玉扳指。她将它还到他手中，颤声道：

"从此以后，我没有像你这样的师兄。"

玉自寒低下头，望着白玉扳指，想起很久以前那个清晨的吻，他嘴唇煞白，道：

"是。我是烈火山庄的耻辱。"

如歌最后望他一眼，飞奔出去，在转身的那一刻，泪水狂涌而下。

看着她离开，玉自寒闭上眼睛，他的嘴唇苍白得就像被寒雨打湿的杏花花瓣。

他沉默地坐着。

一杯接一杯地喝茶。

暗夜罗挥手让舞姬们退出去，赤足走向玉自寒，眉间朱砂快乐地轻跳：“心痛吗？”

茶壶已经空了，玉自寒怔怔抚弄茶盏细腻的口沿。

“她不会知道，你是怕我伤害到她，才对她撒这样的谎。根本没有什么出卖，雪的功力只剩下昔日的两成，十个如歌和战枫也费不了我的一根小手指头的力气，天下再没有我的对手！”

暗夜罗的大笑震得血衣飞旋：“可是，只是一个小小的谎言，她就相信了。哈哈哈哈，世间哪里有信任这种脆弱的东西！”

玉自寒依旧沉默。

暗夜罗俯身凝视他，眼神邪魅多情：“今天是约定的最后一天，你有决定了吗？是否要我收回你的健康，重新变成原本残废的身体？”

“最后一天……”玉自寒默念。

“若是换作十天前，你想也不想便会拒绝我的提议，然而现在你犹豫了。”

“……”

“当你尝过健康的滋味，再变回耳不能听足不能行的残废，的确是比死还要痛苦。”

玉自寒苦笑。

暗夜罗眼中闪出奇异的光：“当你助我得到天下，我许诺给你永世不老健康的身体。”

“我需要永世不老健康的身体做什么呢？”如果她对他只有恨意，那么活得再久又有什么意义。

“我还可以把如歌给你。”暗夜罗又道。

玉自寒身躯微震。

“我可以让她爱上你，心里没有别的男人，只是爱着你。”

“你无法做到。”

“如果我能够做到呢？”暗夜罗柔声诱惑着他。

玉自寒手指一紧，茶盏随即碎掉，碎片刺入指尖，鲜血流淌出来。

***　　***

深夜，玉自寒再次见到了如歌。

她穿着一袭薄薄的轻纱推开他的房门，火光辉映下，她面若桃花，眼波流动。她就像一阵风，卷来令人迷醉的浓香，轻蹲在他的床榻前，用温热的手掌轻抚他的脸庞。

玉自寒大惊。

这不是那个他熟悉的如歌。

他想要推开她。

如歌却抱住了他，温柔地依偎在他的腰腹间。

暗夜罗的声音自黑暗中传来：

“她现在是属于你的。”

玉自寒怒道：“你对她做了什么？！”在她的拥抱中，他只觉得一股热气从小腹升起。

“她不过是吃了一些药，没有你，她会死掉。”

“把解药给我！”

暗夜罗像是根本没有听见，大笑道：“你是让她死呢？还是要了她？”

说完，他消失在无际的黑暗里。

如歌的呼吸中带着令人迷醉的香气：

“师兄……”

玉自寒怔住：“你知道我是谁？”被下了迷香的人，一般而言都是神志不清的。

如歌双眼迷蒙而湿润，面颊绯红：

“玉师兄……你是我最喜欢的玉师兄……要永远和玉师兄在一起……永远

不分离……”

玉自寒呻吟一声，拥抱住她。

她的身子火烫，不安地在他怀里扭动，呼吸越来越急促：“樟树林……不见了师兄……好想念好想念师兄……永远不要离开歌儿……好不好……”

原来，她的记忆保留在了武夷山樟树林那战之后。

她难受地舔着嘴唇，喉咙干涩道：“师兄……我好热……好热……”

“歌儿，”玉自寒试图拉开她的双臂，“我去找解药给你。”啊，被她抱住，冲动尖叫着想要摆脱理智。

如歌难受极了，体内汹涌的烈焰烧得她坐立难安，唯有抱住他，在他怀里才觉得舒服一点。

“不要离开我！”

她挣扎着呼喊，猛地抬头，却正好撞上他关切焦急的脸。

火烫的嘴唇碰到清爽的双唇！

她仿佛干渴已久的人，用力吻了上去！

玉自寒被她压倒在床上！

她呼出浓重的香气，像魔咒般蛊惑了他，甜蜜的粉舌吻得他那样深，她的气息充斥在他的全身。

“歌儿……”

玉自寒拼命想要找回最后一丝自控力。

如歌的小手将他的衣裳扯裂，滚烫的面颊贴在他的胸脯，呻吟着，难受着：“师兄……”

玉自寒低吼一声，身子弓了起来，手指紧揪住床上的单子……

迷醉的夜。

屋内春意浓。

第十五章

如果你忘记了我，那么就重新认识好了。

暗夜罗给如歌服下的是一种叫作“遗忘”的迷药。

遗忘所有的痛苦，遗忘所有不愿发生的事情，只记得玉自寒和幼时无忧无虑的甜蜜时光。

如歌重新变回了当初那个单纯快乐的少女，她的眼睛闪亮，快乐跳跃在嘴角，虽然是在阴暗的暗河宫，她的笑声依然一串串落在每个角落，仿佛春天扑面的清风。

她每天最幸福的时刻是见到玉自寒的那一瞬，扑进他的怀中，像孩子一样撒娇，让他温柔的手掌爱抚她的脸颊、发梢。她喜欢躺在他的臂弯，静静听他的心跳，听着听着，会渐渐睡去。

可是，她能够见到玉自寒的时间越来越少。玉自寒越来越忙，回来得越来越晚。有时候她会望见他眼中疲惫而复杂的神色，问他时，他却只是微笑。

夜晚，如歌沉沉睡在玉自寒的怀中。

她的呼吸均匀，长长的睫毛，粉红的面颊，唇角弯着，像是在做一个甜美的梦。

玉自寒将薄被掖在她的下巴。

望着她许久，他闭上眼睛，眉心轻轻皱起。

暗夜罗的势力远比他想象的要大得多。北方八省的商业命脉为他所操纵，从银号、酒楼、妓院到镖局、药铺，暗河全有涉及，利润之丰厚影响之大足可动摇天下经济；武林中，很多帮派都暗中依附暗河宫，自从烈明镜辞世，暗夜罗更是有着一呼百应的气势，连天下无刀城也唯他马首是瞻；宫廷里，暗夜罗早已安插进很多暗河弟子，从皇上到景献王、敬阳王的一举一动，他了如指掌。

暗河宫，正如一条在地底暗暗流淌的河流，因为黑暗，因为无声，没有人会注意到它的存在。而不知不觉间，它已经渗入每一条缝隙。

只是暗夜罗虽与敬阳王、景献王都有勾结，但那两人素知暗河宫的野心，对他颇多防范诸多小心。暗夜罗想要把握住朝廷军队的力量，就必须依靠玉自寒。

玉自寒问道："为何要取得天下？"

暗夜罗眼神疯狂：

"将苍生踩在脚下，让他们挣扎哀求，他们的幸福就掌握在我的手中，而我偏偏要给他们痛苦！让高尚的人变得龌龊，让尊贵的人失去尊严，让贞洁的人变得放荡，让富有的人穷困潦倒，让所有的贪婪和自私无限地放大，让背叛和血腥弥漫天空！"

"那样你就会感到快乐？"

"快乐？！哈哈哈哈！！"暗夜罗狂笑，"你见到过头痛发作的病人吗？痛得用脑袋去撞墙，痛得用手扯掉所有的头发，痛得把自己的眼珠子挖出来！

只有其他的痛苦，才可以让他将头痛暂时忘掉！”

“你疯了。”

“我没有疯！”暗夜罗双眼血红，“我是一个死人。死人怎么会疯呢？！”在她背叛的那一刻，他就已经死了。

玉自寒平静道：“为什么要让我知道这么多，你不怕我背叛你吗？”

“你不会。”暗夜罗笑着摇晃酒杯，“幸福的感觉正如食髓知味，一旦尝过，再不会舍得丢弃。要么是缠绵的爱，要么是刻骨的恨，你已没有回头的机会。”一旦他给如歌服下“遗忘”的解药，那么，她的恨意是玉自寒无法承受的。

玉自寒沉默。

如歌在他怀里翻了个身，梦里呢喃句什么，窝在他颈边咕咕笑起来。她的鼻息熨过他的肌肤，胳膊横过他的胸膛。

玉自寒拥紧了她。

他在她的额头印下一个吻。

***　***

偌大的暗河宫整日里空空荡荡，很少看见人影。如歌只有在晚上的时候才能看到玉自寒，于是她抱怨无聊。

第二天，她身边忽然多了一个侍女。

这个侍女没有用黑纱蒙面，面容娟秀，温婉娴静，她的眼睛里面似乎隐藏着千万种难以言状的感情。

“我叫作薰衣。”

如歌赞叹道：“很好听的名字啊，我叫你薰衣姐姐好吗？”

薰衣难以置信地看着她：“你……不认得我了吗？”

如歌挠头道：“我应该认得你吗？啊，对不起，我好像有很多事情都想不起来了。”

“我曾经陪伴了你八年……而且……”而且，我曾经把匕首插进赶来救我的你的胸膛。你真的全都忘了吗？薰衣的眼底涌起一片泪光，然而她很快掩饰了它。

如歌笑得不好意思：“这样啊，怪不得我觉得姐姐有种熟悉的气息呢。”她拉住薰衣的手，笑道，“姐姐坐，陪我说说话好吗？这里只有我一个人，好闷的。”

薰衣坐到她的身边。

“说什么呢？”如歌想一想，“你是暗河宫的人吗？”

“是。”

“那你的武功一定很高强了！”如歌两眼放光，“这里的每个人都很厉害的，走起路来就像云一样轻。”

薰衣笑一笑：“还可以。”

“姐姐你是怎么来到暗河宫的呢？”如歌好奇道。

“我出生在暗河宫。”

如歌睁大眼睛，原来她和暗河宫有这么深的渊源啊。

“生我的女人是暗河宫的三宫主，所以我的命是属于暗河的。”

“生你的女人？”如歌皱眉，“你对自己母亲的称谓很奇特。”

薰衣面无表情道：“她不是我的母亲，我不配。我只是她一时愤怒下同一个不知姓名的男人生下来的，是她的耻辱。”

如歌惊怔。

半晌，她握住薰衣的手，温暖传到她的掌心：“每个母亲都是爱自己的孩子的。也许是因为什么原因，你的母亲忘记告诉你她对你的爱。”

薰衣淡淡道：“我不是小孩子了。”她的名字甚至都是到了烈火山庄之后小如歌帮她取的，在暗河宫她的身份连最底层的婢女都不如。

“你恨她吗？”如歌轻声问。

薰衣的手指抽搐一下，苦涩滑过她的唇边。恨她吗？应该是恨的。恨她从来都把自己当作工具来利用，恨她从没有给过自己一点温情，恨她看着自己的眼中总是有着厌恶。可是，为什么她所有的命令自己总是遵从，当看到她的脸被毁掉时自己心里会有种撕心裂肺的疼痛，为了她，自己甚至可以将匕首刺进一直关怀着自己的小姐的胸膛。

这——是恨吗？

如歌微笑：“她总是你的母亲，你总是爱她的。不要去恨一个人，恨她的时候，你会感到加倍的痛苦。”

薰衣凝视她：“你恨过别人吗？”

如歌努力想一想：“好像——很多事情我都想不起来了。不过，我不希望有让我去恨的人。”

“如果是一直陪伴着你，你视为姐妹的人背叛了你呢？”薰衣低声道。

如歌握住她的手，嫣然一笑：“既然是我视为姐妹的人，那么就永远是我的姐妹。生气和伤心应该是有的，然而怎么可能真的去恨她呢？是我如亲人一般的姐妹啊。”

薰衣眼中似有泪光。

她低下头，没有人可以看到她脸上的神情。

过了一会儿，如歌苦恼道：“不知道怎么了，我的脑袋里一片空白。除了有玉师兄的记忆，其他什么都忘记了。”她用力敲敲自己的头，眉心皱成一团。

薰衣打量她，好像在观察她是否真的将一切都忘记了。

如歌忽然喜道：“对了，你刚才不是说你陪伴过我八年？那你一定知道很多关于我的事情了。我的亲人呢？他们是谁？他们在哪里？”

“战枫你还记得吗？”

“战枫？”

“你曾经非常喜欢他。”

“啊，有这样一个人吗？”如歌努力思索。

“还有雪。”

“雪？一定是很漂亮的女孩子吧。”

“他是个男人。”

如歌睁大眼睛。她以为女孩子才会叫这样的名字。

“他是一个很爱你的男人。”

如歌更加吃惊：“为什么我一点记忆都没有呢？”

薰衣沉默。

“他们现在在哪里呢？”如歌追问。

“就在这里。”

如歌“唰”的一下站起来：“什么？就在这里吗？”她为什么从来没有见过？

薰衣点头。

“我想去看看他们。”

“不可以。”

“为什么不可以？！”

“他们被关在水牢，情况凄惨，你还是不要去看了。”

如歌惊道：“快带我去。”

薰衣凝视她，目光似有犹豫。

“求求你，薰衣姐姐，带我去好不好？”如歌苦着脸哀求，“或许我会想起很多东西来的。”

薰衣深吸一口气，终于点头。

***　　***

穿过一条又长又窄又黑的地道，扑鼻而来是腐臭的气味，好像是有成千上万只老鼠齐齐腐烂。地面流淌着漫过足踝的黑水，黑水里有各种各样奇怪的东西，散发着恶臭，如歌的脚被什么绊住，仔细看去原来是大团的头发，头发里缠着蝙蝠的尸体。

如歌强忍住欲呕的难受，跟在薰衣后面走着。

漆黑的水牢，伸手不见五指，只听见呻吟声、惨呼声、血流声、诅咒声……气氛阴森恐怖，仿佛在最深层的地府中。

走着走着，不记得拐过几个弯，面前突然灯火通明！如歌一时无法适应，只觉有种刺目的眩晕。待她睁开眼睛时，不由得大吃一惊！

这是一间极宽敞的牢房。

石壁上十几个火把将牢房照得亮如白昼。牢房中央熊熊燃烧着一堆火，里面的烙铁被烧得通红；地上有五六条断掉的皮鞭，皮鞭上染着斑斑血迹；空气中有股烧焦的气味，仿佛是皮肉被烙烫过。

牢房里有四个暗河弟子，皆用黑巾蒙面，看不清神态，然而透过黑衣仍能感受到的是残忍和冷漠。

一个暗河弟子正挥舞着皮鞭抽打囚犯。

另外三人在喝酒。

那囚犯的双臂被吊起，幽蓝的卷发凌乱地披散下来，他身上深蓝色布衣已被皮鞭抽得褴褛，染满鲜血，皮肉翻卷。他的胸襟被扯开，胸口的烙印还冒着丝丝白烟。

如歌倒抽一口凉气。

薰衣望着她道："你认得他吗？他叫战枫。"

如歌努力盯着他看，想从他凌乱的发间找到一点熟悉的影子，可是，她看不清楚。

她走近了些。

黑衣的暗河弟子厉声喝道："什么人？！"

薰衣比了个手势，暗河弟子们忽然非常整齐地转身退下。牢房里顿时寂静下来，只能听到火把噼噼啪啪燃烧的声音。

如歌走到战枫面前，轻轻拨开他发蓝的卷发，好奇地打量他的面容："你——叫战枫？"

战枫好似被闪电击中，他猛地抬起头，直直望着她！

"你认得我吗？"如歌又问。

战枫的唇角渗出鲜血，他面容苍白，眼睛像大海一般幽蓝，他欲开口说些什么，然而喉头一颤，一口瘀血喷了出来。

如歌连忙扶住他，从怀里掏出巾帕擦拭他嘴边的血，扭头对薰衣道："他做了什么事情？为什么要这样对他呢？”

薰衣道：“是宫主的命令。”暗夜罗的命令，没有人会去问原因。

“可以将他放下来吗？”他的双臂一直悬吊着，一定很痛。

薰衣苦笑：“我没有放他下来的权力。”

如歌擦干净他脸上的血迹和污渍，眼睛闪了闪，讶异道：“如果我曾经见过你，一定不会将你忘记。”他俊美孤独如九天战神，冷漠而又脆弱的气质是每个少女都过目难忘的。

战枫眼底满是震惊：“你——”发生了什么？！她居然不认得他了吗？她表情中的茫然狠狠撕裂了他的心！

“你认得我吗？”

如歌重新问了一遍。

战枫忽然有股狂笑的冲动！他认得她吗？她是他体内流淌的血液，是他骨头里的骨髓，就算将他敲碎揉烂，也不会忘记她的每一个笑容和哭泣。

“我认得你。”

一个声音从隔壁牢房传出。

如歌转身看去。

只见那人白衣如雪，他恍若是沐浴在春日最灿烂的阳光里，光芒耀眼，绝代风华。他轻轻笑着，像春满大地百花盛开，因为那笑容，阴暗潮湿的水牢霎时变得如仙境一般明亮美丽。如果不是他的脚上戴着镣铐，她绝不相信他会是被关在这里的囚犯。

他笑盈盈对如歌招手道：

“丫头，终于想到来看我了吗？”

如歌迷茫地走过去，端详他：“你说，你认得我？”

“是啊。”

“我叫什么名字？”

“你叫如歌。”他一脸哭笑不得。

哦，不错。“那你叫什么名字？”她继续问。

“臭丫头！”他隔着铁栅栏伸手拧她的面颊，“你任何人都可以忘记，但是绝不能忘记我！否则，我就伤心给你看！”

如歌怔怔道：“为什么？”

“因为你是我爱的人啊。”他笑得理所当然。

如歌非常困惑。她爱的人应该是玉师兄才对，什么时候多出来这么一个美得像仙人的男人。

“你忘记了很多事情对不对？”

“对！对！”她连忙应道。

“来，把耳朵凑过来，我会帮你把所有事情都想起来的。”他眨眨眼睛，像孩子一样调皮。

她听话地将耳朵凑近铁栅栏。

突然，他倾身上来，吻住她小巧的耳垂，带着清凉的花香，他在她耳边低声说：“死丫头，好想你……”

如歌惊得跳起来，耳朵羞得赤红，她愤怒道：“你这个——”

“雪。”

“什么？”

“我叫雪。”他的笑容像雪花般晶莹透明，“如果你忘记了我，那么就重新认识好了。”

***　***

次日，薰衣对暗夜罗说，除了玉自寒，如歌确实将过往的一切都忘记了。

暗夜罗很满意。

当他让如歌喝下新的“遗忘”后，她就把到水牢见过战枫和雪的事情也忘得一干二净了。

从那以后，薰衣便成了如歌的侍女，陪伴在她的身边。

铜镜照出一张扭曲狰狞的脸。

暗夜绝怒挥黑纱，将镜子摔在地上，发出巨大的声响！

"我要杀了她！！"

烈如歌不仅毁了自己的容貌，几次三番从自己的掌心逃脱，而且，她居然是暗夜冥的女儿！

暗夜冥——

从小到大，同样是被收养，但在父母、暗夜罗的心里眼里就只有暗夜冥的存在，而没有她。暗夜冥美丽、温柔、善良、聪慧，就像一个仙女，让无数人痴迷倾倒。暗夜冥是她的噩梦。

当发现至爱的兄长也深深迷恋着暗夜冥时，她彻底崩溃了。跪在暗河边，她哭了三天三夜，哭到呕吐，哭到昏厥。暗夜绝准备去杀掉暗夜冥，暗夜冥却告诉她，她爱的不是暗夜罗，而是一个叫战飞天的男子。

暗夜绝知道战飞天。

他是一个天神般英伟的男子，有刚毅的眼神和宽厚的肩膀。

可是，她难以置信暗夜冥居然会舍弃暗夜罗而选择别的男人，暗夜罗比几千个战飞天加在一起还要出色！

不久，暗夜罗将暗夜冥关在了水牢里。

看到疯狂而痛苦的暗夜罗，她开始相信暗夜冥真的爱上了战飞天。所有的痛苦都来源于暗夜冥，她再次决定杀死暗夜冥！

暗夜冥却一点也不慌张，她虽然消瘦但是笑容依旧淡雅。她说，死掉的她只会让罗永远怀念和痛苦，不如放她离去，去战飞天的身边，罗或许会恨她，但恨比爱容易承受。罗会有机会遇到他命中真正的女人。

她被说服了。

她偷偷将暗夜冥从水牢中放走。

她以为暗夜冥的离去，会使得自己成为暗夜罗生命中唯一的女人。

然而——

她错了！！

暗夜罗彻底疯狂了！！

在烈火山庄的那一晚，暗夜冥和战飞天最终还是死了，暗夜罗也受了重伤，独自一人幽闭了十九年。

寂寞而漫长的十九年啊……

悔恨日日咬噬她的心。

如果可以再来一次，她会选择在暗夜冥十岁时就杀死她。即使在水牢中杀死她也好，那样的话，最起码暗夜罗的身体不会受到伤害。

她在暗河宫等了十九年。

终于等到暗夜罗出关。

可是，暗夜罗已不是当年那个神采飞扬狂傲不羁的暗夜罗，他长发垂地，面容苍白，眉心的伤口凝结成一颗殷红的朱砂，他的眼中好像已经没有感情，只有无边无际的痛苦。

不管是怎样的他，她都会永远陪伴他。

然而——

那个叫烈如歌的女孩子却毁掉了她的脸！她变成了一个丑陋恐怖的女人！这样的脸，她如何能出现在暗夜罗面前！！

又发现，原来烈如歌竟是暗夜冥的女儿！

噩梦……

没有尽头的噩梦……

暗夜绝凄厉地狂吼："我要杀了她！暗夜冥，你无法再毁掉我的一切！！"

她夺门而出，冲向如歌居住的方向！

***　***

透明的液体，微微带些粉红的颜色，像是用三月桃花酿成的。暗夜罗在如歌的杯中滴上两滴，对她笑道：

"你现在快乐吗？"

如歌想一想："快乐。可是……"

暗夜罗挑起眉毛，询问地看她。

“可是……总觉得这种快乐是偷来的，是预支的，将来必须要偿还，或许偿还的代价要比现在的快乐还要多。”如歌苦恼地将水晶杯中液体喝下。能够在玉师兄身边，自然是甜蜜幸福，但心中总有惴惴不安的感觉，就像在做着一场虚幻的梦。

“将来会是痛苦还是快乐？”

“不知道。”

“既然未来是不可知的，那么为什么不先享受幸福和快乐呢？”暗夜罗的声音低深温柔，蛊惑着如歌全身每一个细胞。

如歌觉得他说的话有道理，但是又觉得很是荒谬。她一时间思维有些混乱，水晶杯停在唇边，映着娇嫩的双唇，仿佛带着露水的桃花花瓣。

暗夜罗双眼忽然闪过一抹奇异的神情。

如歌摇头道：“不对。如果先享受快乐的代价是造成以后更大的痛苦，那么我宁可趁自己还年轻时去承受一切。太过轻易的幸福会使人软弱，而只有坚强的人才配得上真正的幸福。”

终于想明白了这一点，她笑得十分开心。

暗夜罗凝视她。她的笑容非常像一个人，只不过她要乐观和开朗很多。

薰衣站在旁边。

在她的眼中，如歌和暗夜罗惊人的相像。两人的轮廓眉眼，笑起来的神态，喜欢红衣的爱好，低头时脖颈都会微微向左倾斜一点。最相似的是两人的气质，明明没有刻意张扬，然而有一种霸道的存在感充满空间，让人无时无刻不被吸引。

但差异也是很明显的。

暗夜罗的红衣仿佛残阳中的晚霞，有令人窒息的压迫感，带着血的腥气，恍若红衣飞扬时，将会遮天蔽日，血流成河。

如歌的红衣鲜艳夺目，好像清晨第一抹朝霞，带着勃勃生机，鲜红得令人摄人心魄。

薰衣沉默地看着。

如歌与暗夜罗谈笑着，有种难以言状的默契在两人之间流走。终日阴暗不见阳光的地底，因为她和他突然美丽得像一幅浓墨重彩的画。

一阵杀气骤然袭来！

如歌手中的水晶杯应声而破！

薰衣立时扬袖去挡，然而黑影如一团急奔而来的乌云，她的长袖毫无着力之处。在她惊疑间，黑影已扑向如歌！

凌厉的杀气向着如歌面门而来！

黑纱如毒蛇！

如歌没有理会它，俯下身子轻轻将水晶碎片捡到掌心。映着火把的光，水晶碎片亮闪闪，散发出炫目的光彩。好美的杯子，碎了实在可惜。

事后，暗夜罗问如歌：“你没有看到她的攻击吗？”

如歌道：“看到了。”

“为什么不闪躲？”

“闪躲了啊，我蹲下去捡水晶片就是闪躲。”她笑得可爱。为什么闪躲就一定要做出惊慌的样子呢？

“当时你应该恐惧。以你的功力，她要杀你易如反掌。”

“不会的。”她依然笑得可爱。

暗夜罗挑起眉毛。

如歌道：“你在我的身边，她无法伤害到我。”

暗夜罗眯起眼睛：“我未必会保护你。”

“直觉告诉我，你会的。”

“如果你的直觉错了呢？”

如歌微笑：“反正我现在还活着。”

所以，她的直觉并没有错。

只在眨眼间。

黑纱却绑在了暗夜绝自己身上。

她挣扎怒吼："放开我！我要杀了她！是她毁了我的脸！是她让我生不如死！"暗夜罗对如歌的出手相救，让她的愤怒达到了顶点。

薰衣低下头。

她不愿看到暗夜绝如此失态，宁愿她冷酷狂妄，也不愿看到她如疯人一般歇斯底里。

"生不如死吗？"暗夜罗旋转着黄金酒杯，血红衣裳透出冰冷的味道，"那就去死好了。"

暗夜绝瞪大双眼，面容更显狰狞丑陋："你说什么？你让我去死？！我是你的妹妹！"

暗夜罗厌恶道："如果不是念着她曾经真心实意地把你当妹妹看待，早在你放她走的时候，就该杀了你。"

暗夜绝浑身颤抖："哥……"她一直以为他是不知道的！怪不得他对她的态度那样无情和淡漠，怪不得他看她的眼神总是带着憎恨！哈哈，原来他全都是知道的！

暗夜罗冷冷道："愚蠢又丑陋的女人，不如早些死了的好。"

暗夜绝已说不出话，泪水带着殷红的血丝，滑下她扭曲变形的脸。

"将她关进水牢。"暗夜罗命令道。

"是。"薰衣悄悄咬紧嘴唇，走到暗夜绝身前，"三宫主，请。"听到这一句，如歌吃惊地望过来。她是三宫主？那她不就是薰衣的母亲？

暗夜绝疯狂流淌着眼泪，大喊道："为什么要这样对我？！暗夜冥并不爱你，而我爱你爱到什么都可以为你去做！当年，你要得到霹雳门火器的配方，我就用自己的身体去换，甚至不惜生下一个杂种！哥，我从没有怨过你，我那么爱你呀！你为什么不看一看我呢？！"

暗夜罗冷笑着捏起她的下巴："为我做一件事情，或许我会考虑多看你几眼。"

“只要你说，多少件我都会去做！”

希望点亮了暗夜绝的眼睛！

“去死吧。不要让我再看到你这张令人作呕的脸。”暗夜罗轻柔地说，话语里的残酷让如歌不寒而栗。

泪水如决堤之水从暗夜绝眼中流淌出来。

“我死了，你心里就给我一点位置吗？”

暗夜罗仰首饮酒：“或许。”

“好。”暗夜绝丑陋的脸上绽开凄惨的笑。

“不要！”如歌急呼。

暗夜绝的脸渐渐变成灰色。

薰衣偏过头，她的牙齿已经将嘴唇咬出血，满嘴都是血腥气，她握紧双手，胃里似有东西剧烈地翻绞。她以为自己不会哭，但流血的嘴唇让她尝到了泪水的咸涩。

如歌拉过薰衣，对着暗夜绝大喊：

“你看看她！她是你的女儿对不对？！你死了，丢下她一个人吗？就只为了一个不爱你的人，就要抛下自己的女儿吗？！”

暗夜绝倒瘫在冰冷的地上，她的眼神开始涣散。望着薰衣，她的脸上闪过恍惚的神情。

“女儿……”

“对！她是你的女儿啊！而且……”薰衣的手指僵冷如冰，如歌用力握紧她，想要把力量传递给她，“而且……她爱你！”

“爱……”

暗夜绝呻吟着，鲜血涌出她的嘴角，她吃力地望向面无表情的暗夜罗，声音低得几乎听不见：“哥……记得你说过的话……我死了……爱我……一点点……好……不好……”

尾音被黑暗吞没。

暗夜绝瞳孔已经放大，一双眼睛睁得大大的，像是要永永远远望着暗夜罗。

薰衣跌跌撞撞跑了出去。

如歌胸口一片冰冷。

只有暗夜罗平静如常地嗅着酒杯中的酒香，红衣如血雾般飞扬，他的唇边似乎还有一抹嘲弄的笑意。

***　***

暗夜罗已经疯了。

深夜，如歌躺在玉自寒臂弯，怔怔打了个寒战。她想起暗夜罗的那双眼睛，没有感情，没有震动，只有冷漠的嘲弄。那已经不再是人类的眼睛，甚至连野兽也比他有温情。

“明天清晨你就要走吗？”如歌低声问，心里有种莫名的不安和担心。

“是的。”玉自寒轻抚她的头发，平静道。

“要去多久？”

“不知道……”

如歌撑起身子，俯看他，担忧道：“要去多久都不确定吗？”

他微笑道：“不用担心。”

“师兄，我担心的是暗夜罗。他会不会让你做一些奇怪的事情呢，或者让你陷于危险之中，你知道，他真的疯了。”

他依然微笑，眼眸如春水般温柔：

“我会回来的。”

如歌的手指拂过他清俊的眉梢，叹道：“可是，我很担心，总觉得好像要发生什么事情。而且，你这几天的神情也不太对，虽然还是微笑得像什么心事也没有，但夜里睡着时，你的眉心总是皱得很紧。”

玉自寒捉住她的手指，放到唇边，轻轻一吻：

“会想念我吗？”

他凝视她，她的手指留在他温暖的唇上。

如歌的脸悄悄红了，嗔道："你明知道的。"

他闭着眼睛，吸气："会很想我对不对？"

"不对。"

他微怔，忽又微笑："那就是说，会很想我很想我对不对？"

"答对了！"如歌笑着又窝进他的怀里，伸出胳膊紧紧抱住他，"所以，你一定要平安地回来！"这句话一出口，她忽然觉得有阵强烈的不安，就好像她说错了什么一样。

玉自寒安抚地拍拍她的后背，淡笑道："不用担心。……歌儿，等我回来，我们……在山林建一间小屋好吗？"

"嗯？"

他脸上有淡淡红晕："你喜欢木屋还是竹屋呢？"

如歌的脸"唰"地也红了。

玉自寒手足无措，轻咳起来。

她垂首道："屋里……都有谁？"

他眼底盈满温柔："你和我……将来……还会有孩子……"

她脸红如霞。

终于，她嗔道："等你回来再说啦。"

玉自寒温柔地拥抱住她。

良久没有人出声。

两人拥抱在黑暗中，体温互相传递，呼吸在彼此耳边。他和她的气息都是滚烫的，仿佛有熊熊火焰在两个身子之间燃烧。

玉自寒努力压下体内的躁动，他从怀里取出一件东西。雕刻着龙纹的羊脂白玉扳指，一条细细的红绳将它穿起。

如歌吃惊道："咦，这个扳指我一直是贴身戴的啊，怎么会在你身上？"

他没有回答她。

他将红绳轻轻套上她的脖颈，白玉扳指在黑暗中发出柔和的光芒。他低声道：“它是你的。”那一日，当她将扳指还给他，脸上的决绝将他的心化为灰烬。

如歌点头：“好。我生时戴着它，死了也戴着它。”

玉自寒深吸口气，用力将她搂进怀里：

“歌儿……”

歌儿，只要有她，他甘愿走入无间地狱。

在暗河流淌的地底，两人的呼吸忽然又变得急促。

淡淡的体香弥漫在空气中。

***　　***

阴暗的水牢。

战枫的双臂悬吊半空，深蓝的布衣已撕扯破烂，他身上布满触目惊心的鞭痕烙伤，鲜血汩汩浸透出来。他脸色苍白，嘴唇干裂，卷曲的头发贴在痛出冷汗的双颊。

鼾声传来，深夜时分，看守水牢的暗河弟子都睡去了。

战枫忽然睁开眼睛！

他的眼中闪着幽蓝的火光：“就是明天？”他像是在自言自语，因为这个牢房中除了他就再没有别人了。

“是的。就是明天。”

一个动人的声音从隔壁牢房飘来，雪慵懒地打个哈欠，仿佛他正是被战枫吵醒的。

战枫的瞳孔收紧：“他……会成功吗？”

“何谓成功，何谓失败呢？”雪枕在自己的双臂上，望着漆黑的壁顶叹气，“如果我是他，或许会选择就这样继续下去。能够有一个健全的身体，能够守在她的身边，能够被她爱着，纵是世间毁灭几百次，又有什么关系呢？”

战枫沉默，半晌，他闭上眼睛。

是的，只要能被她爱着，纵是世间毁灭几百次，又有什么关系呢？年少的荷塘，是他一生中仅有的幸福，如果能够重新选择，他会留在荷塘边永世不离开。

"她……会将一切永远遗忘，生活得单纯快乐吗？"上次她来到水牢，眼底一片澄净，笑容可爱得就像无忧无虑的那段日子。如果真的可以，那就让她永远忘记好了。

"暗夜罗最大的嗜好，是让别人痛苦。"雪知道战枫指的是如歌。因为只有在提到她时，他的声音才会有微微发颤。"别人越是痛苦，他就越是快乐。"

战枫眼底的深蓝凝固成冰："我会杀了他。"

"你远不是他的对手。"雪抱膝而坐，这个姿势是如歌喜欢的，跟她的姿势一样就可以假装她就在他的身边。没有失去功力之前，暗夜罗或许会忌惮他的仙人之力，然而此刻，暗夜罗并未将他放在眼里。

"人无法打败暗夜罗。只有魔才能消灭魔。"战枫身上迸出冰冷的杀气。

雪抬眼瞟他："你欲成魔？"

"我需要你帮我。"

雪挑高眉毛，眼神古怪地望着他："我为什么要帮你？"

"因为你爱她。"

"嗯，这是个好理由。"

"那么，告诉我成魔的方法。"

雪打量战枫良久，忽然浮现出奇异美丽的笑容："并不是所有人都能成魔。不过你可以，因为你本来就有一颗魔心。"

第十六章

你知道吗？我不能再一次死掉了。

自从烈明镜去世，烈如歌、战枫相继离开，烈火山庄在武林中的地位和影响力大不如前。沉寂十几年的暗河宫仿佛一夜间苏醒，其势力遍布大江南北，隐有另一个朝廷的气势。民间暗暗流传着一个说法，暗河宫将会夺取天下，一场血雨腥风迫在眉睫。

江湖中人都敏感地察觉到了局势的变化，暗河宫仿佛被一只强有力的手控制着，极为迅速地膨胀。昔日两大门派——裔浪掌控下的烈火山庄和刀无暇掌控下的天下无刀城皆已依附到了暗河宫羽下，宫廷里朝臣的起用任免也进行着微妙的变动。

一股强大黑暗的力量在酝酿。

这力量似乎是无可抗拒的，当它积蓄到一定的程度，便会如暴风雨中的雷电般炸开！

然而——

出乎所有人的意料。

暗河宫的势力好似一个搭得很高的台子，不知被谁从最低层轻轻抽出一块，整个轰然倒塌了。情势变化之快，令天下人来不及眨眼，只见暗河宫所有的商号全部关闭，与它有牵连的朝臣纷纷入狱，就连烈火山庄和天下无刀城也被朝廷的大军占据了。

预期中的一场血战，就这样莫名其妙地化为乌有。

***　***

静渊王府。

“王爷现在人在何处？”白琥焦急地在议事厅走来走去，“暗河宫的势力被清除，暗夜罗肯定不会放过王爷的，他会不会有危险呢？”

玄璜望着慕容一招，道：“王爷最后一道命令是下给你，你可知道王爷的情况？”

慕容一招皱眉道：“王爷是用的信鸽，字条上用密语命我控制住烈火山庄的局势，但王爷处境如何我也一无所知。”原来，名闻天下的烈火山庄金火堂堂主竟然就是静渊王府侍卫之一的青圭。

双腿翘在椅背上的雷惊鸿突然喊道：“讨论这些有什么用！干脆杀进暗河宫，将静渊王救出来！谅那暗夜罗有多厉害也不是咱们的对手！”

黄琮白他一眼：“就你聪明，大家都想不到吗？莫说传闻中暗夜罗的武功深不可测，暗河宫的具体位置在哪里咱们也不知道啊！说这些有什么用？！”

雷惊鸿满脸堆笑，不敢反驳。自从黄琮一路护送他从烈火山庄到江南霹雳门后，两人情愫暗生。雷惊鸿天不怕地不怕的莽撞性子，单单看不得她着恼生气。

玄璜沉思道：“暗河宫在什么地方，真的无迹可寻吗？”

慕容一招道：“烈明镜在世时曾经追查过暗河宫的位置，从各地也捕获了一些暗河弟子，但是根据这些线索找过去，却发现暗河宫新近将所有可能暴露的地道入口都填埋了。他们应该是转移到了更为隐蔽的地方。”

雷惊鸿插话道：“也可能还是在原处，只不过封了些暴露的通道。用我们霹雳门的火器炸下去，管他们躲在什么地方，一定炸得他们灰都剩不下！”

黄琮怒道：“胡说！万一伤到王爷可怎么办？”雷惊鸿想想，觉得也是。

赤璋道：“暗河宫此番元气大伤，暗夜罗应该会先躲避一段时间。”

玄璜凝望窗外漆黑的夜色：“暗河宫势力究竟有多大，一直是一个谜。十九年前暗河宫销声匿迹，所有人都以为暗河已然消亡，但这几个月暗河宫的迅速崛起就如一个奇迹。如果暗夜罗得到喘息的机会，重新反扑的他会比现在可怕百倍。”

“会不会就是因为这个原因？”白琥惊道，“王爷是为了彻底摧毁暗河，才没有及时抽身回到我们身边。”

众人沉默。

议事厅中的空气紧张，仿佛一个呼吸就会把大家绷着的弦断掉。

虽然没有人出声，但每个人心里都清楚。下落不明的静渊王只怕处境十分危险。

没有了静渊王。

再多的胜利又有什么意义呢?

***　***

深深的地底。

阴暗的水牢。

“计划多么完美。”暗夜罗轻嗅酒香，指间的黄金酒杯熠熠闪光，他的声音柔美平静，“从一开始你们便设计好了对吗？从刺杀我到失败后被擒入暗河宫一直到我以为控制了玉自寒，全部都是你们计划的，对吗？”

雪笑容灿烂，拍手道："是的。你就像一只乖乖的麻雀，一步步走进我们为你设好的陷阱。"

暗夜罗眼睛眯起，眉间朱砂快速地跳动几下。他环视一下牢房，战枫的双臂吊在墙壁上，身上遍布血痕，发出一股的气息；雪盘膝坐在地上，轻轻靠着墙笑，白衣耀眼像一朵清新的白花；如歌离雪很近，她抱膝而坐，眼睛澄澈透明。他们三人的生死仍旧被他掌控，可是，却没有一丝恐惧流露在他们脸上。

暗夜罗走近如歌，蹲下，托起她的下巴："你的表演很出色，我一直以为你真的失忆了。"

如歌笑一笑："你并不是容易被骗过的，最开始喝下'遗忘'，我的确遗忘了很多。"

"什么时候'遗忘'失效了？"

"你不该让薰衣来试探我，她更不该带我来看战枫和雪。"那一日，当雪吻住她的耳垂，'遗忘'的解咒便已到了她的体内，她再不受药水的控制。所以，无人的时候她可以和玉自寒商议很多事情，而单纯无知的外表使得没有人起疑。

暗夜罗挑高眉毛："你不恨玉自寒？"

"我为何要恨他？"

"他出卖了你们。"

如歌微笑："我说过，我一点也不相信。玉师兄绝对不是那样的人，就算有再多的证据，就算玉师兄亲口承认，我也不会相信。玉师兄是天底下最高洁正直的人。"她对玉自寒的信任，是任何事情也无法动摇的，那种信任深入骨髓。她不过是当着暗夜罗的面演了一场戏而已。

暗夜罗的脸颊闪过一抹恼怒的神色，他从未见过这般固执的信任："只不过，高洁正直的玉自寒却在你神志不清时占有了你的身子！"

雪浑身一震，容颜失色："丫头……"

战枫的身子陡然僵硬！

如歌双颊绯红，连脖颈也透出粉红色。

雪握住她的肩膀，颤声道："玉自寒……他……他果然对你做出了那种事情吗？”可恶！他发誓他一定会杀了玉自寒！

如歌羞涩道：“没有。他只是做了做样子。”灼热的喘息，交缠的躯体，野性而狂放的律动，肌肤滚烫的爱抚，那一夜，玉自寒只是用一种奇妙而笨拙的方法骗过了暗夜罗，也安抚了她躁动的身体。

她没有说出来的是，在那一夜，她体会到了一种奇异的激情。

虽然身体还是原本的。

可是，她已经变成了女人。

暗夜罗苍白的脚趾在冰冷的地上紧缩，血红的衣裳起伏飞扬。他发现自己真的不了解他们，他们好像跟自己生活在不同的世界里，在他们之间有种难以理解的信任。

他忽然扬声大笑：“你们以为这样就可以打败我吗？你们可知道，真正失败的不是我，而是你们！”

雪抿嘴一笑：“失败的人总是不愿意承认自己的失败。没关系，我们理解你。”

暗夜罗冷笑：“人生就像一场赌博，这一局我输了，大不了推倒重来，只要我还活着！可是，你们却要死了！死了的人，什么机会都不再拥有！待到几年后，天下尽在我的掌握中，而你们只不过是一堆腐烂的黄土！”

如歌霍然抬头。

战枫依旧闭着眼睛，他似乎已经没有了喜怒哀乐，沉浸在一个冷漠的世界中。

雪问道：“你要杀了我们吗？”

暗夜罗觉得他的话好笑极了，笑得红衣如血雾般飞扬：“你们还有活下来的价值吗？”

雪用手托住下巴，怜悯地望着他：“可惜呀，原来你真的这样愚蠢。”

暗夜罗震怒：“你说什么？！”

“我一直以为，你会要求我去做一件事。”雪淡淡地说，“没有想到你竟然愚蠢到连提起都没有。”

“笑话，有什么事情是你可以做而我做不到的呢？！”暗夜罗不屑道。

“我是仙人。”

“你的功力连昔日的两成都不到。”如果是十九年前的银雪，那么或许他未必是对手。然而此时的银雪，连他的十招都无法接下。

“但我毕竟仍旧是仙人。”雪笑盈盈。

“你想说什么？”

“杀了我，你就真的再也无法见到你深爱的女人暗夜冥了。”雪笑盈盈地说着，笑盈盈地看着暗夜罗的脸“唰”的一下苍白如纸。

暗夜罗瞪着他，眼睛变成血红色：“你说什么？”

雪摇头道：“小罗，莫非你确实老了吗？‘你说什么’‘你说什么’这句话你一会子说了多少遍。”

苍白的手扼住雪的脖颈，暗夜罗收紧指骨，雪呛咳得面如桃花：“不要用她的名字来戏耍我！否则，我会让你死得奇丑无比！”

雪白他一眼：“如果你以为我在戏耍你，那你现在就杀死我好了。”他的口气那么有恃无恐，好像看准他不会动手。

“她……如今已是白骨。”暗夜罗绝不相信世间会有白骨起死回生的事情。

“她的魂魄还在。”

“在哪里？”暗夜罗身子一震。

“她是否经常入你梦中？”雪瞅着他笑。

暗夜罗渐渐松开他的脖颈，眉间朱砂殷红得像要滴出血来。是的，她会入他的梦，只是看着他，并不说话，任他如何哀求，她也并不说话。她的眼神那样复杂，冰冷，仇恨，还有也许是他幻想出来的怜爱。天知道，他想要用一切去换，只要能听到她对他说一句话！

“她的灵魂就在你的心中。因为你的意志力太过强烈，所以十九年过去了，她的魂魄也未得以彻底消散。”

暗夜罗体内的血液在沸腾：“然后呢？”

“需要的只是一具躯体。一具和暗夜冥的磁场、感觉都十分近似的躯体，最好还要有亲近的血缘关系。这样，将暗夜冥的魂魄转移进来才不会受到太大的排斥。你要清楚，暗夜冥的魂魄能量已经越来越弱了。”

暗夜罗知道他指的是谁。

如歌缓缓抬起头，黑白分明的眼睛满里是笑意。“雪，别唬他了，说这些荒诞不经的话做什么？”

雪的脸上闪过一抹奇异的神色，他扭转头，对她说：

“你错了，丫头，并不是荒诞不经。我曾经封印过你三年的灵魂，用那三年的时间，我将我爱的人的灵魂放入了你的身体。因为你的躯体如此纯净，几乎所有外来的灵魂都可以在你的身体里自由地呼吸。烈明镜被我骗过了，你体内原本的魂魄早已被我赶走。”

如歌仿佛迎面被人打了一拳！

她咬住嘴唇，脸上的血色缓缓褪掉：“不，我不相信。”雪骗过她很多次，这次一定也是在骗她！

“抱歉。”

雪的声音轻得像一片雪花。

如歌用力摇头：“世上怎么会有如此荒唐的事情。”她苦笑，“那样说，你喜欢的并不是原本的我，而是你爱人的魂魄？”

“抱歉。”雪重复道，眼中有羞愧和歉疚。

如歌抱紧膝盖，她努力让自己不去理会忽然狂涌而上的愤怒和伤心，纵使胸口像是有千万把刀在绞！

一时间，她没有气力再说话。

她所有的气力都消失了。

“她——可以复活吗？”黄金酒杯被苍白的手指捏得几乎要变形，暗夜罗的嗓音中带着压抑不住的颤抖。

“复活的只能是她的魂魄，而且是寄居在别人的身体里。”

“需要多长时间？”

“可能几个月，可能几年。她的魂魄需要一点一点进入别人的身体，那人体内原本的魂魄需要一点一点飘散出来。如果进程过急，两个人的魂魄都会立时消散。”

暗夜罗眯起眼睛，血红的瞳孔发出诡异的光芒：

“我如何可以知道，你不是因为想要拖延死亡的时间，而撒谎欺骗我？”

雪调皮地笑道：“不过就是一场赌博。相信我的话，就令暗夜冥复活；不相信我的话，现在就将我们全部杀死。多好啊，选择的权利就握在你的手中。”

***　***

雪说错了。

选择的权利并不仅仅只握在暗夜罗手中。

如歌也可以选择。

她可以选择让自己去死。

一个想死的人，即使你可以阻止她自杀一千次，也无法阻止她第一千零一次自杀的尝试。

如歌若是死了，世上再不会有一具躯体与暗夜冥如此契合。

于是，如歌有了与暗夜罗讨价还价的筹码。

她提出两个条件——

一、玉自寒、战枫不能死。他们中只要有一个死了，她也会马上去死。

二、她要见玉自寒一面。

暗夜罗答应了。

不过他也有一个条件，如歌与玉自寒的见面要放在十天之后。十天的时间，暗夜冥是否可以重生应该有一些端倪可见了。

花瓣撒在水面。

幽微的花香，袅袅的热气，夜明珠的光辉温和柔亮。一只纤细的脚伸进来，试探着木桶中的水温。好舒服的温度，她轻轻叹了口气，拉紧身上的鲜红薄纱，滑进弥漫着香气的水中。

热水将她浑身每一个毛孔舒展开来。

花香沁进她每一寸肌肤。

热气蒸腾中，她的面容白里透红，带着湿润的光泽，仿佛树桠上新鲜甜美的水蜜桃。

“好美。”

雪痴痴看着她，笑容可爱。

如歌原本不想理会他，然而他的眼睛似乎眨也不眨，一直一直盯着自己看。虽然在他的目光里并没有淫欲，但不自在的感觉使得她往下缩到几乎水面要淹过嘴唇。

“你出去好不好？”她有些恼了。

“不好。”他想也不想。

“你出去！我在洗澡！”她脸烫得比水还要热。

雪伸出食指摇一摇，道：“错了。你不是在洗澡，而是在放松躯体的肌肤。人家要在旁边看着，这样功效才会达到最佳。”

如歌望着他：“雪，你是在哄骗暗夜罗对吗？”

雪趴在她的木桶边，晶莹的手指拨弄水面上的花瓣：

“抱歉。”

“‘抱歉’两个字，你已经说了三遍。”如歌苦笑。

“人家真的觉得抱歉嘛。”雪低下头。

“难道，对我也不可以讲真话吗？”

雪揉揉脸，眼底一片茫然：“丫头，你知道吗？我不能再一次死掉了。”

如歌凝视他。

“上一次的消失，我应该用一百年才可以重新凝聚成形，可是我强行破冰而出，这个躯壳变得脆弱不堪。如果再次‘死’掉，我就会真正地魂飞魄散。”

泪水闪耀在他眼底：

“我不想死，我想要永远守在她的身边。”

如歌的心揪紧：“所以？”

“所以，将暗夜冥的魂魄换进你的体内，将她的魂魄换出来留在我的身边。”他越说声音越轻。

“他日，再将她的魂魄换到别人的身上是吗？”

“抱歉。”

如歌吸一口气，道：“对一只口袋用得着说抱歉吗？口袋里面的东西，你喜欢便塞进来，不喜欢便拿出去，理会口袋的感觉做什么呢？”

雪的脸苍白起来，他抓住她的手：

“丫头！”

她把手抽走，在水里搓洗，搓掉他留下的痕迹，搓得手心手背都火辣辣的痛。半晌，她抬起头，眼珠漆黑：

“雪，你真的对我感到抱歉吗？”

雪似乎再也说不出话来，脸孔雪白如纸，他点点头。

“那么，麻烦你照顾玉师兄和战枫好吗？”她说得很慢，像是要肯定他听入了心里。

雪微微发怔：“你关心的仍旧还是他们两个。”

如歌苦笑：“在不会伤害到你的前提下，尽力保护他们，好吗？你也要保重自己，希望你和她能幸福地生活在一起。”她担心，如果自己的魂魄变成了暗夜冥，那么她会不会忘记了去保护他们呢？

他瞅着她，牙齿咬得嘴唇雪白：

“你不会嫉妒吗？希望我和她幸福地在一起……你从来没有喜欢过我对不对？”

“你喜欢的也并不是我。”

“我……”雪握得手指咯咯作响。

如歌伸出右手握住他的手背，正色道：“不管如何，都非常感谢你。你为我做了很多事情，也吃了很多苦，我都还没有好好地谢过你。”无论她在他的心中是否只是一只口袋，这一刻，她只想记着他对自己的好。

“谢我，就吻我！”

雪非常委屈，眼底有泪花，看起来有些孩子气。

“好。”

如歌探起身，伸出双臂，抱住雪的脑袋。她轻柔地吻过去，吻在雪的额头。

空气中飘散着花香。

热水蒸腾出袅袅白雾。

这个吻。

温暖而湿润。

这个吻，从眉心烫过他的喉咙，烫过他的五脏六腑，烫过他的指尖，烫过他的脚底，烫过他的每一分血液，似要烫进他的心底。

***　***

深夜。

如歌在床榻上熟睡。

她睡得很香，脸颊粉红，身子蜷缩着，像婴儿般呼吸均匀。在睡梦里，她仿佛是没有忧愁的。

暗夜罗坐在床边，他凝视她，眉间的朱砂转成阴沉的暗红色。几根发丝落在她的唇上，粉红的唇，乌亮的发，一种奇异的诱惑力。

他伸出手，指尖触到她柔软的唇瓣。

如歌惊了下。

她“霍”地睁开眼睛！

黑亮亮的眼珠，起初有些茫然和错愕，然后她望了望暗夜罗，又躺回枕上，闭上眼睛，道：

"我是烈如歌。"

她还不是暗夜冥。

"我知道。"

暗夜罗苍白的手指上缠着她乌黑的发，用力一扯！如歌痛得身子颤抖起来，鲜血从她指缝间沁出，一缕头发就那样硬生生被他扯下。

"啊！"

她痛得额角冒出冷汗！

"你干什么！"她怒道，眼中欲喷出火来。真的很痛，而且她一点防备也没有。

暗夜罗的声音伤感：

"我很害怕。"

如歌怔住。以前她见到的暗夜罗都是残忍冷漠无情的，可是这一句话却有点撒娇的感觉，就像下雨天孩子对大人说他怕打雷。

"你害怕，为什么就要扯掉我的头发！"

暗夜罗嗅着指间她的发丝："我在害怕，为什么你却可以无动于衷睡得甜美呢？这不公平。"

如歌道："如此就叫不公平吗？那你一念之下就杀害无数条人命，又公平吗？"

"当然是公平的！"暗夜罗振臂，血红衣裳猎猎飞扬，"世间给我痛苦，我回报世间以痛苦，这岂非最公平的？"

如歌骇笑。

她没有想到一个人可以将这种话说得那样理所应当理直气壮。

"你的痛苦是什么？"

她问道。

暗夜罗沉郁下来，眼底仿佛沉淀着最悲痛的情愫。他凝望她，声音低得只有将头微微侧过去才能听得见：

"你应该知道的。"

他满脸苍白，手指微微颤抖：“为什么……为什么……你避我如蛇蝎呢？”一滴血泪从他眼角滑落，鲜红如春天最艳丽的花。

突然——

暗夜罗用力扯住她的长发，将她的身子扭曲成一个极端痛苦的姿势！他吼道：“你只能对我笑！只能为我哭！你所有的感情，所有的一切只能因为我！你以为你可以逃得掉吗？！我要把你抓回来！我要你尝尝我所受的痛苦的一千倍一万倍！！”

暗夜罗疯狂地吼叫！

地底空间将他的吼声一声声放大，就如厉鬼在嘶吼！

如歌痛得喘不过气，有一刻，她觉得自己的身子会生生被他掰断掉。

“我是烈如歌！我不是暗夜冥！”

她挣扎着喊！

不，她不想死，她不甘心就这样死掉！

暗夜罗突然又静了下来。

他没有呼吸，静得像个木偶，静静地凝视痛苦喘息的如歌，他眼睛也不眨一下。

“我好害怕。”

暗夜罗环住如歌的腰，将脑袋埋进她的腰腹。

他开始抽泣：

“姐姐，万一你无法重生，罗儿要怎么办才好呢？罗儿真的好害怕……”

第十七章

我想你……
喜欢你想我。

每日里，薰衣服侍如歌的梳洗起居，如歌举止神态每一个细微改变她都可以察觉得到。

如歌好像不是以前的如歌了。

一股娴静温柔的光华在她眉宇间流淌，她的双眸沉静如秋水，脸庞绽放出珍珠般莹润的光泽。微笑总是轻轻染在她的唇边，声音变得曼妙，她的目光很轻柔，然而却好似可以一直看入你的心底。

她的美就像大海。

风平浪静的海面下有惊涛骇浪般的旋涡。

薰衣望着她发怔。

同样的容貌，为什么如歌会忽然间美得惊心动魄呢？

雪的食指点住如歌眉心，约有两炷香的工夫，一缕淡淡白烟自她眉心逸出。她脸上浮现出痛苦的表情，右手捂住胸口，脸颊透出潮红。

雪急忙松开手指，关切道："如何？很辛苦吗？"

如歌咳道："胸口有些闷。"

薰衣将茶盏捧来，里面沏的是雨前龙井，茶汤翠绿清香。雪让她放在桌案上，轻轻咬破食指，一颗晶莹的血珠滴入茶中。

"喝下它会好些。"雪将茶盏凑到她唇边。

如歌侧过头："不。"为什么他总是要她喝下他的血呢？混着血的茶淌过喉咙时有股奇异的滚烫。

"乖丫头，"雪笑盈盈地哄她，"好乖，喝了它啊。我的血一点也不腥，好香的，喝了它胸口就不会难受。"

"我不想喝，胸口已经不闷了。"如歌将茶盏推远。

"撒谎可不乖啊，"雪笑得一脸可爱，"你知道我脾气的，终归是会让你喝下去。你是想用一个时辰喝呢，还是想用一下午的时间来喝呢？"

"为什么必须要喝？"如歌皱眉。

"呃……你想听真的理由还是假的理由？"雪呵呵笑。

如歌无奈："居然还有两个理由。"

"一个理由是，用我的血可以加快魂魄的转移；另一个理由是，我喜欢在你的体内有我的血，只要想一想它在你体内流淌，就会觉得好幸福。"

"哪一个理由是真的？哪一个是假的？"

雪眨眨眼睛，调皮地笑："你猜呢？"

"我猜都是假的。"

如歌瞪他。他喜欢捉弄自己才是真的。

雪一脸惊奇：

"哇！喝了我几天血，果然变聪明了啊！好神奇！"

如歌气得笑起来。

雪趁机哄她将茶喝下。

两人在屋里笑闹，浑然没有注意门口多了一个人。

薰衣躬身退下。

暗夜罗斜倚石壁，血红的衣裳映得他分外苍白，他仰头饮下杯中的酒，双眼微带些醉意望着如歌。

她在笑。

笑的时候右手轻轻握起，食指的关节轻轻抵住挺秀的鼻尖，笑容从眼底流淌至唇角。

这个笑容他如此熟悉。

只有“她”，才会笑得如此温柔动人。

“你——是谁？”

一个低哑的声音惊扰了如歌和雪。

她和他转头看去。

暗夜罗红影般闪到如歌面前，他捏紧她的下巴，抬起她的脸，阴郁地问道：“你究竟是暗夜如歌还是她？”

如歌痛得微微吸气，她的下巴快要被捏碎了。

“我不是暗夜如歌。”

暗夜罗脸上掠过狂喜：“你——”

“我是烈如歌。”看着暗夜罗骤然狂喜骤然愤怒的面孔，她心里忽然有种报复的快感。

雪笑得打跌：“小罗真是笨啊，她怎么会姓暗夜呢？就算不叫烈如歌，也应该是战如歌才对嘛。”他眼语笑靥，搂住如歌的肩膀大笑，暗夜罗捏住如歌下巴的手像被一阵带着花香的风拂开了。

暗夜罗收紧瞳孔，眼睛变成血红色：“银雪，你在耍我？！”

雪把脑袋靠在如歌肩头，瞅着他，咻咻笑道：“哇，居然都可以耍到暗河宫主暗夜罗，我好了不起啊。”

暗夜罗的面容顿时变得扭曲：“没有人可以欺骗我！”莫非，所谓的魂魄转移只是一场骗局？！长袖一扬，红雾中他的手苍白，指骨发青。

他知道银雪最在乎美丽的容貌。

那么，他就要很慢很慢地毁掉那张绝美的脸。

空气中飘浮起一个艳红的气层。

气层如琉璃透明。

渐渐收紧，气层像一只琉璃桶将雪和如歌箍在里面，动弹不得。

他手指抚上雪的面颊。

暗夜罗笑容狂狷：“在你脸上刻一朵雪花，会不会很美？”

雪沮丧：“还是不刻比较美。”

“那就刻两朵雪花好了。”暗夜罗手指轻动，一道深深的血痕，雪的面颊已划破，串串血珠鲜红滴落在雪白衣裳上。

“指甲太长了。”

如歌怔怔望着暗夜罗的手，不知道为什么这句话脱口而出。

手指僵住！

血痕径自淌血，伤口却没有再扩大。

她摇头，笑容温婉：“男孩子的指甲不要太长，罗儿，去拿小刀来，我帮你修一下。”

暗夜罗仿佛忽然被点中了穴道，他身子僵硬，缓慢地看向她，眼中满是惊疑。

……

秋日溪水边。

暗夜冥刚洗完头发，柔亮的长发在晚霞中涌动着暗香。她穿着一件松袖宽大的袍子，衣襟绣着繁复美丽的花纹。

“指甲不要留得太长。”

她低头，用一把小刀为他修指甲。

小暗夜罗躺在她的腿上，伸出手任她摆弄，嘴里嘀咕道：“你的指甲不也是很长。”修长圆润的指甲，透出贝壳般的粉红，有时染上一点凤仙花汁，她的手好美。

她细心地打磨他的指甲：“你是男孩子啊，整日里不是练武就是跟人比武，指甲长了很不方便。万一指甲裂掉，会干扰你的心神，而且也不干净，看起来脏兮兮的。”她轻笑道，“姐姐就不一样了，有罗儿在，姐姐什么事情都不用操心，所以可以留起指甲来玩啊。”

“是这样啊，”小暗夜罗抓起她的头发用力嗅，咧嘴笑道，“我好喜欢姐姐的指甲，然后就觉得姐姐一定也会喜欢我的长指甲。”

“傻罗儿。”她微笑，握住他的手打量，“你看，男孩子的指甲要短而整齐才清爽好看。”

他每个指甲都被修得很短。

指甲边缘的毛刺也被她打磨得十分圆润。

小暗夜罗睁大眼睛：“哇，我的手变得好漂亮！”

“是啊。”

“这么漂亮的手，今晚不要练功了好不好？”他赖在她怀里撒娇。

暗夜冥笑容温婉如霞光：“好啊。罗儿的手这么漂亮，今晚也不要吃饭好了。”

“姐姐！”

小暗夜罗沮丧地大叫。

暗夜冥抿嘴而笑，食指关节轻轻抵住挺秀的鼻尖。秋日里，晚霞下，溪水边，她温柔的笑容和散发着香气的长发将他包围……

……

小刀细致地修磨他的指甲。

长发滑过她的肩膀。

她微笑着，似乎在她的世界里再没有比暗夜罗的指甲更重要的事情了。

暗夜罗手指僵直。

雪盯住如歌，一种难以言状的神情出现在他脸上。

“指甲虽然长，可是蛮干净的。”她微笑，“罗儿长大了啊，不再像以前一样指甲缝里脏兮兮。”

她抬头。

眼底有如秋水般清澈流淌的感情，她望着暗夜罗。

半晌——

她的手指抚上暗夜罗的面庞，眉头轻轻皱起，像秋水的涟漪。

“罗儿病了吗？为什么如此苍白憔悴？”

***　***

火把在石壁燃烧。

地底的空气潮湿又带着股发霉的味道。

她半躺在床榻上，眉心微颦：

“罗儿，究竟发生过什么？为什么……我好像是做了很长很长的梦，而梦里的内容一点也想不起来了。”

暗夜罗道：“你生病了，昏迷了十九年。” 雪告诉他，暗夜冥的魂魄需要一点时间才能将往事全部记起。

“十九年……”她重复道，摇头苦笑，“怪不得我觉得四肢酸麻，好像不是自己的一样。”

“很快你就可以康复。”他会让银雪将那个女人的魂魄早些驱走。

她凝视他，担心道：“罗儿，你也病了吗？”

“没有。我很好。”

她的手掌轻轻抚摸他的面容："怎么会这样苍白？怎么会这样消瘦？我的罗儿应该是神采飞扬的俊美少年。"她的掌心滑腻温暖，她的抚摸带着满满的爱怜。

暗夜罗握住她的手，贴在自己脸颊上，他呼吸急促：

"告诉我，你是谁？"

她诧异道："罗儿？"

暗夜罗喘息："快点告诉我，你是谁，叫什么名字！"

她摇摇头，笑道："坏孩子。"见他如此固执坚持，她终于妥协了，伸手捏一下他的鼻尖，无奈道，"那好吧，我是杯儿。"

杯儿……

暗夜罗的天灵盖仿佛被巨掌击中！他浑身颤抖，狂狷的脸亦开始扭曲！喉咙一热，胸中一口热血"哇"地喷涌而出！

她是杯儿。

她是他的杯儿！

……

晨曦中。

她在溪边旋舞。

草尖上的露珠被她的裙角飞扬触碰成成晶莹的薄雾。

他躺在草地上，嘴里衔着根青草，手指把玩着一只黄金酒杯。杯身映出她翩翩的舞姿，衬着黄金的光芒，美得摄人心魄。

"喂，我不想喊你姐姐了！"

他抱怨地喊道。

她径自舞着，融化在朝霞、青草、溪水、野花、蜻蜓交织的美丽世界中，没有理会他孩子气的话。

“你听到没有！我往后不喊你姐姐了！”他苦恼地飞快旋转着酒杯，低声道，“喊你姐姐，就好像永远也长不大。”她越来越美丽，江湖中越来越多的人为她的美丽倾倒。

他害怕在她心中自己永远只是一个弟弟。

她停下舞蹈，坐到他身边。捏捏他的鼻尖，她的声音就像哄一个孩子：“怎么不开心了呢？”

酒杯在空中轻盈旋转。

他两眼放光道：“我往后叫你‘杯儿’好了！”酒杯飞舞就如她的舞姿，有灿烂的光芒，有纤细的腰身，有细润的肌肤。而且，酒杯就在他的掌中，可以让它舞，可以让它静，也可以让他用嘴唇细细地品尝。

“多奇怪的名字。”她笑着摇头。

“好不好？你做我的‘杯儿’。”他逼近她，目光执拗。

在他的目光下，她忽然惊怔。

她知道他已经杀了许许多多的人，暗河宫在江湖里也已经重振声威，但是在她的心里，他一直只是一个孩子。

然而此刻，他的目光带着噬肤的狠绝！

或许，罗儿真的长大了。

她笑容温婉：“我是你的姐姐。”

“杯儿，做我的杯儿！”他央求。

“这个名字不好听啊。”

“好听！”

她依然摇头。

他生气了，一把捏住她的下巴：“快说！你答应做我的杯儿！”

“罗儿，好痛。”她呻吟道。

“答应做我的杯儿，就放开你。”他手指更加用力。

“不。”

他怒火上冲，突然将她拉近！滚烫的呼吸，他的嘴唇离她只有一寸！喘息着，他贴近她殷红的双唇！

“做我的杯儿！否则，我就将你变成我的女人！”

那一天。

她终于还是妥协了。

……

暗夜罗的泪水是血红的。

他抱住她，泪水自紧闭的双眼滑落。血红的泪水，苍白的面颊，他不可抑制的悲伤像诡异而凄美的图画。

她爱怜地抚摸他：“罗儿，对不起。”

他抱紧她。

“我生病昏迷这十九年，你一定很辛苦对吗？”她叹息，努力笑着，将自己的泪水赶走，“放心啊，现在我病好了，一切都会变好的。”

暗夜罗只想将她抱在怀里。

其他的事情，他什么都不要去想。

“十九年来，你一直都在暗河宫吗？”她轻声问道。

“嗯。”

“一直在地底，见不到阳光，没有新鲜的空气，使你的身体不再健康，神情那样忧郁。”她抚摸他的长发，“都是我的错。”

她的手如此轻柔。

暗夜罗血红色的泪缓缓地流下。

“不想让你再练功了，不想让暗河宫再称霸天下了，”她抱紧他，“罗儿，姐姐只想你快乐幸福地生活。”

第二天早晨。

如歌睁开眼睛。

她觉得四肢酸麻，好像是被人捆住睡了一晚，腹部沉甸甸的，有些透不过气。

看过去——

她霍然大惊！

只见暗夜罗趴在床边睡着，左手握着她的右手，脑袋枕在她的腹部。他睡得很安静，苍白的面容也仿佛有了些血色。

“你干什么？！”

如歌瞪着暗夜罗，起身用力将他甩开。

暗夜罗盯紧她，眉心朱砂渐渐由鲜红转为暗红。他长身鹤立，眼底迸出无情的光，好似她是他刻骨铭心的仇人。

“你为什么回来？”

他的声音沉痛得如诅咒一般。

如歌怔住。有一瞬，她以为自己会被他狠毒的目光杀死。

“等一下！”

她喊住拂袖而去盛怒的暗夜罗：

“你不要走！”

暗夜罗没有回头，他像是已无法容忍看到她的脸。

如歌道：“今天是第十天。我要见玉师兄。”

暗夜罗冷笑道：

“见到他，你会后悔。”

如歌惊道：“你对他做了什么？！”

暗夜罗挑眉道：“欺骗背叛我的人，等待他的只能是地狱。”

如歌咬住嘴唇，努力克制身子的颤抖。

“我要见他。”

***　***

暗河在地底缓缓流淌。

四周尽是黑暗，只有石壁上的火光映在水面。暗河的水似乎也是黑色的，偶尔闪动的一丝涟漪，像乌云镶的金边。

死寂的黑暗里。

如歌的心慢慢下沉，一种窒息般的恐惧令她的喉咙干哑。她想要飞奔过去的双腿忽然像灌满了重铅！

她看到了玉自寒。

他坐在木轮椅中，青衣如玉，微笑宁静。或许因为许久未见阳光，他的肌肤苍白而透明，身子也似乎比以往更加单薄。

他正在咳嗽。

剧烈的咳嗽使他的肩膀颤动，似乎肺都要咳了出来。掩住嘴唇的丝帕上，是斑斑的血迹。

这样的玉自寒，给如歌一种感觉——

他随时都会死去！

如歌怒火攻心，对暗夜罗喝道：“你对他做了些什么？！”

暗夜罗低笑道：“他原本就是一个病弱的废人，如今不过是回到原来的模样罢了。”

不——

不对！

如歌觉得有什么地方不对！

事情绝不像暗夜罗说得那样简单！

如歌走向玉自寒。

她唤着他："师兄……师兄？！"她把声音逐渐放大。可是，他却好像一点也没有听见！

玉自寒咳嗽着。

他仿佛一点也感觉不到外面的世界。

如歌开始发抖。

暗河的水漆黑死寂。

暗夜罗笑得无比得意："不仅他的耳朵重新失去了听觉，他的腿也再次无法走路。"

如歌捂住嘴。

这一刻，她恨极了暗夜罗！

她没有想到一个人会做出如此残忍的事情！先让玉自寒可以听到可以走路，让他和正常人一般无异，然后再硬生生将这一切全部夺走！

暗夜罗放声大笑：

"这样就叫残忍吗？你未免太小觑了我！"

如歌浑身冰冷。

恐惧和不祥的感觉如冰窟般将她冻僵！

暗夜罗笑得那样多情："你看看他的眼睛，清俊的双眼，如春水般温柔的双眼……"

玉自寒咳嗽着，他向如歌的方向抬起头，他好像感觉到什么，眉头轻轻皱起。

但是，他没有看到她。

他的双眼俊秀如昔，然而，却没有了焦点！

如歌的手轻轻晃了下。

终于——

泪水疯狂地从她的面颊流下。

他看不到了。

暗夜罗把他的世界变成了一片黑暗！

暗夜罗嗅着黄金酒杯中的酒香，遗憾道：

“很奇怪，为什么像他这样残疾的人，依然会有一种近乎完美的气质呢？如果他不曾背叛我，那将会是多么迷人的男子。”

如歌蹲下来。

她蹲在玉自寒面前，将脸上的泪水擦去，她努力微笑。

“师兄，我来了。”她轻声唤着，“我是歌儿啊，我来看你了……你……怎么又咳嗽得厉害了呢？”

玉自寒没有动。

他听不见。

他看不见。

如歌轻轻握住他的手，趴在他的膝头：“你真是一个坏师兄。每一次都答应会好好照顾自己，却每一次都没有做到。”她的面颊在他膝头蹭着，让他的衣裳吸干她的泪水，“你知道吗？有时候我真的很生你的气，生气到再也不想理你了。你为什么总是不会好好照顾自己呢？”

玉自寒的手动了动。

他面容上有疑惑。

他努力想要说话，喉咙颤动，发出来的却只是嘶哑的“啊——”的声音。

他的声音也被夺去了。

他再不会说话。

……

那日。

暗夜罗疯狂地大笑：“一个残废居然也会背叛和欺骗我？！哈哈哈哈，你不在乎耳朵和双腿对吗？那么，就连你的眼睛和声音也一并失去吧！”

玉自寒的功力已然被暗夜罗散去。

他沉默着。

他用最后一刻时间，感受双腿的站立，感受河水和风的声音，感受他能看到的世界。他还想用他的声音再唤一次她的名字。

如果可以选择，他不想再回到残废。

在感受了如此美丽的世界和如此美丽的她，他不想再变回一个无用的残废。

淡淡的光华如美玉般流淌在他眉宇。

他宁静得仿佛浑然不知要降临在他身上的将是怎样的灾难。

他最后的意识是暗夜罗疯狂鲜红的双眼——

“你将失去双腿、失去耳朵、失去眼睛、失去声音，病痛将日日夜夜侵袭你的身体。然而你却无法死去，直到你生命的最后一刻，你都会活在生不如死的炼狱中！”

……

悲痛将如歌的胸口硬生生撕裂！

她从没有如此恨过一个人！

她恨暗夜罗！

她想要将玉自寒所受的痛苦千万倍报复在暗夜罗身上！

她知道了什么是仇恨。

仇恨就是不惜一切代价，让伤害你爱的人的恶魔感受到加倍的痛苦！

如歌把脸埋在玉自寒的掌心。

她哭了。

泪水将他的掌心沁得冰凉。

玉自寒动容，他身子前倾，手指颤抖着去摸索她的轮廓。他摸到她满脸的泪水和冰冷的肌肤。

如歌哭着喊：“是我啊！师兄，是我啊！”

她害怕。

她怕这是同他最后一次相见。

而他，却看不到她、听不到她，甚至不知道她的到来。

玉自寒剧烈地咳起来。

鲜血从他的唇角淌落，他努力想要说些什么，换来的只是更加剧烈的咳嗽。

“我是歌儿……”她哭着，紧紧抱着他的腰，“师兄，你知道是我对不对？我好害怕……师兄，我真的好害怕……”

她满脸泪痕：“你再看我一眼好不好？我好想听你跟我说说话……师兄……你不要吓我……”

他的鲜血滴在她的身上。

恐惧让她语无伦次，惶恐无措像个不懂事的孩子。

她哭得浑身冰寒。

一只温柔的手拭去她脸上的泪。

然后，他将她抱了起来。

他将她抱在自己胸前，温柔地拍抚她的后背。他的喉咙里发出断断续续含糊沙哑的声音，但仔细听来，那是一首失去了曲调的歌。

他拍抚着她。

清瘦的手指在她背上画出奇异的线条。

被他抱着，她放声大哭。

他在她的背上画着什么。

忽然间，她屏住呼吸——

他在写——

“歌儿”。

在他的怀里，她拼命点头：“是我！我是歌儿！”上天啊，他知道是她了！

玉自寒安抚她，在她背上继续写道：

“不要怕。”

她又哭又笑，拉过他的左手，贴在自己唇边，让他“摸”自己的声音：

“嗯，我不怕。”

“你还好吗？”

“我很好。”

“为什么哭？”

“只是见到你太开心了。”她把他的手贴得离唇更近些，凝视他，“师兄，我想你……”

玉自寒微笑，一抹温柔从他没有焦点的眼底晕染开来。

他的手指如春风般轻柔：

“喜欢你想我。”

如歌泪盈盈。她凝视着他，握起他的手指，她低下头，吻过他的手指，吻上他的手心。

她久久吻着他的掌心。

玉自寒先是怔住，然后，他闭上眼睛，泪水悄悄从眼角滑落。

她在他掌心写下：

“竹屋。”

***　***

第二天。

雪欣喜地抚弄着心爱的红玉凤尾琴，轻轻将琴弦上的灰尘吹去，他的手指拨响美妙的乐符。

雪抚琴笑道：“突然这么好心将琴还给我，小罗必定是有所求吧。”

暗夜罗也笑，低声诱惑道：“不仅如此，我还可以助你恢复以前的功力，重塑永生的仙人之身。”

雪瞅着他，笑若花开：“你想得到什么？”

“让她回来，让她彻底离开。”

雪当然知道两个她指的是谁：“你的心未免太急。她在那个躯体里住了十几年，岂是轻易可以被驱走的？”

暗夜罗冷冷道：“驱不走，就让她死。”

雪咋舌道：“好残忍啊。”

“只要能做到，你想要什么我都答应你。”

“真的？”

“是。”

“那我要暗夜冥做我的女人呢？”雪笑得一脸坏意。

暗夜罗勃然大怒，苍白发青的手指扼紧雪的喉咙。

雪呛咳着笑道：“开个玩笑而已。”

“她不是可以供你玩笑的女人。”暗夜罗指骨咯咯作响。没有人能够亵渎她。

雪揉揉自己的脖颈，打了个哈欠道：“是。”

“我要她回来，不再离开。”

暗夜罗眼神阴鸷。

其实十九年来她不在身边，思念已经变成一种习惯。然而，当她再次出现，几天几个时辰的分离却变得如死别般不可忍受。

雪抚琴，摇头道：“我没有办法。”

“你说什么？！”

“如歌那丫头是关键。如果她不愿意离开身体，谁也无法轻易将她驱走，否则会使躯体一并毁灭掉。”

暗夜罗眼睛眯起。

“如果她答应离开呢？”

雪吃惊道：“她怎会愿意？”

暗夜罗不语。

眉间的朱砂殷红得可以滴出血来。

*** ***

“我无法信任你。”

如歌直接回答暗夜罗。

虽然暗夜罗许诺，只要她离开自己的躯体，那么他会放走玉自寒、战枫和雪，并且让玉自寒恢复健康。

但是——

她早已不信任暗夜罗所说的任何话。

暗夜罗道：“我可曾失信于曾经允诺过的事情？”

“没有。”

“那么，为何无法信任我？”

“因为你是一个疯狂的人，”如歌答道，“只要你感到快意，随时会改变你的决定。哪怕让他们离开，以后你仍然会去伤害他们。欺骗、背叛过你的人，你永远也不会放过。”

暗夜罗挑眉。

她似乎还蛮了解他。不错，放他们走，然后再将他们抓回来折磨，并不会违背承诺。

他冷笑：“你以为，你有同我谈判的资格吗？”

如歌望着他。

她的目光澄澈，带着不屈服的意志。

暗夜罗道：“就算以后再将他们抓回，毕竟有一次逃离的机会。否则，他们立时就会死在你的面前。”

如歌脸色渐渐发白。

暗夜罗眉间朱砂一跳，眼底闪过奇异的光芒：“或许，你喜欢留在我身边。”

如歌一惊。

暗夜罗箍住她的腰身，令她动弹不得。他俯首朝她的耳垂呵气，气息湿润冰冷，他笑得邪恶：“你是否想做我的女人，因为不知不觉已经爱上了我，所以不介意和她共同分享我的身体。”

如歌一阵恶心。

她呕吐。

吐出来的是黄水，将暗夜罗的红衣染得污秽。

暗夜罗舔弄她的耳垂：“吐吧，尽情地吐吧，我一点也不在意。你与她合而为一，呕吐的秽物也是我珍惜的珠宝。”

呻吟着，他将她箍得更紧：“看啊，我的身体在为你燃烧。”他紧紧贴住她身体的线条。

“放开我！”

如歌羞愤地大喊。

暗夜罗睨视她：“怎么，你不是不舍得离开这具躯体吗？”

如歌一口唾沫吐到他脸上。

她厌恶道：“若是你伤害到他们，我发誓，尽管暗夜冥是我的母亲，我也会毫不心软地折磨她给你看。”

第十八章

没有骗你……就算消散了，
也会永远和你在一起……

经历了三天三夜的睡眠。

雪喂她喝下昆仑之巅的雪水，用雪莲的汁液擦拭她的全身。她的身子先是发青，然后煞白透明得仿佛可以透过肌肤看到血脉的流淌，缓缓地，一种贝壳般的粉红色透出来。

她的面容粉嫩红润。

恍若新出生的婴儿般绽出夺目的生命力。

她醒了。

当她睁开眼睛时，暗夜罗握得她的手发疼。他喘息着盯紧她，眼底满是血丝，殷红殷红。

她温婉地抬起手，吃力地爱抚他的脸庞：

"罗儿，你为何如此疲惫。"

暗夜罗将脸埋在她的手里，喘息道："告诉我，你再不会离开。"

她颦眉："我又病了吗？"

暗夜罗颤抖着道："每次看不到你，我愤怒痛苦得恨不能将世界摧毁一千次一万次！"

她微笑，温柔如大海上的阳光："傻罗儿。"

暗夜罗低声道："我什么都可以原谅，只要你再不离开。"

她轻叹："傻罗儿啊，我为何会离开你呢？你是我最心爱的弟弟啊。"

"不——我不是你的弟弟！"他不要历史再重演一次。

她怔住。

暗夜罗吼道："我不是你的弟弟！你答应过要嫁给我！"

她苦笑："姐弟如何成亲呢？不要说孩子话。"

"你我根本不是姐弟，你我之间毫无血缘关系，为何不能结为夫妻！"红衣狂怒地飞扬，暗夜罗面容扭曲，低吼声在地底层层震荡开来。

"世人不知，他们会给你加上乱伦的罪名。"

"世人？！我何曾将他们看在眼里！"他狂笑，"如果你在意，待我将世人尽数杀净，看看还有谁会来嘲笑指责！"

她胸中满是疼痛："我们毕竟是姐弟。"无论怎样说，她与他从小一起长大一同生活，在她心底，与亲姐弟无异。

"在你心中，所谓姐弟的关系，比我还重要，是吗？"

暗夜罗突然问。

她摇头苦笑："罗儿……"

他握住她的肩膀，目光如炬："所有都是借口，你根本不爱我，对不对？！"

她全身一震，眼睛渐渐湿润。

"那好，"他紧紧盯着她，"那我给你一个选择。"

他伸出右腕。

一股血自腕部动脉急促而出！

鲜血冲上石壁顶端，然后又溅落下来，血花迸碎，满地鲜血，血的腥气顿时弥漫开来，浓重得令人窒息。

她扑过来，惊骇地喊道："你疯了！你在做什么！"她抓住他右腕血脉，汩汩殷红的鲜血渗过她的指缝流满床榻。

血流得过多，暗夜罗虚弱："要么，嫁给我，忘掉那该死的姐弟。要么，就让我死掉，这样就再没有人逼迫你。"

"你——"

泪水在她脸上奔流。

暗夜罗用淌血的右手捧起她的脸庞：

"嫁给我。"

泪水和血水混在一起，他的手腕极疼。苍白的面容，殷红的朱砂，暗夜罗狂狷而多情。

"嫁给我，做我的娘子。"

***　***

"明天宫主成亲，今晚赏你们些酒菜！"

水牢中，暗河弟子将菜碟碗筷扔在地上，谈论着即将举办的婚宴，对宫主突然宣布成亲无不感到兴奋好奇。

战枫盘膝而坐。

他背脊笔直，右耳的蓝宝石透出森森寒意，肩上的头发微卷，隐隐挂着幽蓝的冰霜。

他听到暗河弟子们谈论婚宴。

他听到如歌的名字被提起。

然而，他漠然得好似一切都跟他没有关系。

雪扔给他一个馒头："吃饭。"

战枫没有动，身边的天命刀却清吟一声，在空中划出一道湛蓝的弧线，将馒头接住。

他睁开眼睛。

眼底是一片骇人的幽蓝，带着残忍冷漠。

他吃着馒头。

动作极慢，仿佛他吃的不是热腾腾的馒头，而是一块生铁。

雪打量他半晌："你进境蛮快，魔功很适合你。"

战枫道："给我最后的口诀。"

雪道："已经给了你。"

馒头里夹着一张字条。战枫展开来，他默念一遍，然后，字条在他手心燃起暗蓝的火苗，变成灰烬。

两人再无对话。

雪开始抚琴。

地底阴暗，他却仿佛昆仑之巅灿烂的雪光，晶莹耀眼。他的白衣洁净如新，似乎人世间没有任何污物可以沾染上它。

优美的十指。

飞舞在通透的红玉凤琴上。

乐曲时而低回，时而高亢，渐渐无声。

突然——

琴弦断！

雪的指尖沁出血珠。

望着那颗血珠，雪怔了良久良久，绝美的容颜露出忧伤的表情。

***　　***

婚宴没有在暗河宫举行。

已是初夏，天空蔚蓝如洗，洁白的云丝淡如烟雾，山间开满芳香的野花，青草茵茵。左边有一挂瀑布从山顶奔腾而下，下面是深不见底的悬崖，气势磅礴，白雾翻滚，氤氲升腾。右边却百转千回蜿蜒成一条小溪，溪水明澈欢快，鹅卵石在潺潺的溪底闪耀光芒。

这条小溪不是昔日的小溪。

这里没有暗夜冥的坟，没有无尽的痛苦和思念，没有任何过往的回忆。

一切都是崭新的。

暗河弟子们在远处的山腰有属于他们的筵席，所以婚宴中的宾客很少。

草地上有六张酒案。

一张豪华阔大，上面摆着两副餐具，从酒杯、菜碟、筷子、羹勺无不华美精致到难以想象的地步。

另有五张酒案依次排开。

黑翼独自饮酒，他脸上没有任何表情，双眼沉寂如古井无波。薰衣亦沉静地坐在席中，只是挑些清淡的素菜来吃。

战枫一身深蓝布衣，孤傲的气息，右耳的蓝宝石诡异地闪动幽光，隐隐透出血气。他右手握住天命刀柄，酒菜于他如同空气。

雪面前的案几上很简单。

一张红玉凤琴，一只酒壶和一只酒盅。

雪却笑得很开心。

琴声淙淙。

他深呼吸，笑容阳光般耀眼：“多好，夏天来了，花朵会更加艳丽，树木会更加茂盛。”

他喜欢夏天。

夏天会让人感觉有无穷无尽的生命力。

剩下一张酒案前并没有人。

直到暗夜罗和“如歌”出现的前一刻，那人才被人推了出来。

他是被暗河弟子推出来的。

因为他无法行走。

他一身青衣，坐在木轮椅中，四肢仿佛被抽走了所有的力量，连手指也松软地搭在轮椅扶手上。

薰衣微微吃惊。

她注意到，他的眼睛似乎是瞎了的，空洞没有焦点。他原本就十分宁静，而此刻，却静得仿佛这世间再无法被感受到他的存在。

薰衣叹息。

玉自寒毕竟是玉自寒。

就算残弱如斯，但唇边一抹淡淡的微笑，依然使他尊贵如君临天下的王者。

纷纷扬扬的花瓣，蔚蓝的天空忽然飘起粉红色的花瓣雨，花瓣如羽毛，轻盈舞在半空，美得人目眩神摇。

雪十指飞扬。

琴声欢快起来，乐曲伴着花瓣，让青山绿水的山间唯美浪漫宛如仙境。

花瓣飘飞中——

乐曲酣畅时——

暗夜罗携着“如歌”大笑而来！

他依然是红衣如血，她依然是红衣鲜艳。与往日不同的是，他胸口扎着一朵绸缎的红花，映得他苍白的面容多了几分遮掩不住的喜气；她云鬓高绾，一方鲜红薄纱垂下，透过若隐若现的轻纱，只见她颊红如醉，眼波盈盈。

两人在酒案前落座。

暗夜罗放声大笑，左手搂住她纤腰片刻不曾放开：“今日是我与冥儿大喜之日，繁文缛节不必理会它，大家尽情喝酒！”

说着，他举起酒杯一饮而尽！

暗夜罗的笑声仍在山谷回荡，然而，席间却无人附和欢笑。

黑翼、薰衣沉默地将酒饮下。

战枫身上冰寒之气益发肃杀冷酷。他闭目而坐，右耳蓝宝石透出猩红。轮椅中，玉自寒依旧沉静。再热闹的婚宴对他而言也如深夜一般漆黑。雪揉弄琴弦，好像根本没有听到暗夜罗在说些什么。

暗夜罗震怒！

然而，一只温柔的手抚住他的手背。她望着席间众人，声音透过轻纱，声音低柔："我晓得，罗儿曾经做过一些对不住你们的事情。若是请求你们谅解，怕是并不容易。"暗夜罗手指霍然僵硬，他不能容许她的语气如此谦恭！她握紧了暗夜罗的手，阻止他打断自己。

她继续抱着歉意道："往日种种恩怨，不敢要求你们一笔勾销，只是从今日起，我和罗儿会尽力对大家做出一些弥补。"

这样的语态和声音……

战枫双目微睁，幽蓝的眼紧紧盯住她：

"你是谁？"

她不是如歌。

她怔了怔，道："我是暗夜冥。"

战枫忽然纵声狂笑！

这个世界太荒谬，那个笑容明亮红衣鲜艳的少女竟然有一天会对他说，她叫暗夜冥！

暗夜冥——

十九年来，他一直以为暗夜冥是他的娘亲！

她被战枫的狂笑惊吓到，手指在暗夜罗手背上颤抖了下。暗夜罗眼睛眯起，一股凌厉的杀气迸出！

雪抚琴，摇头笑道：

“婚宴上若是见红，实非吉兆。”

暗夜罗瞳孔收紧，他生平从未相信什么吉兆凶兆！不过——她怕是会不安吧。

战枫收住狂笑，眼底渐渐凝固成诡异的冰蓝：“忘却仇恨，并不难。”

她欣喜：“如何可以做到？”

“只要——”

冰蓝的光在眼底暴风雨般迸裂！

“他——死！！”

天命刀脱鞘而出！

这一刀，幽蓝幽蓝，天空变得苍白失色，天地间所有的蓝化成一道闪电！

这不是刀！

是人世间最忧伤悲愤的蓝！

这不是刀！

是战枫仇恨入魔的精魂！

电光石火间。

形势巨变！

玉自寒虽然看不到听不到，可是，他依然能够感觉到那令天地变色的杀气。他握紧轮椅扶手，双唇抿紧。无声的漆黑中，他不知道究竟发生了什么。

雪抬眼望去，琴声顿止。

黑翼和薰衣却不动声色。他和她都深知暗夜罗的武功，没有人是他的对手，就算十个战枫，也不会是暗夜罗的对手。

暗夜罗挥袖，长袖如血雾飞扬。他冷笑，战枫的攻击实在不足以被他看在眼里。

然而，暗夜罗错了！

战枫的功力相差暗夜罗甚多。

纵使他投身于魔，舍弃日后二十年的阳寿，舍弃拥有儿女的权利，舍弃以往习练的功底，在最短的时间内冒险将功力提升为原本的十倍，他依然不会是暗夜罗的对手！

可是——

战枫不怕死。

死，反而是他想要的。只有死，才能洗去他所有的痛苦；只有死，才是他唯一的解脱。

一个不怕死的人，他的攻击力难以想象！

暗夜罗却不同。

他不想死。

这是他的婚宴，怀里有最心爱的女人，人生最美好的一切刚刚展现在他面前。

长袖挥出的血影击中战枫的身体！

致命的攻击！

雷霆轰击般的剧痛！

血雾弥漫出猩红的暗影，将山谷中的阳光遮蔽！

战枫心知自己无法避开暗夜罗的攻击。

所以他不避。

他只做了一件事情——

全力往前冲！

任何人遇到这种惊神泣鬼的功力，这种毁灭般的剧痛，也会为之心胆俱裂，至少会为思应对之策而稍做犹豫。

但战枫没有。

因为他要的就是死。

遮天蔽日的血雾中。

战枫化身为刀！

刀就是战枫！

刀——

幻成一道长长的蓝色光芒。

暗夜罗错了。

他可以杀死战枫。

但是战枫死之前也可以将刀送入他的胸膛！

暗夜罗急退！

已！

晚！！

暗夜罗长袖挥出第二股血雾！

也——

已！！

晚！！！

幽蓝的刀芒破空而至！

血雾在山谷淡淡中散去……

阳光透进来。

初夏的风带着青草和花的香气。

她呛咳着，一串血从嘴角涌出，血沫越涌越多，她的面容渐渐苍白如纸，鲜红的喜袍衬得她更加凄艳。抱住暗夜罗的双臂颤抖着，但她依然抱得很紧。

“罗儿……罗儿……”

她吃力地仰头端详暗夜罗，见他无恙，缓慢地扯动涌着血沫的唇角，宽慰的笑容。她的腿再没有力气，身子向地面坠去，一把幽蓝的刀插在她的后心，如泉涌的鲜血浸满红裳，血红鲜红，分不清楚哪是衣裳哪是血。

暗夜罗喉咙里发不出半点声音。

喉部“咯咯”痉挛，手指“咯咯”痉挛，望着她嘴里不断涌出地血沫，极度的恐惧令他面孔涨红。他仰天大叫，悲愤的气流惊散了空中所有的飞鸟，却一点声音也没有发出！

在那一刻——

她扑身抱住暗夜罗，用她的背挡住了战枫的刀！

战枫大惊！

他认出了她，他想要将刀气收回！然而，他用所有的仇恨练就的这一刀，只有死，没有生，他已经把将近二十年的生命揉进了这一刀里，他要与暗夜罗同归于尽！

当刀插入她的后心。

战枫可以感受到刀刃撕裂她的骨。

当刀插入她的后心。

剧痛在战枫体内爆发，暗夜罗的攻击，她狂涌而出的鲜血，让他身子还在空中时就已痛得死去。

那一瞬，他想要再看她一眼，不管“她”是谁，他都想要再看她最后一眼！可是，他只看到血雾中她淡淡的背影，她的身子滑落地面，她吃力地抬起头……

她望向的却是暗夜罗！

身下是茵茵的草地，鲜血在她的后心和嘴角静静涌流，依偎在暗夜罗怀中，她颤抖着伸出手抚摸他的脸庞，眼中有大海般的深情。

“罗儿……”

她轻唤他的名字。

“罗儿……”

她望着他，泪水滑落脸颊。

她的声音如此轻柔，像是怕吓到他。

暗夜罗用力摇晃她的肩膀，怒吼道：“为什么要这样做！！”就让战枫的刀刺入他的胸膛好了，他不会死！只要有她，他不会死！纵是千万把刀齐齐刺入他的胸膛，为了她，为了跟她在一起，他无论如何也不会让自己死！

这是他的婚宴啊。

她要嫁给他做他的娘子，一切都美好得让他不敢呼吸，生怕一呼吸惊觉不过是场梦。

他恨她！

她为什么要挡那一刀，他不会感激她，他只会恨她！他恨她！他要摇散她，让她永远永远不要在他面前死！！

她嘴唇苍白，手指冰凉，吃力地拭去他脸上的血泪："罗儿……对不起……"

暗夜罗悲愤道："我不会原谅你！"

她的手指轻抚过他的脸，声音细若游丝："姐弟……终究是无法成亲的……"她惨然一笑，"不要伤心……记得啊……姐姐爱你……"暗夜罗身体颤抖，心痛不已，血泪淌满他的面颊。

她抚上他的眉心，那颗殷红色朱砂。她的眼神哀怜不舍，缠绵着万般柔情，血沫从她的嘴里大口喷出。

暗夜罗狂乱嘶吼："不！！"用什么，用什么可以留住她？！他恨不得苍天变色日夜颠倒生灵涂炭！只要她不走！用什么来交换都可以！

然而，诡异地——

她的眼神忽然一变。

冰冷。

异常冰冷。

像热水中忽然溜进一条冰冻的鱼。

狂乱悲恸已入疯癫的暗夜罗为她忽然变得冰冷的眼神惊诧，那眼神，那仇恨的眼神……

待他有意识时，眉心朱砂处已被刺入了一根簪子！

她将一根簪子刺入他的眉心！

鲜血自眉间狂喷！

暗夜罗大吼！

她急退，身轻如燕，丝毫不似身受重伤垂死之人！鲜红如朝霞的衣裳，她迎风而立，初夏阳光灿烂耀眼，红衣飒飒飞扬。

那眉眼！那神态！

她怎会是暗夜冥……

她明明是烈如歌！

雪笑了。

他把琴弦拨响，美妙的乐符跳跃在初夏的山谷间。对如歌眨眨眼睛，他绝美的脸上绽开调皮赞许的笑容。

战枫挣扎着从草地上撑起身子，望着好似安然无恙的她，一抹狂喜自他幽蓝的眼底荡开。

黑翼和薰衣大惊失色，一切发生得如此之快，仿佛一瞬间情势已急转直下。

玉自寒在轮椅中坐直身体，他不知道究竟发生了什么。

***　***

那一日。

雪告诉如歌："眉心是暗夜罗的重穴。" 当年暗夜冥正是重创了暗夜罗眉心，才使得他闭关养伤十九年。

"但是，没有机会。"如歌皱眉。就算她和雪、战枫加起来，也无法攻击到暗夜罗近前，更别说碰触到他眉心。

雪往她的木桶里加些热水。只有在如歌洗浴的时候，四周才没有暗河宫的人。

花瓣在水面漂荡。

"只有一个机会。"

如歌凝神细听。

"有一个人可以令暗夜罗心神大乱，在她面前，暗夜罗会脆弱无助得像个孩子。"

“你是说暗夜冥？”

“是。”

“可是她死了。”

雪拨弄花瓣，轻笑。

如歌凝视他，目光澄净：“我以为，你说的所谓魂魄转移不过是权宜之计。”

雪眨眨眼睛，笑道：“臭丫头，越来越难骗到你了！那上次你因为这个难过，是做戏给暗夜罗看的吗？”

“他一定会监视你我的。”如歌苦笑，“不过，一开始听你那样说，你把别人的魂魄放入了我的体内，确是很难过。”

“为什么难过？”雪紧张地望着她。

如歌瞪他：“当然会难过啊，有种被欺骗的感觉。”

“哦……就只有这些吗……”雪很沮丧，愤愤地拍打水面，激起小小的水花。

如歌想了很久：“你是说，她虽然不在了，但我们可以让暗夜罗以为她在我体内复生？”

雪拍掌：“好聪明。”

“暗夜罗怎会分辨不出暗夜冥呢？”他和她那样熟悉，怕是每个动作每个神态都铭记于心。

“当一个人狂热地沉浸在期盼中，纵有些疑点他也会视而不见。”雪轻笑，“暗夜罗对她的爱早已癫狂。”

如歌沉思。

“我并不了解她，如何才能扮得像？”

雪叹道：“她是一个温柔的女子，世间所有的温柔本就是相似的。”玉自寒亦是一个温润的人，如歌虽不了解暗夜冥，可是她对玉自寒的温柔体会至深。

“有些往事我并不知晓。”

“你只需知道一点即可，暗夜罗恐怕也不愿她将所有的往事统统记起。”

如歌点头。她知道有一个人可以帮助她。

薰衣。

自从暗夜绝死去，薰衣在暗河宫再无牵挂。以往薰衣虽然背叛过她，可是她相信这次应该不会再被出卖。

木桶中的水渐渐变凉。

如歌的眼睛也渐渐染上凉气，她面容俏丽，嘴唇抿紧："这是最后一次机会。"

她会用所有的力量去杀暗夜罗！

哪怕——

这种方法一点也不光明正大。

随后的日子里，雪每日喂她喝下自己的血，他用那些血在她体内积聚起一种能量，以抵抗战枫致命的一击。

战枫必定会刺杀暗夜罗。

可是，纵使入魔后战枫功力大增，也只不过能给予暗夜罗轻创。

只有"暗夜冥"濒死那一刻。

真正的暗杀开始！

***　　***

眉心剧痛！

烈焰焚烧般的剧痛，自眉心穴撕裂而下！

暗夜罗大痛，血红衣裳猎猎飞扬，他面色惨白，反手拔下刺入自己额中的利器！

一根梅花簪，泛出金黄的光泽。

花芯原本应该是嵌有宝石之物的，如今却只有一个凹槽。簪子的尖处有新鲜的血，有陈年不褪的暗红血渍。

他认得这梅花簪！

……

小暗夜罗将梅花簪小心地收进怀里，仰起小脸笑：

“答应了就不许反悔啊。”

……

她将簪子刺入他的眉心，眼中是仇恨的血红，仿佛他不是她的弟弟，而是她最恨的仇人：

“你杀死了飞天！！”

……

她惨然一笑：“不要伤心……记得啊……姐姐爱你……”

……

眉间，鲜血狂喷！

暗夜罗惊痛大吼，他浑身颤抖，像被重创濒死的野兽：“为什么？！为什么要这——样——对——我？！”

这是一场骗局！

他所有的感情、所有的渴盼、所有重新开始的未来都不过是踏进了一个荒诞的骗局！

暗夜罗满脸鲜血，甚至连他苍白的脚趾也血迹斑斑，他痛吼道：

“你究竟是谁！！！”

如歌红衣鲜艳，双眼明亮如炬：

“我是烈如歌。”

一年前的她，会觉得用这种手段袭击暗夜罗非常可耻。然而，如今她对暗夜罗的恨早已使她不在意用任何手段。

有时她想，或许在她的体内流淌的也是黑色冷酷的血。

暗夜罗吃痛眯起双眼：“你居然假冒她！！”

如歌道：“纵使暗夜冥真正复生，她对你的恨未必比我少！”

“不——！”

暗夜罗厉声嘶吼，眉心血柱如箭般急喷：“她不恨我！她爱我！我才是她最爱的人！”

红玉凤尾琴自中间裂开！

七根琴弦竟然是完整的一根！

银弦如飞龙，闪耀着，划破天际，勒住暗夜罗的脖颈！

雪的攻击正如乐曲般美妙。

他不准备给暗夜罗任何喘息的机会。

这一次——

暗夜罗必须要死！

猩红的血衣，苍白冰冷的脚趾，眉间喷涌的鲜血，艳丽的双唇，掌中满是血污的梅花簪，暗夜罗疯狂痛呼，旋转，血花飞溅茵茵青草地，满山满谷皆是血腥。

银色琴弦收紧。

暗夜罗的功力急速消散。

剧痛似要撕裂他的身体，视线中已是一片血红，暗夜罗失去控制地旋转。他看到了黑翼，黑翼沉默不语，他收养他，传授他武功，将他派到银雪身边化名为有琴泓，他一直以为黑翼是最忠心于自己的，然而此刻黑翼的眼中只有漠然；他看到了薰衣，从小他将薰衣送到烈火山庄，并且让她的母亲死在她的面前；他看到了眼中满是仇恨的战枫，看到了轮椅中失去视觉听觉和健全双腿的玉自寒，看到了十指收紧琴弦的雪……

山谷中的风自他耳边呼啸而过。

暗夜罗觉得那样冷。

原来，他是如此寂寞啊……

生命流逝中，暗夜罗看到了如歌。

她红衣鲜艳如清晨的一抹朝霞，俏丽地站在初夏阳光里，嘴角有血迹，可是她的脸熠熠生辉。

暗夜罗恨极了她！

是她一手毁掉了他所有的幸福！或许暗夜冥已然重生，是她扼杀了她的生机！她让他陷入狂喜，然后又给他致命的一击！

暗夜罗张开双臂，纵声狂笑：

"来吧！用我的死亡毁灭一切！！"

这狂笑划破天际！

暗夜罗的身体伴随猩红血衣炸得四分五裂！

这是——

暗夜罗最后的攻击！

血雾漫天，凌厉的杀气，向山谷中所有的人袭去！他纵然要死，也要让他们全部死去！

黑翼、薰衣飞身急退！

雪挥出的雪花，晶莹飞舞，舞出一尺见方的雪盾。

如歌也可以急闪躲避暗夜罗最后的一击，因为体内有雪的灵血，她并没有受多么重的伤，应该可以躲得过去。

可是，她知道玉自寒和战枫无法躲过这一击！

玉自寒不能看不能听不能行，全身的功力早已被暗夜罗废去。而战枫，方才那一刀和暗夜罗的反击使得他五脏受到重创，也完全没有躲开的气力。

轮椅中，玉自寒感觉到凌厉的杀气正在向自己扑来。

他轻轻咳着。

清远的眉宇间有淡淡的光华，双肩虽然单薄孱弱却没有因惊惶而颤抖。不畏惧，但他并不想死，只要她还活着，哪怕他全身瘫软无力，也想要和她呼吸同样的空气。

血泊中，战枫却闭上眼睛。只有死，可以洗清他一身的罪孽。

玉自寒和战枫相距甚远。

如歌只能选择一个。

那一瞬，其实她并没有进行选择的时间！她飞身扑向玉自寒，这是她大脑中的第一个反应！

然而——

不！可！以！

她的身子猛然僵住，望向战枫。他仰面躺在草地上，深蓝布衣染满血污，右耳的蓝宝石暗淡无光。鲜血从他嘴角汩汩流淌，天命刀依然紧紧握在右手，五官是等待死亡的冰冷漠然。

战枫。

冷酷无情又愚蠢莽撞的战枫！

可是，他的命运原本是应当由她来承受的啊。

还有那样爱她的爹……

……

"如果战枫危害到你，就杀了他。"

烈明镜已经转过了身子，满头浓密的白发，被夕阳映成发红的色泽，他的影子也是似乎是红的，斜斜拖在青色竹林的地上。

……

当如歌用身子护住战枫时，泪水从她的面颊滑落，她紧紧抱住战枫，紧紧闭上双眼，她不能让自己去看玉自寒。

山谷里弥漫着浓重而令人窒息的血雾。

无边无际的猩红。

如歌紧紧抱住战枫，用她的背为他抵挡一切攻击。她失去了逃离的机会，她也不打算逃离。

对不起，玉师兄。让我陪你一起去死好吗？对不起，我要救战枫。等我们到了天上或者地府，我会去找最好的竹子，为你建一间最好的竹屋。

望着如歌，雪美丽的面容变得哀伤，血雾中，白衣依旧耀眼，却仿佛闪耀着无尽的泪光。

她爱的终究也不是他啊。

他轻扬十指。

雪花悲伤地飞舞，像漫天的泪在劝说着什么。

雪执拗地摇头。

雪花悲恸地飞入他的身体，他的身子瞬间透明，嘴唇亦透明，长发亦透明。

然后——

轰然崩裂！！

如暗夜罗一般。

雪的身体飞散开来。

化成漫天雪花……

寂静的山谷，猩红的血雾，晶莹的雪花，交织着，纠缠着，如一波一波透明的海浪，如一阵一阵呼啸的山风……

激烈。

终于静止。

山谷中没有人死去。

只是——

暗夜罗和雪从人世间消失了。

*** ***

就像一个悠长悠长的梦……

时间和空间自她身边抽离，可以听到小溪欢快的流淌，可以听到瀑布的飞溅声，可以听到阳光在草尖轻轻舞蹈，可以听到风抚弄野花的花瓣……

一个悠长悠长的梦……

如歌什么也看不到，眼前一片白色。

渐渐变淡，渐渐透明，草地上渐渐化出一个晶莹剔透的人影，初夏的阳光中，那身影七彩夺目光华璀璨。

他轻轻躺在草地上，瞅着如歌，笑容透明而忧伤：

“嗨，丫头……”

如歌怔怔望着他，冰冷一点点、一点点自心脏传到指尖，又从指尖传回心脏，她的声音轻得像飞雪：

“你说过，永远不会再离开。”

雪笑得那么美丽：“傻丫头，我骗你啊。”

如歌轻轻歪过头，目光怔松：“你骗过我很多很多次，你知道吗？”泪水缓缓落下，她闭上眼睛，“骗我，很好玩是不是……”

雪有些慌了，他伸手想拭去她脸上的泪水。

如歌避过他的手，嘴唇抿得很紧，良久，她睁开眼睛，眼中有悲愤：“你的生命跟战枫和玉师兄的生命有什么不同！你以为，牺牲掉你而大家活下来，会生活得很快乐对不对？！”

雪苦笑：“我不想死啊，臭丫头……”可是，若是她死了，他活在世上又有什么意思呢?

忽然，他瞋目瞪她：“你也骗了我啊！答应要好好爱我，用力爱我的，可是你何曾真正抽出一天的时间来爱过我呢？！死丫头，恨死你了！”

光华穿透他的身体。

他悲伤得仿佛随时会消散掉。

如歌摇摇头：“我没有骗你。你看，现在所有的事情都结束了，会有大把大把的时间来爱你了……只是……你一定要消失吗……”

雪哭了。

他像小孩子一样哭了。

“恨死你了！死丫头！为什么现在才有时间爱我呢？！来不及了啊，怎么办……”

如歌抱住他，她弯下腰，把他的脑袋抱进自己怀里，轻声道：“来得及啊……让我和你一起消失，你消散在什么地方，我也消散在什么地方，你在什么地方重生，我也在什么地方重生……我会用以后所有的时间来努力爱你……”

“如果努力还是无法爱上我呢？”他最伤心的问题。

“那就再努力。”

“再努力还是不行呢？”

“那就再努努力。”

在她怀中，雪笑容苦涩：“直至现在，你依然没有爱上我吗？”

如歌心如刀割，泪水浸疼她的面颊。

“一点也没有吗？”

雪吃力地撑起身子，屏息端详她的神情。

“一点点……一点点……都没有吗？……”

如歌恨不得立时杀了自己！她咬住嘴唇，嘴唇煞白，十指握得死紧，心中阵阵被刀绞般的痛：

“我……”

雪晶莹的手指捂住她的双唇，微笑，像一朵绝美透明的白花在春夜飞雪中盈盈绽放。

“那多好……这样，我离开了，你也不会太过伤心……”

漫天飞雪。

雪花盈盈飞舞。

灿烂的雪光，明亮耀眼，通透无瑕，雪的身子就如一团光芒，没有重量，光华万丈。

雪轻轻笑着：

“把一切都忘了吧……”

如歌的泪水渐渐风干：

“让我和你一起消散。”

“玉自寒呢？”他问她，心，抽痛得麻痹。

如歌仰望天空，蔚蓝的天，一丝白云，盈盈飞雪。她的声音轻如山谷中的风：“就让我和你一起消散吧。”

那是她答应过的，是她亏欠他的。

雪凝望她良久良久。

终于，他笑颜绽放：“好，那就让咱们永远不分离。”

雪花自他体内飞出。

优美地旋舞空中。

几千几万片雪花飞入她的体内，她的身子亦渐渐透明，她微笑着握住他的手，两只晶莹剔透的手握在一起，美如画中仙人。

慢慢地——

她“睡”去了。

雪长久长久地凝视草地上红衣鲜艳的她。

他俯下身。

在她双唇印下一个吻。

万丈光芒穿过他的身子，闪耀，跳跃，化为七彩的霞光。光芒愈来愈盛，刺得人眼发痛，“轰”的一声，光芒在寂静中散成无数绝美的碎片。

远处轮椅中的玉自寒身体震了下。

喉咙轻“啊”了一声。

丫头……

没有骗你……

就算消散了，也会永远和你在一起……

尾声

终年白雾缭绕的山中。

有一间竹屋。

竹屋青翠鲜绿，屋边开满星星点点白色、粉色的野花，翠羽的鸟儿在林间飞来飞去。

“要进去吗？”竹屋外茂密的树林里，黄琮轻声问玄璜。他们找寻了十一个月，才找到这里。

此时天下初定。

皇上将皇位传于敬阳王，暗河宫彻底自人间消亡，烈火山庄和天下无刀城亦遭到重创，江南霹雳门反而以惊人的速度在武林崛起。但随着战枫回到烈火山庄，情势有了新的变化。

战枫比以前更加可怕。他幽蓝的卷发仿佛挂满冰霜，眼瞳冰冷阴鸷，浑身上下的冰寒之气令人窒息。在他回到烈火山庄的第一天，裔浪就神秘地消失了，没有人知道究竟发生了什么。

战枫执掌下的烈火山庄势力迅速扩张，与江南霹雳门一北一南互相对峙。

江湖，没有永远的平静啊。

竹屋升起袅袅炊烟。

有轻轻的笑语从里面传出来。

玉自寒微笑着坐在轮椅中，望着在灶台前忙活的如歌。

她的额头满是汗珠，脸颊红扑扑，阳光照在她稍显凌乱的发梢。她吐吐舌头，转身看他："你饿不饿？马上就好了啊，再等一下！"

他笑着摇头："不饿。"说着，他对她招手，让她来到自己身边。如歌在他膝边蹲下，仰起头，关切地问："怎样？是身子不舒服吗？"

那日山谷一战，待她醒来后发现雪已消失不见，地上只余一件雪白的衣裳。她原本想随雪而去，但是轮椅中失去了武功、没有了视力听力声音和健全双腿的玉自寒使她最终留了下来。

玉自寒当时病得极重。

有无数次，她以为他再也坚持不到第二天。

然而，渐渐地，他却好转了起来。并且，他的眼睛、耳朵和嗓子都奇迹般地恢复了。

应该是奇迹吧，如歌感恩地想。

玉自寒掏出一方绢帕，淡笑着擦去她额头的汗珠："不要太累。早饭就算不吃也没关系的。"

如歌瞪他："乱讲！怎么可以不吃饭！真是不知道爱惜自己身子的人！"

他轻咳一声，微笑。

"还笑！待会儿要罚你！"她恶狠狠地瞪他。

"好。"

“罚你吃四个烧饼！”

“好。”

她想一想：“罚你跟我一起做烧饼！”

“好。”

这么容易就答应？不好玩。

“罚你唱歌给我听！”

“好……”

玉自寒苦笑，他唱歌很难听的。如歌拍手大笑，就是嘛，看他为难的样子才有趣啊。

听到竹屋里欢乐的笑声。

黄琮不由得也微笑了。

玄璜转身向树林深处走去，低声说：“回去吧，不要打扰他们。”

热腾腾的烧饼出炉了！

如歌深吸一口烧饼的香气，得意地笑：“我做的烧饼可是天下无双哦，又香又酥，师兄你好久都没有尝到了呢。”

玉自寒温柔地笑：“果然好香。”

“是吧，呵呵，”她放一个烧饼到他手中，“快趁热吃啊。”

他低头打量烧饼：

“不过，只是烧饼的话像是少了点什么。”

“咦？”她一头雾水。

他从怀里掏出一样朱红的东西，捏在手指，轻轻勾描几笔。金黄的烧饼，淡红的雾中美人。美人如月，美人如雪，姿态妩媚，神情却端庄。映着金黄的底色，简洁优美，使人忍不住看了又看。

他唇边的笑容优雅：

“丫头，这样烧饼才漂亮嘛。”

如歌惊疑地瞪住他：

“你——究竟是谁？！”

（全文完）

后记

有人说我是后娘，是心狠手辣的人，以折磨小说中的男主角们为乐趣。哈哈，大笑，看到了吗，我毕竟还是“亲娘”啊，谁都不忍心伤害。

叹……

很多人都说，烈火如歌是个悲剧，必须是悲剧，只能是悲剧，无论从哪个角度讲，都应当是个大悲剧。

对这个“悲剧”的问题，我想了很长很长时间。

或许悲剧美更能打动人心，或许从逻辑和性格的角度来讲，悲剧也更合适更完美。

可是——

我是一个坚决痛恨和排斥悲剧的人，嘿嘿。就是这个原因，有了这样的结局。

写文，是为了幸福和快乐。

给她们最多的爱，最多的幸福，这些幸福和爱可能是很虚幻的，但仍旧是美丽的啊。

雪的身体消散了，他化成千万片光芒，飞入玉自寒的体内。不可以和她在一起了吗？她爱的是玉自寒吗？那么，就让他变成玉自寒的眼睛、耳朵、声音甚或是双腿好了。

不要问这样做是否道德。

不要问以后他们会如何相处。

在我看来，这是最完美的最幸福的，这样，也就足够了。

战枫其实是应该死掉的。

从一开始写，就打定主意要让他死。战枫的悲剧是整篇烈火如歌的线索，他的命运决定了全文的基调。战枫很笨对不对？可能，说他笨也不完全合适。只能说是天命吧，所以送他一把天命刀。

想让他为了如歌而死。

但是不可以，如歌不会看着战枫死去的，那是她亏欠他的。

也想过让他落崖，留一个悬念。呵呵，留意到婚宴山谷中那个悬崖了吗？本来是为战枫准备的。

但是也不可以，那样太滑稽可笑了。

所以，战枫最终也活了下来。成魔后的战枫，以后的道路就让他自己走吧。

暗夜罗……

写到最后，一直犹豫如歌冒充暗夜冥的做法是否合适，太不光明磊落了。应该如歌、雪、战枫、玉自寒联手大战暗夜罗三百回合，山巅之上你死我活才理所当然吧。不过，我想破了头，也想不出来暗夜罗为什么要给他们决战的机会，如歌他们也没有那样的实力。

敌人的弱点。

很不光明磊落的手段，你会不会去用呢？

我替如歌选择的是——

会。

最后，说一说雪。

雪应该是彻底的悲剧的，这一点，一开始我是非常坚决的。然而，同以往一样，很不幸的，我喜欢上了雪。

但是，我依然坚持雪的悲剧。

直到春天的一场桃花雪。那时我走在路上，忽然想，会不会我笔下的人物在哪个奇异的空间存在着呢？如果把他们写出来，他们是不是就在那个空间真正地开始生活了呢？呵呵，这个想法真是好笑。

然后我就想，如果真有“雪”，他会恨我吗？

这一想——

却真的下起了雪。

已经是三月底的天，竟然下了鹅毛般的雪。生平第一次在温暖的春天看到如此大的雪啊。

我惊呆在路上，望着雪花发怔。

雪花冰凉冰凉的，打在我的脸上，我知道，这只是一个巧合，但是就是那一刻，我的心突然间彻底软了。

我想，我不是一个适合写文的人。

永远在动摇，永远在犹豫，没有严谨的结构和犀利的文笔，每部小说都留下了很多遗憾。

但是，快乐也是很多的。

如果在带给我自己快乐的同时，也可以给你快乐，那么，就更开心了。

晓 溪